FUSION FANTASY STORY & ADVENTURE

사도연 퓨전판타지 장편소설

신세기전

dream
books
드림북스

신세기전 3 해와 달

초판 1쇄 인쇄 2016년 9월 20일
초판 1쇄 발행 2016년 9월 30일

지은이 사도연
발행인 오영배
기획 박성인
책임편집 김다슬
표지 · 내지 디자인 공간42
제작 조하늬

펴낸 곳 (주)삼양출판사 · 드림북스
주소 서울시 강북구 도봉로 173
대표 전화 02-980-2112 팩스 02-983-0660
편집부 전화 02-980-2116 팩스 02-983-8201
블로그 blog.naver.com/dreambookss
출판등록 1999년 3월 11일 제9-00046호

ISBN 979-11-313-0651-2 (04810) / 979-11-313-0648-2 (세트)

+ 이 도서의 국립중앙도서관 출판시도서목록(CIP)은 서지정보유통지원시스템홈페이지(http://seoji.nl.go.kr)와 국가자료공동목록시스템(http://www.nl.go.kr/kolisnet)에서 이용하실 수 있습니다. (CIP제어번호: 2016021747)

드림북스는 (주)삼양출판사의 판타지 · 무협 문학 브랜드입니다.

FUSION FANTASY STORY & ADVENTURE

사도연 퓨전판타지 장편소설

신세기전

해와 달

3

dream books
드림북스

신세기전

목차

15장

여의봉

"저, 저게 대체 뭐야?"

사람들은 처음에 머리 위로 드리운 그림자의 존재를 읽지 못했다. 가뜩이나 도시의 모든 불빛이 꺼지고 달이 먹구름에 가려져 앞을 분간하기 힘든데 머리 위까지 신경을 쓸 겨를이 없었다.

하지만 누군가가 허공에다 삿대질을 하면서 내지른 경악 때문에 하나둘씩 고개를 들기 시작했다.

그리고 그들은 전부 똑똑히 보았다.

달을 담은 뱀의 눈.

분명 어제 월식에서 잘못 봤다고 생각했던 푸른 눈이 자신을 굽어다 보고 있었다.

"으아아아아!"

"꺄아아아아악!"

사람들은 너 나 할 것 없이 비명을 질러 댄다. 비록 어둠에 가려져 겨우 시선을 집중해야 흐릿한 굴곡이 움직인다는 게 보이지만, 본능적으로 무언가가 이곳으로 다가온다는 것쯤은 알 수 있었다.

그것은 거인이었다.

인간의 의식과 상식으로는 절대 재단할 수 없는 미지의 거인.

사람들은 일제히 도망치기 시작했다.

이미 난장판이 되어 버린 도시를 굽어다보는 빌딩 위.

지호는 아래쪽에다 시선을 줄 겨를 따윈 없었다. 전설에서나 나올 법한 누군가의 모습을 갖춘 그는 감히 이 세상에 개입을 하려는 신의 푸른 눈동자를 응시했다.

쿠쿠쿠쿠!

칠흑빛의 밤하늘을 배경 삼아 근두운의 은빛 안개와 여의봉의 금빛 광채가 한데 어우러지면서 다른 어느 때보다 지호는 요요히 빛나고 있었다.

—제…… 천…… 대…… 성.

나후의 목소리가 머릿속에 울려 퍼진다.

여태 보이던 것과는 전혀 다른 파장이다. 마치 보이지 않는 무언가가 머리를 꽉 누르는 것 같았다. 과거 자신을 봉인시킨 어떤 존재를 떠올리게 만든 무례함에 화를 내는 것이다.

하지만 지호는 웃었다.

이깟 통증쯤이야 손오공에 의해 마구 구르던 것에 비하면 아무것도 아니다. 아니, 오히려 자신이 어떤 존재를 대적하고 있는지 확실히 깨달을 수 있었다.

"저게…… 신이란 말이지?"

여태껏 나후를 마주했을 때 드는 생각은 그저 두 가지밖에 없었다.

두렵다, 그리고 숙이고 싶다.

'무섭다' 가 아니라, '두렵다' 다. '도망치고 싶다' 가 아니라, '숙이고 싶다' 다.

이 두 가지 사이에는 아주 커다란 차이가 있다.

무섭다는 것은 혐오감이다. 가까이 다가가기가 싫다는 뜻이다. 벌레, 독사, 낭떠러지처럼 목숨에 위협을 느끼게 만든다.

하지만 나후는 그런 위협의 한계를 넘어선다.

감히 범접할 엄두조차 낼 수 없을 만큼 까마득하게 높은 어떤 것이다. 너와 나는 다르다, 는 것을 온몸으로 시위라도 하듯이 강하게 압박을 해 온다. 마치 인간이 벌레 따위를 무시하듯이, 나후는 인간을 깔본다. 아래로 여긴다.

그리고 지호는 그걸 아주 당연하게 받아들였다.

그렇기 때문에 도망치고 싶어지지 않는다. 도리어 고개를 숙이고 싶어진다. 무릎을 꿇고, 자세를 바짝 낮추며, 상대의 위대함과 존엄함을 노래하고 싶어진다.

숭상. 경배. 존외.

혹은 신앙.

아마 이 때문이리라. 사람들이 위대한 존재를 향해 절을 올리고 소원을 비는 이유가. 그들이라면, 인간의 범주를 넘어선 존재라면, 하늘에 우뚝 올라선 이들이라면 무엇이든지 가능할 테니.

실제로 지금 지호의 눈에도 나후는 그렇게 보였다.

하지만 여의봉을 쥐고 근두운을 둘러서 더 이상 나후가 낳는 기백에 압도되지 않는다. 당당하게 녀석과 눈을 마주칠 수 있다.

아직 치료가 덜 되어 흉터로 가득한 왼쪽 눈 대신, 달을 담은 오른쪽 눈이 푸르게 빛난다. 지호는 그 속에 담긴, 매끈한 달의 표면에 비친 자신의 모습을 보면서 웃고 말았다.

이제는 나후의 실체가 속속들이 보인다.

걸음을 옮길 때마다 세상이 변한다.

물리적으로 절대 실현이 불가능한 존재지만, 녀석이 지나는 자리에는 그런 물리적 법칙이 모두 무시된다. 아니, 그때만 녀석에 맞춰 법칙이 바뀌어 버린다.

잔잔하게 흐르던 대기의 흐름이 변한다. 하늘이 열린다. 태양과 달이 지구에 미치는 영향이 엇나간다. 공간이 굴절되면서 그의 존재를 더더욱 확립시킨다.

재해.

이것은 법칙, 그 자체다.

세상을 구성하는 근원이다.

그저 가만히 제자리에 앉아 흐르는 대로 흐르면서 세계를 이뤄야만 하는 존재가 의지를 갖게 되었으니 어떻게 정상이라 할 수 있을까.

—제…… 천…… 대…… 성!

나후의 목소리가 다시금 골을 세게 울린다.

지호는 고개를 외로 꼬며 한쪽 입꼬리를 말아 올렸다. 이 세상에는 없는 누군가를 연상케 하는 비웃음이다.

“이봐, 나후. 미안하지만 난 오공이 아니거든? 얘기 못 들었어? 내가 환생이라고.”

—내…… 놔…… 라.

“어째 할 줄 아는 말은 그거밖에 없냐? 그렇게 이게 갖고 싶걸랑.”

지호는 디디고 있던 땅을 세게 박찼다.

쐐애애애애애—액!

기다란 궤적이 단숨에 허공을 찢는다.

“어디 한 번 갖고 가 봐!”

기다렸다는 듯이 나후가 움직이기 시작한다. 마치 채찍처럼 팔 하나가 대기를 그대로 밀어 버리면서 빠르게 지호를 덮쳤다.

팔뚝 굵기만 하더라도 지호의 키를 훌쩍 넘어 마치 거대한 해일이 밀려닥치는 것 같다. 아니, 검은 먹구름이 몰려드는 것 같다.

녀석의 팔뚝과 맞닿기 직전, 수렴동을 떠나기 전에 손오공이 했던 말이 언뜻 떠올랐다.

“녀석이 너희 세상에 나타날 때 월식을 일으켰댔지?”

“그런데요?”

“그럼 아직 후유증에 시달리고 있단 뜻이야.”

“그걸 어떻게 알아요?”

"일식과 월식의 차이지."

"일식과…… 월식?"

"일식은 해가 달의 그림자에 가려지는 것이고, 월식은 반대로 달이 해의 그림자에 먹히는 건 알고 있지?"

"당연하죠."

"그렇다면 일식이 쉬울까? 월식이 쉬울까?"

"그거야 당연히…… 아!"

"일식과 월식은 나후가 강림하기 위해 반드시 필요한 의식이다. 그 규모에 따라 같은 식(蝕)이라도 정도에 있어 차이가 있지. 하물며 동승신주의 법칙이 전혀 통용되지 않는 남섬부주에서라면 더더욱 제약을 받을 터. 그럼 여의봉만 주어진다면 네게도 승산이 있다."

"보, 봉인을 시킬 수 있단 뜻인가요?"

지호는 잔뜩 기대에 부풀었다.

여의봉은 수많은 마신들을 봉인한 상자. 그렇다면 나후를 완전히 봉인시킬 수 있단 뜻이 아닐까?

하지만,

"네가? 무슨 재주로?"

"예?"

"착각하지 마라. 여의봉이 있다고 해서 네가 무슨 재주로 그걸 다룰래? 어떻게 봉인시켜야 하는지는 알고 하는 소리냐?"

"그, 그거야 지금부터 배우면……."

"그사이에 나후가 여의봉을 찾겠지?"

"……."

"그러니까 딴소리 하지 말고. 하라는 대로 해."

"어떻게요?"

"다시는 너희 세상에 나타날 수 없게 쫓아 버려야지."

"무슨 수로요?"

"무슨 수긴."

손오공이 피식 웃으며 했던 말은 아직도 머릿속에 진하게 남아 있다.

"엉덩이라도 한 대 세게 걷어차."

근두운은 오행공을 총괄한 무공이기에 앞서, 서유기에서

는 손오공이 타고 다니던 구름.

덕분에 허공을 가로지르는 모습은 마치 구름 위에 올라타 하늘 위를 미끄러지는 것으로 보일 정도였다.

츠츠츠츠!

지호의 몸을 따라 우윳빛 서광이 아지랑이처럼 올라와 여의봉 끝에 맺히더니,

지이이이이이이잉!

금고아와 함께 여의봉이 길게 울음을 터뜨린다.

자신이 여기에 있노라고!

근두운이 내뿜는 은빛과 여의봉이 자랑하는 금빛이 어둠을 한가득 물리치면서 날아든다.

나후의 세 머리 중 왼쪽 머리가 이쪽으로 움직인다. 녀석에게는 파리에 불과할 지호를 찾기 위해서. 지호는 녀석의 골반 뒤쪽, 엉덩이에 도착해 있었다.

"이렇게요?"

지호는 엉덩이라도 세게 걷어차라는 손오공이 했던 말을 떠올리면서 여의봉으로 나후의 엉덩이 부근을 크게 후려쳤다.

퍼어어어어어엉!

엉덩이 부근이 뭉텅이로 썰려 나가면서 녀석을 이루고 있던 검은 안개가 확 흩어진다. 더불어 정체를 알 수 없는

포효가 세상을 강타했다.

크오오오오오오오!

분노에 가득 찬 노호!

펑! 펑! 퍼퍼퍼펑!

도로를 따라 길게 이어지던 가로등이 약속이라도 한 것처럼 일제히 터져 나가고, 수많은 자동차와 건물 유리벽은 삽시간에 금이 가 버렸다.

특히 포효를 정면에서 받아 버린 고층 지대의 전광판과 대형 스크린은 나후의 눈을 비췄던 보람도 없이 그대로 깨지며 아래로 떨어져 버렸다.

쾅!

그때 공간을 길게 찢으며 손 하나가 활짝 펼쳐진 채로 벼락처럼 지호를 덮쳤다.

하지만,

콰콰콰콰콰콰쾅!

나후의 손이 지호를 뭉개 버리기도 전에 먼저 안쪽에서 금빛 서광과 은빛 기풍이 바깥으로 새어 나왔다. 그리고 나후는 그대로 폭발에 휘말려 손목이 통째로 날아가 버렸다.

크아아아아아앙!

나후가 다시 분노를 터뜨린다.

지호는 이미 팔뚝 위로 올라서서는 쉴 새 없이 발을 놀렸다. 마치 절벽 위를 올라타는 것처럼 단숨에 녀석의 어깨까지 뛰어오른다.

타다닥, 한 줄기의 섬광이 되어 오른 지호는 여의봉을 아래로 세게 내리쳤다. 공력을 남용하는 것이 아닐까 싶을 정도로 전력을 다해서.

콰르르르르르르릉!

여의봉 끝에 벼락이 맺히는가 싶더니 그대로 나후의 어깨를 찢어 버렸다. 팔 하나가 강제로 뜯겨 허공에 흩어져 사라진다.

덕분에 반동으로 지호의 몸뚱이가 아주 높게 붕 떠올랐다. 나후의 다른 팔들이 그를 잡으려 했지만 아슬아슬하게 놓치고 말았다.

'한쪽 팔을 벴어!'

지호는 넘치는 활력에 속으로 쾌재를 외쳤다. 여의봉이 가져다주는 힘은 그의 상상을 초월했다.

"아, 그리고 깜빡할 뻔했는데. 여의봉의 봉인을 풀게 되면 바로 나후에게 덤벼라."

"왜요?"

"그때가 가장 따끈따끈할 때거든."

나후가 월식으로 강림을 해 아직 전력의 절반도 찾지 못했을 때를 노려서, 갓 봉인을 해제해 힘이 가장 크게 압축된 여의봉으로 잡는다.

어떻게 보면 치사하다고 할 수도 있지만, 가장 효율적인 방법이다.

그래서 지호는 작전을 짰다.

가장 먼저 스스로 미끼가 되었고,

'녀석이 묘성의 신상을 발견하게끔 유도했지.'

덕분에 나후는 무리하게 강림을 시도했으며,

'봉인을 해제할 수 있어서 다행이었어.'

결국 막 깨어난 여의봉을 고스란히 상대해야만 했다.

바로 지금과 같은 상태로!

결국 처음부터 끝까지 이 모든 것은 나후를 잡기 위해서 지호와 손오공이 깔아 둔 판이었던 셈이다.

비록 나후가 등장한 시기가 예상보다 이른 나머지 도시가 쑥대밭이 되는 건 막지 못했지만. 그러나 덕분에 나후는 전력을 다하지 못하고, 지호는 전력 이상의 힘을 발휘할 수 있게 되었다.

그리고 그 결과는,

우우우우우우우웅!

여의봉이 길게 떨리면서 몸체를 따라 다섯 기류가 맴돌

기 시작한다.

지호는 하늘 한가운데에서 자세를 바로잡으며 여의봉을 하늘을 향해 겨눴다.

샛노란 벼락, 붉은 화염, 푸른 물줄기 등 형형색색의 갖가지 기운이 빛을 발한다. 뒤죽박죽 섞인 빛무리는 언제라도 밖으로 튀어나갈 만반의 준비를 갖췄다.

"여의봉을 이루는 신진철은 마신을 가둔 감옥이기에 앞서 소유주의 힘을 몇 배로 증폭시키는 보패다. 거기다 오행공을 담으면…… 날씨를 부릴 수 있게 되지."

지호는 오행공이 가득 담긴 여의봉으로 하늘에다 길게 쭉 선을 그었다.

마치 저쪽 세상에서 도왕이 손오공의 결계를 무너뜨렸던 것처럼.

나후가 가져온 먹구름을 베어 버리고자 한다.

쫘아아아아!

먹구름에 짙은 실금이 그어진다. 결을 따라 먹구름이 양쪽 끝으로 밀려나기 시작한다.

그사이로 비단 이불을 넓게 편 것처럼 금빛 오로라가 하늘 위에 가득 뿌려지고, 은색 구름이 뭉게뭉게 떠다니면서 서서히 어둠을 물리쳐 나갔다.

그리고 은색 구름이 벼락을, 화염을, 빗물을, 바람을 일으키면서 세상에 새로운 조화를 갖고 왔다.

호풍환우!

비바람과 구름을 마음대로 다룰 수 있는 능력이, 절대 인간은 가질 수 없을 권능이, 여의봉을 통해 지호의 손아래에 펼쳐지기 시작했다.

당장이라도 금색 물결과 은색 안개가 나후를 감싸고 도는 칠흑빛의 암흑을 덮을 듯했다.

머릿속으로 손오공의 목소리가 계속 이어진다.

"호풍환우라니…… 그게 가능해요?"

"가능하지. 여의봉의 여의(如意)는 '뜻대로 이루게 한다' 는 뜻. 사실상 완벽히 다룰 수만 있다면 호풍환우니, 풍운조화니 하는 것뿐만 아니라, 세상에 존재하는 모든 이적(異蹟)을 실현할 수 있을 거다."

"그래서야 순 사기잖아요."

"사기지. 만능이니까."

"그래서야……."

"그래서야?"

"신이랑 다를 게 없잖아요?"

침을 꼴깍 삼키며 경악하는 지호에게 손오공은 송곳니를 잔뜩 드러내면서 웃었다.

"맞아."
"예?"
"여의봉은 그것을 실현케 하는 힘을 갖고 있어."

그리고 이렇게 단언했다.

"우리가 그토록 두려워하는 신이, 직접 되는 것이지."

'소유주를…… 신으로 만드는 보패.'

지호는 여의봉을 꽉 쥐고는, 하늘에서 하계를 내려다보며 명령을 내리는 존재라도 된 듯이, 금색 물결과 은색 구름으로 가득한 하늘을 배경 삼아 아래쪽에 있는 나후의 세 머리를 향해 여의봉을 겨누었다.

"내려라!"

마치 일개의 전차 군단이 장군으로부터 출진 명령이라도

받은 것 같다.

은색 하늘에서 엄청난 굉음이 잇달아 세상을 울리더니 샛노란 무언가가 대기를 찢어발기기 시작한다. 엄청난 열풍이 불어닥쳤다.

우르르르르, 콰콰콰콰쾅!

샛노란 벼락이 잇따라 쏟아지며 나후를 난타한다. 수백 수천 개의 벼락, 뇌벽세는 아주 잘 벼린 칼날이 되어 나후를 단숨에 난도질해 버렸다.

하나는 어깨에서, 다른 하나는 팔뚝에서 떨어져 수천 개의 분자로 흩어진다. 오른쪽 다리는 단숨에 잘려나가 무릎 아래가 전부 사라진다.

하지만 세상 가득히 뿌려진 먹구름과 검은 안개가 몰려들어 마치 화선지를 새카맣게 물들이는 먹물처럼 빈 공간을 금세 채워 버린다.

크아아아아아아앙!

하지만 나후는 감히 한낱 인간 따위가 자신의 귀중한 존체에다 상처를 입혔다는 사실에 길게 포효를 내질렀다. 이깟 몸에 난 상처 따위야 얼마든지 복구할 수 있으나, 신으로서 존엄성을 모독당하는 것은 절대 용납할 수 없는 일이었다.

나후는 감히 또다시 자신을 난도질하려는 벼락을 향해

팔을 뻗었다. 벼락은 빛이다. 당연히 하늘과 땅 사이에 존재하는 것 중에서 가장 빠르기 때문에 도저히 육안으로 쫓을 수 없다.

하지만 힘이 부족하다 해도 신은 신. 나후는 달을 담은 눈으로 자신의 정수리를 쪼개려 날아들던 벼락을 찾아내고는 거칠게 낚아챘다.

벼락은 금방이라도 빠져나가기 위해서 꿈틀거렸지만, 큼지막한 손바닥이 우악스럽게 더 조아 대며 도리어 반대쪽으로 던져 버렸다.

콰르르르르르르릉!

벼락과 벼락이 부딪치면서 잘게 부서진 불똥이 곳곳으로 퍼져 나간다.

덕분에 지호의 명령에 따라 내려오던 모든 벼락들이 일제히 부딪치면서 하늘 가득히 듬성듬성 이가 빠진 노란 그물망이 펼쳐진다.

파지지지지지직!

천둥과 우레는 뒤죽박죽 섞여 더 큰 굉음을 낳고, 서로 연결돼 하나가 된 벼락은 연쇄적으로 터져 나가면서 일시에 눈을 멀게 만든다.

"크!"

지호는 천둥, 우레, 벼락, 그 모든 것들이 혼재되어 일어난 열풍에 휩쓸려 허공에서 살짝 균형을 잃었다.

나후는 그 틈을 놓치지 않고 왼팔 세 개를 일제히 날렸다. 마치 모래사장을 쓸어버릴 해일처럼 몰려온다. 불꽃, 벼락, 돌풍이 휘몰아쳤다.

그야말로 신이 일으킨 자연재해가 아닌가!

인간이 재해를 뜻대로 막을 수는 없는 노릇.

지호는 바로 맞대응하기보다는 허공에서 크게 몸을 뒤틀었다. 지금은 당장 균형을 잡는 것이 중요했다.

'네가 신이라면…… 나도 지금은 신이 되어 주마!'

지호의 화안금정이 아주 크게 빛을 발한다. 동시에 팽이처럼 뱅그르르 돌기 시작하자 금색 서광과 은색 기풍이 한데 꼬이면서 휘감겼다.

콰르르르르르릉!

그사이 불꽃으로 된 창 수십 자루가 지호를 난도질하고, 하늘에서 벼락으로 이뤄진 소나기가 수없이 떨어진다. 돌풍이 어디로도 빠져나갈 수 없게 빽빽하게 말려들어 지호를 압살시키려 한다.

그 순간, 지호의 회전이 멈춘다. 대신에 회전과 함께 한데 몰려든 기운들, 근두운이 여의봉의 끝에 단숨에 압축되면서 폭발한다.

"불어라!"

하늘을 어지럽게 만들던 열풍이 여의봉의 의지에 따라 한데 몰리면서 소용돌이를 그린다. 더불어 폭발한 근두운에 휩쓸리면서 범위를 단숨에 확장시켰다.

태풍이다.

방금 전에 지호가 부렸던 것이 벼락이라면, 지금은 바람이었다.

쿠쿠쿠쿠쿠쿠쿠!

불꽃, 벼락, 돌풍을 동반했던 세 개의 팔이 허공에서 부딪친다. 붉고, 노랗고, 새하얀 빛무리가 폭죽처럼 하늘에서 잇달아 터져 나간다.

나후의 팔은 여의봉과 근두운이 일으킨 폭발을 찢어발기기 위해 억지로 공간 안쪽으로 비집고 들어왔다.

까가가가가가강!

더 거센 폭발이 일어나면서 벼락을 동반하던 두 번째 손이 팔뚝과 함께 찢겨 사라진다. 연이어 근두운을 두들기던 세 번째 손도 같이 부서지고 말았다.

하지만 남은 첫 번째 손이 근두운이 사라진 자리를 대신 차지하며 지호를 으깨 버리려 했다.

콰아아아아아앙!

다행히 지호는 가까스로 우악스러운 손길을 어느정도 피하는 데 성공했다. 하지만 완전히 피할 수는 없어 스치는 주먹에 얻어맞고 지면으로 힘없이 추락하고 말았다.

결국 지호는 커다란 버스 위에 떨어져 튕겨 올랐다. 버스는 찌그러진 깡통 꼴이 되고 말았지만 다행히 탑승객들이 모두 내려 피해는 전무했다.

그는 잇달아 차도 위를 굴러 1톤 트럭 두 대와 비싼 외제차 한 대를 망가뜨린 후에야 가까스로 멈출 수 있었다.

"으으으윽……!"

지호는 이대로 몸이 박살 날 것 같은 고통에 이를 악물었다. 다행히 반도와 내단으로 풍부해진 공력이 체내를 돌아다니면서 상처를 어루만지고 있지만, 통증까지 덜어 주는 건 아니었다.

"젠장! 신이고 나발이고 진짜 못 해 먹겠네!"

지호는 이를 바득바득 갈면서 겨우겨우 몸을 일으켰다. 기형적으로 꺾여 덜렁거렸던 왼팔이 다시 돌아오긴 했지만 인상은 도저히 펴지질 않는다.

내공으로 어떻게 회복이 안 되는 옷은 갈가리 찢어져 제 기능을 잃었다. 상처들에서 쏟아진 핏물을 흠뻑 뒤집어써 몰골은 말이 아니었다.

까마득한 높이에 올라선 푸른 눈이 보인다.

그렇게 실컷 두들겨 팼는데도 불구하고 녀석은 다친 흔적조차 없다. 언제 그랬냐는 듯이 여섯 개의 팔이 전부 멀

찡하다. 도리어 더 거친 기세를 줄줄 흘려 대며 이쪽으로 다가온다.

'저렇게 무식한 게 정말 반쪽짜리라고? 대체 어딜 봐서? 제기랄!'

여의봉을 갖고 있으면 뭐라도 할 수 있을 줄 알았건만! 신이 될 수 있다느니 뭐니 하는 말을 듣는 게 아니었다. 놈은 너무 강했다.

"아니, 여의봉이 없으면 이것도 안 되는 건가."

지호가 이를 바득바득 갈면서 다시 녀석에게 몸을 던지려는 그때,

"저, 저기 사람이 있다!"

"이보세요! 당신은 대체 누굽니까?"

"이게 어떻게 된 일인 거죠? 저건 뭐냐고요!"

지호와 나후의 대결을 지켜보고 있던 사람들이 이쪽으로 몰려든다. 저 괴물은 뭔지, 그런 괴물을 상대하는 너는 뭔지, 자꾸만 물어 대는 사람들 때문에 정신이 없을 지경이었다.

'이 사람들은 겁도 없나?'

지호는 어이가 없었다. 당연한 이야기겠지만, 기계 장치는 전부 먹통이다. 휴대폰, CCTV, 카메라, 어느 것 하나 통하지 않는다.

덕분에 자신의 얼굴이 노출될 가능성은 적겠다는 안도에 찬 생각이 들었지만,

"제기랄! 비켜!"

지금은 안심을 할 겨를도 없었다.

나후가 자세를 숙여 오른팔을 이쪽으로 뻗고 있었다.

"꺄아아아아악!"

"으, 으아아아악!"

사람들이 놀라 지르는 비명을 뒤로하고, 지호는 단숨에 높이 뛰어올라 녀석의 손과 다시 충돌했다.

콰콰콰콰콰콰쾅!

여의봉을 휘둘러 손가락 세 개를 분질러 버리고 그사이로 통과한다. 동시에 녀석의 팔뚝을 몇 번 걷어차며 단숨에 어깨 부근까지 다다랐다.

스륵!

나후가 세 머리를 이쪽으로 돌린다. 분노를 가득 머금은 푸른 눈은 무슨 일이 있어도 지호를 놓치지 않겠다는 듯이 단단히 고정한다.

그때 가장 우측에 있던 머리의 입 부근에 가로로 길게 선이 그어지며 위아래로 크게 벌어졌다. 마치 먹이를 먹으려는 악어처럼 자글자글한 이빨을 한껏 드러내며 강풍을 토해 냈다.

마치 시베리아에서 갖고 온 것 같은 눈보라를 동반한 매서운 한파가 휘몰아친다. 말로만 듣던 블리자드였다.

쏴아아아아아아!

지호는 이대로 얼어 버릴 것 같다는 공포에 휩싸였다. 그만큼 엄청난 눈보라였기 때문에 여의봉에다 화염륜의 내공을 한가득 불어넣었다.

이번엔 여의봉을 가로로 휘둘렀다.

"쏟아져라!"

그 순간, 아직까지 사라지지 않았던 금빛과 은빛이 가득한 하늘에서 시뻘건 무언가가 우박처럼 쏟아져 내렸다. 불꽃을 잔뜩 머금은 소나기는 지호가 있던 자리를 통과, 나후를 고스란히 덮쳤다.

나후는 머리를 높게 치켜들었다.

눈보라가 방향을 꺾어 우박과 충돌한다.

쾅! 쾅! 쾅! 쾅!

나후는 그것으로도 모자라 여섯 개의 팔을 높이 들어 각각 왼팔은 금색 오로라를, 오른팔은 은색 구름을 단단히 붙잡아 뜯어 버리려고 했다.

호풍환우를 일으키는 구름을 놔두어서는 절대 지호를 잡을 수 없다고 여겼는지 방향을 달리 잡은 것이다.

지호는 이대로 두어선 안 된다는 것을 깨닫고 여의봉에

다 공력을 배로 불어 넣었다.

불꽃 우박의 숫자도 덩달아 배로 늘어나면서 나후의 눈보라를 아예 박살 내는 것으로도 모자라, 오른쪽 머리통을 으깨 버렸다.

쿠쿠쿠쿠쿠쿠쿠쿵!

크앙! 크아아아앙! 크아아앙!

나후는 하늘에다 대고 다시금 포효를 질렀다. 고통에 가득 찬 비명이다. 하지만 녀석은 우박 세례를 뒤집어쓸지언정 하늘을 붙잡은 여섯 손을 놓지 않았다.

마치 천의 양 끝단을 붙잡고 찢어 버리는 것처럼 금색 오로라가 가장 먼저 발기발기 찢겨 나간다.

쩌저저저저저정!

금빛 오로라를 모두 찢어 버린 세 개의 손이 은색 구름까지 붙잡아 버린다.

지호는 이를 악물었다.

'조금만 더! 조금만 더!'

이대로는 정말 큰일이 날 수 있겠다는 생각에 쉴 새 없이 여의봉을 휘둘러 댔다. 바다처럼 메마르지 않을 것 같던 내공을 모두 쏟아 붓는다는 각오로!

콰콰콰콰콰콰콰—쾅!

나후의 몸뚱이는 마치 넝마라도 된 것처럼 너덜너덜해져

서 뒤로 자꾸 밀려났다.

이미 몸 곳곳에 수십 개의 바람구멍이 나 버려 형체를 거의 잃어버린 지경에 이르고 말았고, 녀석의 주변에 있던 갖가지 건물이며 도로는 밟히고 박살이 났다.

그래도 여섯 손은 목표를 절대 놓치지 않는다. 구름도 서서히 벌어지면서 금방 찢겨 버릴 것처럼 위태로웠다.

'조금만 더어어어어어어!'

화안금정으로 반짝이는 두 눈에 핏대가 잔뜩 선다. 그의 두 눈은 나후가 아니라, 그 뒤편에 있는 커다란 교량과 강물에 꽂혀 있었다.

나후는 뒤로 조금씩 밀려나다가 드디어 왼쪽 발이 풍덩하고 강에 담기고 말았다.

녀석에게는 발목을 적시는 정도밖에 안 될 정도로 아주 얕은 높이.

하지만 그 정도로도 충분했다.

"얼어붙어라!"

지호는 마지막 전력을 다해 여의봉을 들어 올렸다.

쩌거거거거거거걱!

나후의 발을 적시던 강물이 갑자기 해일이라도 불어 닥친 것처럼 크게 일어나 종아리를 모두 뒤덮더니 그대로 얼어붙고 말았다.

오른쪽 종아리를 꽁꽁 얼린 습막은 마치 포자를 터뜨린 버섯처럼 몸 전체로 튀었다. 한기는 나후를 구성하던 검은 안개를 결집시키면서 얼음 동상 안에다 나후를 강제로 밀어 넣었다.

나후가 강에서 빠져나오기 위해 한 발자국을 내딛는 순간, 얼음이 턱 아래까지 치밀면서 몸뚱이가 석상처럼 뚝 멈추고 말았다.

"열려라!"

지호는 신목령의 기운을 담아 크게 소리 질렀다.

마치 마법의 주문처럼 곧이어 얼어붙은 나후의 관절 부위 곳곳에서 정체를 알 수 없는 식물이 싹을 틔웠다. 넝쿨 줄기가 줄줄 자라면서 전체를 뒤덮었다.

끼이이이이이이!

나후는 자신을 속박한 이중의 사슬을 당장 풀라며 긴 울음을 터뜨렸다. 하지만 녀석은 꿈쩍도 할 수 없었다. 거의 찢어지기 일보 직전까지 갔던 은색 구름도 멀쩡했다.

탁!

지호는 어느덧 얼음과 넝쿨이 뒤섞인 나후의 위로 착지한다.

"헉, 헉, 헉……!"

지호는 거칠게 숨을 내뱉었다. 단내가 목젖을 가득 채운다. 이미 내공은 메말라 버리고, 체력도 바닥을 기었다. 정신을 붙잡고 있는 게 용할 정도였다.

그래도 억지로 의식을 차리며 고개를 든다.

파란 얼음과 녹색 잎사귀 사이로 달을 담은 녀석의 오른쪽 눈이 번뜩인다. 왼눈은 가릴 수 있었으나, 힘의 원천인 오른쪽 눈은 여의봉의 힘이 미치지 못해 멀쩡했다.

달을 담은 푸른 눈.

녀석이 하늘에서 삼켜 버린 달은 바로 그곳에 있었다.

지호는 넝쿨이 낸 길을 따라 저벅저벅, 천천히 녀석의 오른쪽 눈에 다가갔다.

"일단은, 내가 이긴 것 같지?"

나후는 말없이 분노 섞인 시선만 이쪽으로 보낸다.

평상시라면 깐족대기라도 했을 지호는 더는 그 눈을 상대할 기력조차 남아 있지 않았다. 아니, 그것이 아니더라도 놀릴 생각은 추호도 없다. 마신이라고는 하나, 역시나 신은 신. 반쪽짜리에 불과하다지만 세상을 창조한 존재다.

지호는 지금 이 순간을 도저히 믿을 수가 없었다.

반쪽짜리였다지만, 손오공조차도 잡을 수가 없었던 나후를 이 손으로 잡을 줄이야.

'여의봉…… 역시 신으로 만들어 준다는 걸까?'

지호는 잠깐 여의봉을 내려다봤다. 해와 달 사이를 통과하는 청룡의 무늬가 눈에 띈다. 나후를 잡을 수 있었던 것이 여의봉의 힘인지, 아니면 묘성의 수호 덕분인지는 알 수 없었지만, 그래도 위험은 끝났다.

이제는 모든 걸 되돌릴 차례였다.

지호는 여의봉을 나후의 눈에다 밀어 넣었다.

푹!

여의봉이 그대로 녀석의 눈동자를 통과해 그 안에 갇힌 달에 접촉한다. 지호는 여의봉에다 얼마 남지 않은 공력을 모두 불어넣었다.

지이이이이이이잉!

여의봉이 길게 울음을 토한다.

더불어 나후의 눈동자가 유리처럼 깨져 나간다. 그 속에 꽁꽁 숨겨졌던 푸른 달이 하늘 위로 천천히 떠오른다.

달을 따르는 수많은 빛무리들도 있었다.

그것들은 서서히 커져 가면서 자신이 있던 자리로 되돌아가 밤하늘이라는 큰 천장에 하나둘씩 맺혔다. 빛무리는 총총한 별이 되어 별자리를 이루고, 별자리는 다시 커다란 은하수를 이룬다.

둥근 달은 중심에 맺혀 세상을 비추기 시작하니, 검은 안개와 먹구름도 거짓말처럼 싹 걷혀 사라진다.

화아아아아악!

그때, 여의봉의 표면에서 푸른 빛줄기 하나가 크게 일어나더니 달과 별의 사이로 모습을 드러냈다. 푸른빛이 점차 거둬지면서 길쭉하고 매끈한 몸뚱이와 함께 한 올 한 올 보석처럼 빛나는 비늘이 드러나고, 구슬을 꽉 쥔 발톱이 드러나기 시작했다.

기다란 몸뚱이. 푸른 비늘. 여의주를 꽉 쥔 짐승.

신화 상에서나 존재한다는 영물, 용. 그것도 청룡이 나타났다.

바로 묘성의 강림이었다.

16장

해와 달

천오백 년 전.

삼장 법사는 천기를 통해 훗날 이 세상에 닥칠 환란을 읽고 여의봉을 묘성에게 맡겼다. 이 땅에 따스한 빛을 내려달라는 부탁과 함께.

묘성은 전지를 통해 오랫동안 대립 관계였던 나후가 언젠가 기나긴 잠에서 깨어나 환란을 몰고서 자신을 찾아올 것임을 잘 알고 있었다.

또한, 자신의 힘으로는 나후와 그의 환란을 모두 막을 수 없다는 것 또한 알고 있었다.

그리된다면 이 땅에 해와 달이 사라지고 어둠만이 내려

않을 터.

이에 묘성은 기나긴 고민에 잠겼다.

어찌하면 나후를 잡을 수 있을지. 다가올 환란을 막을 수 있을지.

그러다 한 가지 선택을 내렸다.

여의봉을 안아 기나긴 잠에 들자.

언젠가 자신을 대신해 이 땅에 빛을 가져다줄 연자(緣者)가 나타날 것이니, 때를 기다리자.

그리고 지금.

그때가 왔다.

*　　*　　*

청룡은 금방이라도 달과 별을 따라 하늘로 오를 것처럼 오르다가 방향을 꺾으며 지호와 속박된 나후의 주변을 크게 한 바퀴 돌았다.

달을 등지고, 별을 한껏 안으며 유려하게 하늘 위를 미끄러지는 모습은 그야말로 그림처럼 아름답다.

"아……!"

지호는 청룡이 주는 신비로움에 넋을 잃고 말았다.

손오공이 주는 느낌이 위대함이고, 나후가 주는 느낌이

경외심이라면, 청룡이 주는 느낌은 둘과는 반대로 이끌림이었다.

그저 보는 것만으로도 영혼이 홀릴 것 같은 기분. 한참이나 멀리 떨어져 있는데도 불구하고 바로 눈앞에 있는 것처럼 가깝게만 느껴진다.

그러다 청룡의 이마 위에 앉은 소년과 눈이 마주쳤다.

여섯 혹은 일곱 살쯤은 되었을까? 깨물어 주고 싶을 정도로 귀엽게 생긴 소년이다. 커다란 눈동자가 깜찍한 소년은 오른손에 해를, 왼손에는 달을 닮은 도구를 들고 있었다. 나후의 눈과는 전혀 반대되는 위치다.

묘성의 신상과 똑같은 모습이다.

지호는 저절로 고개를 숙였다. 아니, 숙이려 했다.

"고개를 들어라."

나후와 다르게 소년, 묘성은 육성으로 말했다. 목소리도 생긴 것만큼이나 또랑또랑해서 아주 잘 들렸다. 묘성은 개구쟁이 같은 미소를 지었다.

"그대는 나에게 고개를 숙일 그런 미천한 존재가 아니다. 한때 부처의 자리에 오르고, 세상을 구했으며, 이 묘성에게 인정을 받은 위대한 영혼이 아닌가?"

지호는 검지로 볼을 긁적였다. 아무래도 묘성도 눈치챈 모양이다. 자신이 손오공의 환생이란 것을.

"그런 말씀을 들으니 조금 부끄럽네요."

"제천대성과는 아주 다른 듯하구나."

지호는 손사래를 쳤다.

"그런 막무가내랑 절 비교하면 안 되죠."

"하지만 성격은 조금 닮은 모양이야."

묘성은 아주 재미나다는 듯이 쿡쿡 웃어 댔다.

"그래도 그대의 재지 덕분에 위기를 모면할 수 있었어. 처음엔 반신반의를 했었는데…… 아무래도 천기는 제대로 읽은 모양이야. 신인 나조차도 보지 못한 걸 한낱 인간이 엿볼 줄이야."

지호의 눈이 커진다. 그렇지 않아도 궁금했던 참이었다. 나후와 묘성의 관계. 그것은 아직도 풀지 못한 수수께끼였다.

"나와 이 녀석 간의 관계가 궁금한 모양이지?"

묘성의 큼지막한 눈동자가 작게 호선을 그리며 서서히 부서져 가는 나후를 슬쩍 엿본다. 달을 잃은 나후는 이미 눈꺼풀 위에 맺힌 균열이 전체로 퍼져 나가면서 서서히 무너지기 시작했다.

나후라는, 거대한 신이.

"예. 아무래도."

"하지만 어느 정도 짐작은 한 것 같은데?"

묘성이 익살스럽게 질문을 던지자, 지호는 뒷머리를 벅벅 긁었다.

"혹시 묘성과 나후는, 형제가 아닙니까?"

묘성의 미소가 짙어진다.

"어째서 그리 생각을 하느냐?"

"비슷하면서도 서로 다른 존재니까요. 형제란."

해와 달을 삼키는 신, 나후. 그리고 해와 달을 올리는 신, 묘성. 이 둘은 비슷하면서도 다르다.

"그대도 형제가 있나 보군."

지호는 땅이 꺼져라 한숨을 내쉬었다.

"골치를 썩이는 놈이 둘 있습니다."

묘성이 화들짝 놀란다.

"이런. 하나만 하더라도 이렇게 머리가 지끈거리는데, 둘이나 된다고? 고생이 많겠어."

"하지만 못난 동생들은 형의 그런 수고로움을 모르죠."

"맞아. 그래서 나 역시 이렇게 고생을 하고 있는 거지."

생각지도 못한 곳에서 묘한 동질감을 느낀 두 사람은 피식 웃음을 흘리고 말았다.

묘성은 담담하게 말을 이었다.

"예상한 대로, 이 녀석과 나는 형제다. 쌍둥이 형제."

"아."

"다만, 서로 추구하는 바가 전혀 달랐지."

묘성이 눈을 가느다랗게 좁힌다.

"나는 해와 달을 하늘에 올려 세상 만물을 따스하게 비추기를 바랐고, 이 녀석은 그것을 먹어 어둠을 내리기를 원했지. 그렇기에 기나긴 세월 동안 부딪쳤고…… 싸웠다. 서로를 막기 위해서."

형제 간의 대립은 어느 신화에서나 엿볼 수 있다. 가까이는 성경 속의 카인과 아벨이 있다. 그만큼 형제들은 가까이 있으면서도 부딪칠 수밖에 없는 걸까.

"그러다 나후가 여의봉이 아닌 딴 곳에 봉인된 것을 알게 되신 거군요."

"그래. 해서 언젠간 녀석이 여의봉을 찾을 거란 생각에 삼장 법사를 찾아가게 되었다. 때마침 삼장도 수명이 다할 자신을 이어 여의봉을 맡아 지킬 존재를 필요로 했지."

지호는 그제야 전말을 알 것 같았다.

묘성은 삼장 법사의 부탁에 따라 별빛 속에 여의봉을 잠그고 기나긴 잠에 들었다. 삼장 법사는 열쇠를 족자 속에 놔두고 언젠가 찾아올 때를 기다리며 눈을 감았다.

손오공의 뜻을 이은 누군가가 나타날 날을.

'이게 정말 단순한 우연일까?'

지호는 손오공의 환생으로 태어나 손원행자도를 만났고,

전생을 거쳐 힘을 얻었다. 그리고 나후가 나타나자 기다렸다는 듯이 여의봉을 손에 넣었고, 이렇게 묘성을 만나게 되었다.

모든 게 마치 자로 잰 것처럼 딱딱 맞아떨어진다. 삼장법사는 이런 걸 모두 예상하고 안배를 놔둔 걸까?

알 수는 없다.

그저 놀라기만 할 따름이다.

묘성은 지호의 생각을 읽기라도 하듯이 따스하게 웃으며 말했다.

"세상은 인과율(因果律)로 이뤄진다. 모든 영혼의 사이에는 아주 가느다란 씨줄이 연결되어 있어 무언가를 하면 할수록 그 씨줄이 자꾸 엉키다 끝내 크게 뭉치고 말지. 그러니 이 세상은 모든 게 우연 같아도 전부가 필연이고, 운명이란다. 그러니 어렵게 생각지 마라. 네가 이곳에 서 있는 것도 결국 운명의 이끌림이 가져온 결과이니."

꼭 절에 가면 스님들이 해 주는 선문답처럼 알아듣기가 힘들다.

하지만 한 가지만은 알겠다.

이게 전부 언젠가는 벌어질 일이었다는 것.

지호가 무언가를 더 물으려는 그때,

화아아아아—

갑자기 손에 쥐고 있던 여의봉이 파도에 떠밀린 모래성 처럼 잘게 부서지기 시작한다.

"어? 어!"

지호는 화들짝 놀라 그걸 붙잡으려 했지만, 묘성이 괜찮다는 듯이 손사래를 쳤다.

"놀랄 것 없다. 힘이 다해서 흩어지는 것일 뿐이니. 그건 어디로 가거나 사라지지 않는다."

"예?"

"바로 네 속에 깃들 테니까."

묘성의 말이 끝나기 무섭게 잘게 부서진 여의봉의 조각들은 허공을 크게 맴돌다가 마치 진눈깨비처럼 지호의 머리 위로 솔솔 내려앉았다.

"그대는 아직 제천대성과 다르게 완성되지 않았기에 아직까지는 여의봉을 다룰 수가 없어서 그런 것이다. 하지만 자격을 갖게 되면 언젠가 다시 돌아올 것이니 너무 상심하지 말아라."

아마 지호가 여의봉을 다룰 수 있었던 건 묘성의 도움이 있었기 때문이 아닐까.

지호는 여의봉이 흡수될수록 축 가라앉았던 근육에 활력이 돌고, 단전에 내공이 차오르는 것을 느꼈다. 여의봉을 들었을 때처럼 힘이 충만했다.

여의봉을 품어서 그런 것이리라. 지호는 호풍환우를 부릴 때보다는 부족하더라도, 또다시 경지를 한 단계 상승했다는 기분에 흡족한 미소를 띘다.

이렇게 계속 성장하다 보면 언젠가 다시 여의봉을 이 손에 쥘 수 있지 않을까.

"자, 그럼 인사도 끝났으니."

"어디로 가시려고요?"

"신이 갈 곳이 어딜까? 원래 왔던 곳으로 돌아가야지. 이번엔 못된 동생도 강제로 끌고 간다는 게 다르지만."

"아."

묘성은 검지로 밤하늘을 가리키며 살짝 웃고는, 감사하다며 고개를 살짝 숙이면서 작은 손으로 청룡의 머리를 쓰다듬었다.

"이만 돌아가자꾸나."

우우우우우우우!

청룡이 알겠다며 하늘을 보고 길게 울음을 터뜨린다. 대신에 바로 하늘로 올라가지 않고 아직 덜 부서진 나후의 몸을 크게 칭칭 감았다.

쿠쿠쿠쿠쿠!

청룡의 살갗이 닿으며 붕괴 속도가 빨라지기 시작한다. 몸뚱이 곳곳에 단층이 가해지며 미끄러져 내린다.

넝쿨과 얼음이 그대로 찢겨져 허공에서 수천수만 개의 고운 가루가 되어 흩어지고, 조각조각 난 부위들은 형체도 남기지 못하고 바람결에 사라진다.

결국 부서졌던 오른쪽 눈은 남은 기운마저 완전히 사라지고 말았다. 좌우에 있던 두 머리도 부서지면서 결국 애꾸눈이 되어 버린 머리 하나만이 남았다.

청룡은 아가리를 크게 쩍 벌리며 녀석의 얼굴 쪽으로 가져갔다. 마지막 남은 조각을 먹어 치우려는지 흉터로 가득해 반쯤 뜨다 만 왼쪽 눈이 입 속으로 들어간다.

청룡이 아가리를 완전히 다물기 직전,

"어?"

반쯤 감긴 눈자위 사이로 붉은 눈동자가 구르는 것이 보였다.

그러자 떠오르는 손오공의 말.

"하지만 아직 풀리지 않는 의문이 있단 말이지."

"뭔데요?"

"녀석은 왜 몸이 다 낫지도 않았는데 억지로 너희 세상에 나타나려고 한 걸까?"

"예?"

"이상하지 않아? 처음부터 너희 세상에 일식을

일으켜서 온전히 나타나든가, 아니면 몸이 다 나은 후에 나타나도 될 건데…… 왜 굳이 지금 나타나려는 거지?"

그때는 현실 세상에 나후가 나타났다는 사실에 마음이 조급해 대충 넘겼건만. 일이 모두 끝났다고 여긴 지금에 와서 생각해 보니 뭔가 이상하다.

나후가 일식이 아닌 월식을 택한 이유.

힘을 되찾지도 못한 상태에서 굳이 지금 강림을 해야만 했던 이유가 뭘까?

'하지만 어찌 됐건 간에 녀석이 삼켰던 달과 별은 전부 저렇게 돌려놨잖아. 그런데 뭐가 이상할……!'

지호는 생각을 잇다 말고 두 눈을 부릅떴다.

만약 나후가 삼킨 게 달과 별만이 아니라면? 다른 것이 있지만 밤이라서 몰랐던 것이라면?

나후는 해와 달을 삼키는 신.

그렇다면 하나가 남았다.

해.

태양이 봉인된 왼쪽 눈이.

더구나 지금은 밤. 해가 사라져도 알 방법이 없다.

"묘성! 안 돼요!"

지호가 크게 소리를 질렀지만,

와그작!

이미 청룡은 왼쪽 눈을 삼킨 뒤였다.

그 순간.

나후는, 웃고 있었다.

마치 기다렸다는 듯이.

—이…… 것…… 도…… 괜…… 찮…… 겠…… 지.

지호와 묘성의 머릿속으로 나후의 혼잣말이 울린다.

"이런……!"

묘성이 어떻게 반응을 하기도 전에,

퍼어어어어엉!

청룡의 아가리 속에서 나후의 왼쪽 눈이 폭발하며 태양의 불길이 입을 모두 태워 버린다. 청룡은 새카맣게 타 버린 채 두 눈의 흰자위가 드러난 채 옆으로 기울어졌다.

*　　*　　*

츠츠츠츠.

달빛과 함께 사라졌던 짙은 검은 안개와 먹구름이 어디선가 몰려와 청룡을 돌돌 감기 시작한다.

안개와 구름은 한순간에 단단히 압축되어 청룡을 꽁꽁

묶어 버린다. 수십 개의 그림자 사슬이 마치 공간 곳곳에다 고리를 걸어 놓은 것처럼 팽팽하게 늘어나 옴짝달싹하지 못하게 만들었다.

손오공을 비롯한 사타왕, 교룡도 묶어 버렸던 속박답게 청룡이 할 수 있는 것은 아무것도 없었다. 묘성이 어떻게 하려 하면 할수록 그림자 사슬은 더더욱 죄어 와 숨통까지 막아 버렸다.

우우우우우우우…….

청룡이 하늘을 향해 기나긴 포효를 내질렀지만, 그림자 사슬은 절대 녀석을 놓치지 않았다.

그리고,

탁!

부들부들 떨리는 청룡의 콧잔등 위로 누군가가 가볍게 올라선다. 오른쪽 눈은 감은 채, 태양처럼 붉게 달아오르는 왼쪽 눈을 뜬 청년이 묘성을 굽어본다.

나후였다.

"하하하하하! 하하하하하하!"

녀석이 광기 가득한 웃음을 잔뜩 흘린다.

"그토록 오랫동안 이 동생을 괴롭히더니 결국 이 무슨 허망한 꼴이란 말인가?"

"너……!"

묘성은 어쩌지도 못한 채 제자리에 앉아 바들바들 떨기만 했다. 청룡은 그의 탈 것이기도 하지만 영혼을 공유한 한 몸이기도 하다. 청룡이 속박된 이상, 그도 어떻게 움직일 도리가 없었다.

"왜? 화라도 나시는가? 그럼 맘껏 화를 내. 그래야 지난 수천 년간 간절히 고대하고 또 고대했던 이 순간을 만끽할 수 있지 않겠나?"

나후는 웃음이 절로 나왔다. 지금 이 순간을 맞이하기 위해 얼마나 고진 노력을 했던가.

뜻하지 않게 손오공에게 당해 버려 힘을 절반 가까이 잃었으면서도 억지로 이쪽 세상에 강림을 하려 했던 이유. 달의 눈을 빼앗기면서까지 이렇게 버틴 이유가 무엇이던가.

바로 이 순간을 위해서다.

쌍둥이 형제, 묘성의 모가지를 틀어쥐기 위해서!

"처음부터…… 이걸 노린 거냐?"

묘성의 눈썹이 파르르 떨린다.

"당연한 소리를. 이깟 미래도 내다보지 않고서야 어찌 신격을 운운할 자격이 있을까? 그런 면에서 보자면 우리 형님께선 참으로 우둔하단 말이지."

처음부터 끝까지, 나후는 오늘날에 벌어질 일들에 대해 전부 '알고' 있었다. 묘성과 삼장 법사가 만나고, 지호가 그들의 뜻을 이어 자신을 해치리란 것 모두를.

예지(豫知).

훗날의 일을 읽고, 역으로 덫을 판다.

결국 녀석들은 멍청하게 희희낙락하다가 덫을 밟을 수밖에 없다.

미래를 내다보는 데 어찌 감히 당해 낼 수 있을까.

전지(全知)하며 전능(全能)하다.

그러기에 바로 신이 아니던가!

"그나저나 천 년 만에 뵙는 우리 형님의 뺨은 예나 지금이나 부드럽기만 하군. 맛있을 것 같아."

나후는 손을 뻗어 묘성의 뺨을 가볍게 어루만졌다. 묘성은 혐오감에 몸을 바들바들 떤다. 하지만 그가 할 수 있는 건 아무것도 없었다.

뺨을 따라 상처가 나면서 피가 턱과 목을 타고 주르륵 흘러내린다. 나후는 손날에 묻은 핏물을 입가에 가져다 댔다. 혀로 날름거리며 맛을 본다.

"후후후후. 역시나. 그 어떤 산해진미와 미주 가효보다도 맛난 별미로다. 이대로 그냥 먹어야 한다는 게 안타까울 정도야."

녀석은 작은 웃음소리와 함께 입을 쩍 하고 벌렸다. 마치 턱이 빠진 사람처럼 입술이 귓가까지 잔뜩 벌어진다. 마치 톱처럼 송곳니만 자글자글한 이빨이 그대로 드러난다.

"자, 이제 내게 깃들어라. 형님이시여."

우우우우우우우……!

청룡이 최후를 직감하고 하늘을 향해 구슬픈 비명을 지르는 그때,

쐐애애애애애액!

나후는 묘성을 삼키려다 말고 무언가가 날아오는 기척을 느끼고 고개를 틀었다. 그리고 그것이 지호라는 것을 알고 씩 웃었다.

"그래. 네가 있었지. 한낱 인간 주제에 내게서 한쪽 눈을 가져간 존재."

나후는 한 손으로 감긴 오른쪽 눈을 매만진다. 비록 묘성을 끌어들이기 위해 파둔 덫이라고는 하나, 한쪽 눈을 빼앗긴 것은 예상외의 출혈이다.

추후를 생각하면 저놈도 죽여야만 한다.

화르륵!

나후의 왼손에 태양을 떠올리게 하는 엄청난 열기가 맺혔다. 붉은 불꽃이 이글거린다. 닿는 것만으로도 세상을 녹여 버릴 수 있는 힘이다.

나후가 지호를 향해 손을 뻗었다.

*　　*　　*

지호는 자신을 향하는 불길을 보며 이를 악물었다.

'저대로 놔둬선 안 돼!'

이대로 묘성이 나후에게 잡아먹혔다가는, 정말 돌이킬 수 없는 일이 벌어질 것만 같다. 해와 달이 사라지는 정도로는 끝나지 않을 크나큰 재앙이 양쪽 세상에 닥칠 게 분명하다.

하지만 당장 지호는 가진 게 없다.

여의봉은 이미 힘을 다해 부서져 쓸 수가 없고, 묘성은 도무지 정신을 차리질 못한다.

과연 혈혈단신으로 왼쪽 눈을 뜬 나후를 상대할 수 있을까 싶다.

하지만 우려 따윈 머릿속에서 걷어 차 버린다. 지금은 그저 부딪친다는 생각만 가진다.

근두운을 잔뜩 일으켜 주먹을 내뻗으려는 찰나,

「……걸…… 받아…… 켜!」

아주 드문드문하게나마 누군가의 목소리가 머릿속을 울렸다.

'묘성?'

지호는 순간 묘성과 아주 잠깐 눈이 마주쳤다. 비록 대면

한 것은 아주 잠깐이지만, 마치 영혼을 공유한 것처럼 그의 생각, 집념, 세월이 고스란히 머릿속에 담겼다.

그가 뭔가 말하고 있었다.

*　　*　　*

나후는 웃음이 절로 나왔다.

보라, 인간이란 생물은 왜 이리도 어리석단 말인가. 가망성이 없다는 걸 알면서도 스스로 섶을 지고 불길에 뛰어드는 꼴이라니.

"그래. 스스로 죽겠다고 불나방처럼 달려드는 데야, 내버려 두는 것도 신으로서 보일 배포가 아니지. 그러니 죽어라."

나후가 불길을 쏘려는데, 갑자기 오른손으로 쥐었던 묘성이 웃기 시작했다. 아주 힘없이, 처량하게 작은 어깨가 떨린다.

"큭큭. 크크크큭."

"뭐냐? 왜 웃는 거지?"

무슨 일인가 싶어 나후가 잠깐 묘성을 내려다본다.

묘성이 피투성이가 된 얼굴을 들어 살짝 웃는다. 방금 전 동생이 자신에게 보여 주었던 비웃음을 돌려준다.

"이 정도로 끝나서는…… 형이라 할 수 없을 것 같아서…… 말이야……."

"무슨……!"

갑자기 묘성이 양손에 들고 있던 해와 달의 조각상을 놓아 버렸다.

두 조각상이 추락한다.

대기에 서서히 긁히면서 조각상을 덮고 있던 껍질이 저절로 하나둘씩 벗겨진다. 그러자 안에 든 내용물이 훤히 드러났다.

해의 조각상에서 떨어져 나온 것은 손톱만 한 크기를 자랑하는 수십 개의 우윳빛 구슬이었다. 반대로 달의 조각상은 껍질만 깨지면서 오색 광채의 영롱한 빛을 발하는 큰 구슬이 나타났다.

"서, 설마!"

나후는 그것들의 정체를 깨닫고 재빨리 그쪽으로 손을 뻗었다.

휘리릭!

그림자 사슬이 재빨리 풀려나 크고 작은 구슬들을 낚아채려 한다.

하지만,

팟!

이미 지호가 한 발 앞서서 이미 크고 작은 구슬 중에서 가장 큰 구슬을 낚아채고 있었다. 묘성이 했던 말은 많았지만, 단 한 문구만이 머릿속을 가득 채웠다.

삼켜라!

본능이 말하고 있었다.

이 구슬에서 반도와 내단 같은 향이 난다고!

"어찌 신과 용의 여의주를 한낱 인간 따위에게 준단 말이냐아아아아아!"

나후의 경악을 뒤로한 채, 지호는 손에 잡힌 구슬을 보았다.

'여의주라고?'

잉어나 뱀이 용이 되고자 천 년을 넘게 도를 쌓아야만 만들 수 있다는 구슬. 비구름을 부르고 바람을 일으킨다는 신묘한 내단을 입에 가져간다.

먹기에 버거운 크기였지만 혀에 닿는 순간 사르르 녹아들며 삽시간에 몸 전체로 퍼져 나간다.

차차차차차착!

순간, 단전에 내공이 샘솟듯이 넘쳐흐르면서 전신에 팽팽하게 열기가 오른다. 마치 털끝 하나하나, 세포 하나하나가 비늘처럼 꼿꼿하게 서는 느낌이다.

용의 감각이 체내에 완벽히 자리를 잡는다.

천지 만물의 이치를 깨닫고 승천한 용은 언제나 하늘 위에서 세상을 관조한다. 덕분에 용이 놓치는 것은 세상 어디에도 없으니, 지호는 그것을 고스란히 잇게 되었다.

휘리리릭!

지호는 몸을 크게 돌리면서 손을 쭉 뻗었다. 내공이 손목을 따라 흐르다 밖으로 나오면서 일정한 형체를 갖춘다. 금색 빛무리와 함께 여의봉이 모습을 드러낸다.

용의 감각을 깨우며 여의봉을 다룰 최소한의 자격을 얻은 그는, 마지막 자격을 얻기 위해 큰 구슬에 이어 이쪽으로 떨어지는 수십 개의 작은 구슬에게로 팔을 뻗었다.

큰 구슬이 여의주라면, 작은 구슬의 정체는 쉽게 짐작할 수 있었다.

'삼장 법사의 사리야!'

천기를 읽고 언젠가 이 세상에 닥쳐올 재앙을 읽어 여의봉을 밤하늘에다 감춰 둔 삼장 법사는, 묘성으로 하여금 자신의 법력이 가득 담긴 사리까지 맡게 하는 두 번의 안배를 통해 세상을 위기에서 구하고자 했던 것이다.

퉁, 퉁, 퉁, 퉁……!

마치 잔잔한 호수에다 돌멩이라도 던진 것처럼 사리가

하나씩 여의봉에 닿을 때마다 자그마한 파문이 그려진다.

매끈한 표면을 따라 새로운 무늬가 조금씩 드러난다. 마지막 사리에 닿았을 때에는 다른 어느 때보다 환한 빛을 발하며 청룡이 완전히 자리를 잡았다.

화아아악!

꿈틀거린다.

엄청난 힘이. 활력이. 내공이.

'이거라면 잡을 수 있어……!'

지호의 화안금정이 다른 어느 때보다 빛을 발했다.

여의주와 사리를 통해 묘성과 삼장 법사의 힘을 단번에 계승해 버린다. 아주 짧은 사이지만 이제 이전과 전혀 다른 이질적인 존재가 되고 말았다.

선인.

혹은 용.

신이 되고자 하는 존재가 된 지호는 새로운 힘을 잔뜩 담아 단숨에 허공을 쇄도, 나후에게 치달았다.

나후가 지호를 제지하기 위해 손에 잔뜩 머금은 태양의 불길을 뿌린다. 눈앞에서 여의주를 빼앗긴 그의 분노는 하늘을 찔렀다.

"이 노오오오옴! 죽어라아아아아앗!"

"싫은데 어쩌지?"

여의봉은 너무나 쉽게 불길을 부쉈다.

콰콰콰콰콰쾅!

불꽃이 산산조각 나 사방으로 흩어진다.

지호는 그 사이를 통과해 어느덧 나후의 면전에 다다랐다. 묘성이 있지만 그의 뜻에 따라 지체하지 않고 정수리를 향해 여의봉을 휘두른다.

나후는 다시 태양의 불길을 꺼내 여의봉을 막으려 했지만 이상하게 꿈쩍도 할 수 없었다. 흠칫 놀라 아래를 보니, 묘성이 차갑게 웃으며 억지로 그를 붙들어 매고 있었다.

"나와 같이 가자, 아우야."

"제기라아아아알!"

나후는 어떻게 대항하지도 못하고 욕지거리를 내뱉었다. 이대로는 정말 위험하겠다는 생각에 결국 여태 한 번도 감지 않았던 왼쪽 눈을 질끈 감았다.

그러자 어둠이 장막처럼 불쑥 내려앉으며 두 사람을 삼켰다.

쾅!

여의봉은 허망하게 허공을 때렸다. 나후가 묘성과 함께 자취를 감춰 버린 것이다.

"젠장!"

지호는 욕지거리를 내뱉으며 다급하게 검지에 낀 금고아

에다 내공을 불어 넣었다. 녀석이 도망칠 곳이라면 한 군데 밖엔 없다.

저쪽 세상.

완전히 놓치기 전에 잡아야만 한다.

지이이이이이잉!

금고아의 진동과 함께 시야에 잡힌 세상이 슬라이드처럼 바뀐다. 한 번 눈을 감고 떴을 때 보이는 것은 현실 세상처럼 밤이 내려앉은 화과산이었다.

"오공!"

지호가 크게 사자후를 지른다. 산자락이 떠나갈 것처럼 크게 떨리자 하늘에서 백발을 자랑하는 손오공이 툭 떨어졌다.

그는 지호를 위아래로 훑어보더니 살짝 놀랐다.

"그새 또 뭘 처먹은 거냐? 여의봉에 그려진 그건 또 뭐고?"

"자세한 이야기는 나중에 해 드릴게요. 지금 이쪽으로……."

"안다. 방금 나도 느꼈으니까. 나후가 넘어왔지?"

지호는 고개를 끄덕였다.

"묘성이 놈에게 잡혔어요!"

"뭐? 그놈이 왜 거기 있어?"

손오공은 뒷머리를 벅벅 긁었다. 투덜거리면서도 어떻게 된 일인지 단숨에 알아차렸다.

"그런가? 나후도 묘성도 서로를 잡기 위해 덫을 쳐 둔 건가? 하여간 예나 지금이나 형제 놈들이 쌍으로 골치를 썩인다니까."

"어디로 가면 되죠?"

"놈이 갈 곳이야 뻔하지."

손오공이 송곳니를 훤히 드러나도록 웃는다.

"해와 달이 지는 곳."

"서쪽!"

지호는 고개를 들어 주변을 둘러보며 방향을 가늠하더니 고맙다는 인사도 하지 않고 서쪽으로 몸을 날렸다.

콰아아아아아앙!

전력을 다해 땅을 세게 박찬다. 이대로 화과산이 무너져 내리는 것이 아닐까 싶을 정도로 엄청난 힘이다.

하늘 높이 도약한 그는 재주를 넘으며 근두운을 크게 일으켰다. 우윳빛 구름에 둘러 싸여 하늘 위를 빠른 속도로 미끄러진다.

결국 지호는 이미 손오공의 시야에서 완전히 자취를 감

줬다.

손오공은 기도 안 찬다는 표정이 되었다.

"어디로 가야 하는지는 알고 가는 거냐?"

*　　*　　*

손오공의 우려처럼, 지호도 자신이 어디로 가야 하는지는 몰랐다. 하지만 '서쪽'이란 단서만으로도 충분했다.

'플레이아데스가 빛나는 곳!'

정확히는 플레이아데스 성군이 위치한 별자리, 황소자리를 찾는다.

원래 하나였던 세상에서 분리된 상태라 그런지 이쪽 세상의 밤하늘은 현실 세상과 놀라울 정도로 흡사하다. 하나뿐인 해, 달, 그리고 별자리의 위치까지도 전부.

지호는 묘성에 대해 조사를 하기 위해 눈여겨 봐 두었던 황소자리의 위치를 계속 상기했다. 마치 눈앞에 책을 펼친 것처럼 생생하게 떠올랐다.

다행히 지금 이쪽 세상의 시간도 밤.

현실 세상보다 훨씬 공기가 맑은 덕분인지 헤아릴 수도 없이 많은 별들이 눈에 한가득 들어온다. 화안금정까지 발휘하니 황소자리는 쉽게 찾을 수 있었다.

서쪽으로 이동하면서 황소자리가 가장 가까이 보이는 장소를 찾아 근두운을 부린다.

도저히 인간이 내는 거라고는 생각하기도 힘든 속도다.

아니, 이건 달린다기보다는 공간을 '접는다'는 표현에 가까웠다.

축지다.

이미 여러 개의 내단으로 인간의 한계를 벗어나고, 용의 감각을 깨우더니, 근두운을 다루면서 어느새 손오공도 가르쳐 주지 않은 선술을 하나 터득해 버린 것이다.

걸음을 내디딜 때마다 지호를 맞이하는 풍경도 자꾸만 달라진다.

드넓은 바다가 펼쳐지고, 높은 산맥이 나타난다 싶더니, 어느새 황량한 사막이 그를 맞는다. 정신을 차렸을 때는 한파와 눈보라가 몰아치는 툰드라와 비슷한 얼음 지대에 있었다.

'분명 여기 어딘가에 있을 거야.'

고개를 드니 황소자리는 마치 손을 뻗으면 닿을 것처럼 느껴질 정도로 아주 가까이에 있었다.

하지만 황소자리 사이에 숨겨진 여섯 개의 별, 플레이아데스는 서서히 빛을 잃어 가는 중이었다. 대신에 황소자리를 가로지르면서 플레이아데스 자리 쪽으로 별 하나가 빠른 속도로 다가오고 있었다.

'나후성이다!'

그것은 점점 환한 빛을 더해 가며 서서히 플레이아데스의 여섯별을 침식해 나갔다. 첫 번째 별이 먹히고, 두 번째 별이 가려지기 시작한다.

이미 묘성을 삼키기 위한 의식이 시작되고 있었다.

'어디지? 대체 어디야?'

지호는 조급한 마음에 주변을 빠른 속도로 훑었다. 하지만 보이는 것이라고는 얼음밖에 없다. 차가운 바다 위에 둥둥 떠다니는 빙산도 얼추 보였지만, 그마저도 매서운 눈보라 때문에 시야가 거의 가려져 분간이 가질 않았다.

대신에 감각을 최대한 넓게 펼쳐 두 신을 찾으려 한다. 용의 감각이 얼음 지대와 빙산, 추운 바다를 훑는다.

신이 신을 삼키려는 의식이 벌어지는 만큼 풍기는 기세도 남다르리라 생각했다.

'찾았다!'

확실히 무언가가 느껴지는 것이 있었다.

여기서 서북쪽으로 4킬로미터가량 떨어진 장소.

용의 감각은 마치 제3의 눈이라도 된 것처럼 그곳에서 벌어지는 일을 적나라하게 비췄다.

"감히……! 어찌 감히 여의주를 그딴 놈에게 줄 수 있단 말이냐! 어찌 인간 따위에게!"

"너보단 나을 테니까."

"닥쳐!"

나후가 잔뜩 성이 난 얼굴로 묘성의 목을 단단히 조른다.

묘성은 피를 잔뜩 흘린 채로 축 늘어져 힘없이 웃고 있었다.

저대로 놔두었다가는 삼켜질 게 분명하다. 이미 두 번째 별도 나후성에 절반쯤 먹힌 상태였다.

지호가 그쪽으로 움직이려는 그때,

"제천대성의 후예여, 신이 머무시는 성소(聖所)를 이 이상 그 더러운 발로 더럽히지 말라."

갑자기 허공에서 메아리가 울려 퍼졌다.

휘리리릭!

갑자기 불어온 바람으로 땅에 쌓인 눈밭이 흐트러진다 싶더니 두 개의 인형이 나타나 앞을 가로막았다.

아니, 정확하게는 일인일수(一人一獸)였다.

사람은 온통 새카만 그림자로 이뤄져 있어 생김새를 짐작하기 힘든 기괴한 모습을 자랑했다. 반면에 짐승은 거의 3미터에 다다르는 크기에, 마치 눈밭에 폭 담근 것처럼 잿빛의 윤기가 자르르 흐르는 털을 가진 늑대였다.

분명 처음 보는 상대지만, 지호는 두 녀석에게서 아주 익숙한 향을 느꼈다.

혼세. 그와 기운이 상당히 흡사하다.

"절교의 사도인가?"

지호의 혼잣말을 들었는지, 그림자 인간의 입가가 있으리라 생각되는 부분에 새하얀 구멍이 잔뜩 벌어진다. 마치 즐겁다는 듯이 웃는다.

"호오? 우리에 대해서 손오공에게 듣기라도 했나?"

그때 옆에 있던 늑대가 낮게 으르렁거린다. 분명 가래 끓는 소리인데도 불구하고 이상하게 의미를 쉽게 알 수 있었다. 성소를 운운했던 그 목소리다.

"혼세를 만난 모양이로군."

"아, 그렇지. 그놈이 있었지. 깜빡 잊고 있었어."

큭큭큭, 그림자가 가볍게 웃는다.

지호는 여의봉을 꽉 쥐었다.

아무리 여태 여러 번의 기연을 통해 강해졌다지만, 녀석들은 절대 쉽게 생각할 자들이 못 된다. 합공이었다지만 손오공을 위기로 내몰았던 녀석들이고, 혼세를 떠올려 본다면 긴장하는 걸로도 모자란다.

하물며 그런 녀석들을 둘이나 상대한다면야.

'어째서 이런 자들이 나후를 떠받드는 거지?'

지호로서는 도저히 이해가 가지 않을 일이었다. 녀석들 하나하나는 사타왕이나 교룡과도 맞먹을 정도로 강하다. 둘의 기세를 합쳐 놓고 본다면 현실에서 나타난 반쪽짜리 나후와도 견줄 만하다.

그들 역시 신의 경지에 가까이 다다른 존재란 뜻이다.

그런데도 신을 숭배한다는 것은 모순이 아닐까?

하지만 의문은 잠시.

지호로서는 더 깊게 생각할 겨를이 없었다. 하늘에선 두 번째 별에 이어 세 번째 별이 침식되어 가고 있었다.

"비켜."

그림자가 고개를 든다. 눈도 없는 얼굴로 지호를 응시한다.

"뭐가 그렇게 급하시나? 이렇게 만난 것도 인연이니 가볍게 통성명이나 나누……!"

그림자의 말이 끝나기도 전에 지호가 몸을 날렸다.

쐐애애애애액!

여의봉이 공간을 찢는다. 단숨에 그림자를 쳐 내기 위해서 뇌전으로 번뜩였다. 파지지지직! 뇌벽세가 그림자의 머리 위로 떨어진다.

"우와아아악! 이게 뭐야!"

"멍청하긴!"

호들갑을 떠는 그림자를 대신해 회색 늑대가 하늘 높이 도약한다. 녀석은 숨을 크게 들이켜다가 단숨에 토해 냈다.

강풍이 눈보라와 뒤섞이면서 공간을 찢어발긴다. 뇌벽세는 강풍을 뚫지 못한 채 허공에서 산산이 흩어지고, 그사이로 지호와 회색 늑대가 격돌했다.

쾅! 쾅! 쾅!

둘은 눈 깜짝할 사이에 허공에서 수없이 격돌했다.

회색 늑대가 꼬리를 휘두른다. 지호는 금강포로 단단해진 왼팔로 공격을 막고, 안쪽으로 여의봉을 찔러 녀석의 목을 노린다.

녀석은 대가리를 돌려 아가리를 잔뜩 벌려 여의봉을 아그작 깨물어 버렸다. 그러면서 사람 머리보다도 더 큰 발톱으로 할퀴려 한다.

'안 되겠어!'

지호는 거대한 나후를 상대할 때와 달리 지금은 도리어 여의봉이 불편하다는 생각에 도로 거둬들이고, 대신에 다시 한 번 뇌기를 더 크게 끌어 올렸다.

파지지지직!

팔뚝을 따라 뇌기가 튀어 오르고,

콰르르르르르릉!

뇌벽세가 회색 늑대의 턱밑에 작렬했다.

하지만 회색 늑대는 마치 뼈가 없는 연체동물처럼 목을 직각으로 꺾어 뇌벽세를 흘리더니, 연이어 고개를 옆으로 돌려 지호의 왼쪽 어깨를 세게 깨물었다.

콰득!

"크으으으으윽!"

지호는 이대로 왼팔이 떨어져 나가는 게 아닐까 하는 고통에 이를 악물었다. 하지만 도리어 왼쪽 어깨를 녀석의 아가리 안쪽으로 세게 밀어 넣었다.

콰아아아아아앙!

금강포가 작렬하면서 회색 늑대의 어금니와 송곳니가 모조리 부서지고 아가리가 찢어진다. 피가 잔뜩 쏟아지면서 회색 늑대의 얼굴에 당황하는 기색이 역력하게 어린다.

하지만 녀석이 그러거나 말거나 지호는 목울대를 그대로 쳐 버렸다. 동시에 오른팔로 턱 아래쪽을 감아 모가지를 옆으로 확 꺾어 버렸다.

우드드드득!

모가지가 돌아가는 섬뜩한 소리와 함께 회색 늑대의 머리가 기괴한 방향으로 꺾인다. 즉사해 버렸는지 3미터나 되는 덩치가 축 늘어져 무게를 더한다. 거기다 어깨에 단단하게 물린 턱주가리는 쉽게 빠지질 않았다.

"하! 날 빼놓으면 섭섭하지!"

그사이 그림자가 동료의 죽음에도 아랑곳하지 않고 코웃음을 치면서 등 뒤에 나타나 팔을 내려친다. 녀석의 팔은 초승달처럼 끝이 굽어서 베기에 적합한 모양이었다.

형체가 없어 자유자재로 변할 수 있는 몸. 그것이 바로 녀석이 가진 능력이었다.

"제길!"

지호는 급격히 몸을 반대로 틀어 어깨에 대롱대롱 매달린 회색 늑대를 갖다 댔다. 그림자의 칼이 무참하게 시체를 썰어 버리며 지호까지 같이 베려 한다.

하지만 녀석 덕분에 비교적 홀가분해진 것을 이용해 손바닥을 활짝 펼쳐 화염륜을 펼쳤다.

콰르르르르르릉!

화염륜이 부딪치면서 그림자의 칼이 산산이 부서진다.

"이야, 이게 뭐야? 내 팔을 부쉈어? 무식한 사타왕의 발길질도 이 정도는 아닌데? 반 년 동안 제천대성이 대체 뭘 먹인 거냐?"

지호는 대답 없이 재빨리 퇴보를 밟았다. 어떻게든 회색 늑대의 머리를 뽑지 않으면 아무것도 할 수 없을 것 같았다.

"하? 대답하기 어렵다? 흐흐흐흐. 그럼 마음대로 해. 어차피 급한 건 내가 아니라 너니까, 천천히 이야기 나눠 보자고!"

휘리리릭!

그림자는 지호를 놓칠세라 부서진 팔을 허공에다 뿌렸다. 그러자 부서졌던 팔이 마치 고무처럼 길게 쭉 늘어나더니 지호를 쉴 새 없이 후려쳤다.

콰콰콰콰콰쾅!

그럴 때마다 지호는 뇌벽세를 발휘해 잇달아 팔을 후려쳤지만, 일정한 형체가 없는 녀석의 팔은 튕겨 내더라도 교묘하게 방향을 꺾으며 안쪽으로 파고들었다.

"어쭈? 그럼 이것도 막아 보셔!"

그리고 그렇게 파고들 때마다 예리한 날이 드러나면서 지호를 조금씩 베어 나갔다.

"이것도! 이것도! 이것도!"

결국 수십 합의 공방이 오고 갔을 때, 지호는 어깨에서 회색 늑대의 이빨을 뽑을 수 있었지만, 대신에 전신은 온통 상처로 도배되다시피 해 피투성이가 되고 말았다.

'이대론…… 안 돼!'

하늘에선 다섯 번째 별이 침식되는 중이었다.

하지만 길을 뚫으려 해도 쉽지가 않다. 왼팔은 거의 박살이 나 힘이 들어가질 않고, 그림자 역시 쉴 새 없이 팔을 휘둘러 댄다. 싸우는 내내 경망스러운 언행을 보였지만, 녀석 역시 그만큼 급박하다는 뜻이다.

“이래도 이야기 안 해 줄 거야? 정말 너무하네!”

그림자는 툴툴대면서 양팔을 한꺼번에 휘둘렀다. 그림자가 마치 촉수처럼 갈라지고, 또 갈라지며, 삽시간에 수십 개로 불어난다.

스스스스—스!

면도날처럼 예리한 수십 개의 칼날이 땅 위를 스친다. 지호를 사방에서 조여 오는 모습이 마치 칼날 감옥처럼 으스스하다.

콰아아아아아아앙!

지호는 공력을 있는 힘껏 발바닥으로 끌어모아 땅을 세게 박찼다. 마치 천둥이 치는 것처럼 엄청난 굉음과 함께 돌파, 그림자 칼날을 정면에서 부딪친다.

콰르르르르르릉!

뇌벽세가 수없이 터져 나가며 칼날을 모조리 부숴 버린다. 조각조각 난 그림자 파편에 잔뜩 베이는 것도 무시를 하며 단숨에 간격을 좁히고, 오른손을 뻗어 얼굴 부위를 세게 움켜쥔다.

“으브브브븝! 으븝!”

녀석이 당황하건 말건 간에 악력에 잔뜩 힘을 준다.

퍽!

머리통이 가볍게 으깨지면서 녀석을 이루고 있던 그림자

가 실타래 풀리듯이 모두 흩어져 사라졌다.

지호는 놈들의 최후 따위 확인하지도 않았다.

확인해야 할 것은 따로 있었다.

'제발! 제발! 무사하셔야 합니다, 묘성!'

늦지 않았기를 간절히 바라며 몸을 날린다.

결국 두 사도의 시체를 지나 도착한 곳에는,

"왔구나. 제천대성의 후예여."

나후가 큼지막한 바위에 걸터앉아 다리를 꼰 채로 환하게 웃고 있었다.

"좀만 더 일찍 오지 그랬나? 그랬더라면 형님의 구슬픈 최후를 직접 목격할 수 있었을 것을."

나후는 입가에 묻은 핏자국을 손등으로 훔쳤다.

그때, 밤하늘에서는 나후성이 플레이아데스의 여섯 별을 모두 잠식했다. 별빛을 모두 흡수하기라도 한 것인지 다른 어느 때보다 요요히 빛나고 있었다.

이대로 빛무리가 터져 새로운 달이 생기는 게 아닐까 싶을 정도로, 아주 환하게!

"묘, 묘성……!"

지호의 눈동자가 파르르 떨린다.

녀석의 발치에는 묘성이, 아니, 묘성이었을 자그마한 몸뚱이가 머리와 상반신 절반 이상이 뜯어먹힌 채로 바닥에 나뒹굴고 있었다.

나후가 천천히 엉덩이를 바위에서 뗀다.

그리고 꼭 감겼던 오른쪽 눈을 서서히 뜬다.

분명 사라졌던 푸른 달이, 그 속에 들어 있었다.

붉은 눈과 푸른 눈. 색이 전혀 다른 오드 아이가 별빛처럼 반짝거린다.

"태초에 섭리가 있어 빛은 본래 하나였다. 하지만 세상이 네 개로 갈라지매, 하나였던 빛도 두 개로 쪼개져 해와 달이 되고 말았으니, 결국 빛을 관장하던 신도 둘로 나뉘어 뜻하지 않게 쌍둥이 형제가 되고 말았노라."

그것은 과거를 되짚는 회상. 혹은 회한이다.

"하지만 이제 그들이 이 자리에서 다시 온전한 하나가 되었음이니. 경외하고 찬탄하라, 신의 재림을. 또한, 경고하노라. 뒤틀린 인과율에 따라 천계에 앉아 이곳을 굽어다보고 있을 거짓된 신들에게!"

나후는 밤하늘을 향해 분노를 내질렀다. 대체 누구에게 저토록 화를 내는 것일까?

하지만 지호는 아무런 물음도 던질 수가 없었다.

그만큼 녀석의 기백은 너무나 대단했다.

나후는 붉고 푸른 눈을 내려 다시 지호를 응시했다. 분노로 가득했던 얼굴은 어느새 평온함으로 가득하다.

녀석은 더 이상 인간처럼 감정이 다양했던 처음의 나후가 아니었다. 감정 따윈 말끔히 소거되어 이성만이 남은 존재였다.

"하지만 아직 모든 것을 되찾지 못했으니. 그대에게 마지막 한 조각이 남아 있기 때문이다. 한데, 이렇게 바치기 위해 제 발로 걸어 들어왔으니."

나후가 입꼬리를 살짝 비틀며 손을 뻗는다.

엄지에서 붉은 불길이 일어나고, 소지에서 푸른 얼음이 생긴다. 두 상반된 기운이 하나로 뒤섞이더니 새하얀 빛무리가 되어 손아귀에 잡힌다.

이것이야말로 태초의 빛. 해와 달이 있기 전부터 존재하던 힘. 우주와 만물을 창조했던 단 하나의 점이다.

"그러니 죽는다 해도 걱정 말라. 육신이란 감옥을 벗어던지고 진정한 자유를 얻게 되는 것이니."

지호는 여의봉을 꺼낼 타이밍을 쟀다. 이대로 묘성을 삼킨 나후를 상대하기란 요원하다. 일단은 물러났다가 차후를 기약해야 했다.

'그땐 오공을 데려오든지, 아니면 사타왕이나 교룡과 같이 덮치든지. 지금은 아니야.'

하지만 여의주를 원하는 나후가 지호를 쉽사리 보내 줄

리 만무하다.

기회는 딱 한 번.

녀석이 빛을 터뜨릴 때, 곧바로 자리를 떠야만 한다.

나후가 천천히 선언을 하듯이 빛무리를 지호에게 겨누려는 그때,

"아아아악! 내 손! 내 발! 도무지 펴지질 않아! 저 새끼는 어째 구백 년 전이나 지금이나 말투가 달라지질 않아!"

익숙한 목소리가 하늘에서 울려 퍼졌다.

'교룡?'

지호가 화들짝 놀라 고개를 위로 드는데, 다른 목소리도 계속 이어진다.

"왜 그래? 난 멋지기만 한데? 나도 좀 따라해 볼까?"

'이건 사타왕?'

하지만 익숙지 않은 목소리도 섞여 있었다.

"저러다 말겠지, 뭐. 그보다 막내야, 내 미미 장은? 언제 줄 거야? 나 네가 하라는 대로 다 했잖아! 빨리 줘!"

"시끄러! 난 지금 할 일도 산더미처럼 쌓였다고! 피부가 퍼석퍼석해진 것도 안 보여? 진짜 어쩌면 좋담!"

"아아. 우울하다. 우울해. 또 실수했어. 난 정말 뭘 해도 안 되는 걸까?"

"다들 좀 닥쳐! 무슨 장날 시장바닥도 아니고 뭐가 이렇

게 말들이 많아!"

마지막 목소리는 익숙하다.

'오공!'

지호의 눈이 커진다.

'설마……!'

손오공, 교룡, 사타왕에 이어 가지각색의 서로 다른 목소리. 하지만 개성은 다 달라도 그 속에 담긴 웅혼한 내력까지 다른 건 아니다.

나후도 그걸 느꼈는지, 미간을 살짝 찌푸리며 고개를 높이 든다. 지호 역시 시선을 돌린 자리로 때마침 밝은 달빛이 내려앉아 주변을 비추었다.

흐릿한 눈보라를 뚫고, 나후의 주변으로 여섯 명의 사람들이 모습을 드러낸다. 지호도 낯이 익은 교룡, 사타왕에 이어 예쁜 미모를 자랑하는 여인, 우울한 표정의 중년인, 귀찮다는 얼굴을 하고는 새끼손가락으로 귀를 쑤시는 청년까지.

복장도 태도도 가지각색이지만, 한 가지 공통점을 지니고 있었다.

힘.

저마다 세상을 압도할 힘을 속에 품고 있다.

동주칠마왕!

손오공과 의형제들이 마침내 한 자리에 모인 것이다. 비록 한 사람이 결석이지만, 그들 여섯 사람만으로도 나후의 기세는 더 이상 길게 이어지지 못했다.

지호 옆으로 손오공이 탁 선다. 그는 나후를 뚫어져라 쳐다본 채로 지호의 어깨를 짚었다.

"수고했다."

"오공……."

"이제부터는 내게 맡겨."

"……예!"

그 한 마디가 지호에게는 다른 무엇보다 큰 의미로 다가왔다.

탁!

손오공은 지호를 지나 나후 앞에 섰다. 눈보라만큼이나 새하얀 백발이 허공에 수를 놓으며 아름답게 반짝거린다. 입꼬리가 살짝 말려 올라갔다.

"우리끼리 할 얘기가 아직 많이 남았지?"

나후는 손길을 거둬들이지 않고 손오공과 의형제들을 쭉 둘러보았다.

"불신자들이 모두 한 자리에 모였구나. 구백 년 만인가? 아니, 한 명은 빠졌군."

"뭐가 그렇게 바쁘신지 대답도 없더라고."

손오공은 어깨를 으쓱거리다 고개를 외로 꼰다.

"그래도 다 망해 버린 사이비 종교의 신 따위를 잡는 데는 이 정도면 충분하지."

이미 지난 반 년 간의 전쟁 때문에 절교는 거의 씨가 마르다시피 했다. 그나마 남아 있던 세 명의 사도조차 지호의 손에 죽고 말았으니.

나후와 손오공 사이에 잠깐이지만 적막이 흐른다.

묘한 분위기가 무겁게 깔렸다.

다른 의형제들은 따분해하면서도 눈길은 나후에게서 떨어지질 않는다. 여차하면 바로 달려들 생각인지 팔에 잔뜩 힘이 들어간다.

특히 싸움을 좋아하는 사타왕은 눈가에 희열이 감돌 정도였다.

"키키키킥. 이렇게 형제들이 한 자리에 모인 것도 간만이지 않아?"

사자 갈기처럼 헝클어진 머리와 턱수염이 파르르 떨리기 시작한다. 두 눈은 먹이를 갈구하는 맹수처럼 길게 쫙 찢어지며 흉포함이 감돌았다.

"하물며 노리는 사냥감이 신이라면야……!"

그의 말이 끝남과 동시에,

고오오오오오오오!

엄청난 기운이 폭풍처럼 휘몰아치기 시작한다.

사타왕의 성질은 폭(爆), 사납고 거칠다. 마치 맹수가 발톱이라도 휘두르는 것처럼 날카로운 황색 바람이 사방으로 휘몰아친다.

그것이 시발탄이었다.

"젠장! 제발 좀 빨리 끝내고 돌아가자고. 난 더 이상 이딴 데 묶이기 싫다고!"

교룡, 세간에는 교마왕이라 알려진 자는 짜증을 내며 기세를 일으켰다. 그가 추구하는 것은 승(昇), 떠오른다. 땅 밑을 감돌던 기풍이 위로 솟구치면서 밤하늘보다 더 새카만 칠흑빛이 하늘을 뒤덮는다.

"왜 하필 이런 곳이람? 찬바람은 피부에 안 좋은데. 하여간 악취미야."

동주칠마왕 중에서 홍일점인 붕마왕은 예쁜 얼굴이 상하지 않게 소맷자락으로 입을 가리며 기풍을 흘렸다.

그녀의 성질은 환(煥), 밝다. 그녀를 중심으로 붉은 기풍이 여덟 갈래로 갈라지는가 싶더니, 마치 붕새가 날갯짓을 하듯이 세상을 환하게 비추었다.

"귀찮아 죽겠는데! 막내야, 너 진짜 미미 장 없으면 죽을 줄 알아!"

"내가 할 수 있을지 모르겠지만…… 최대한 도울게."

여섯째인 우융왕은 예(銳), 날카롭다. 다섯째인 미후왕은 쾌(快), 빠르다. 두 사람의 기풍이 뒤섞이면서 빠르면서도 날카로운 힘이 나후를 에워싼다.

동주칠마왕이 내뿜는 기세는, 서로 이질적이면서도 대립하지 않고 도리어 뒤섞여 더 큰 힘을 자랑한다.

주변을 뒤덮던 눈보라는 언제부턴가 그들이 만들어 내는 거대한 영역에 일절 발길을 붙이지 못한 채 옆으로 빗겨 나며 서서히 언덕을 쌓아 간다.

~~쿠쿠쿠쿠쿠쿠쿠~~.

동주칠마왕의 기세가 더 세게 일어나면서 눈보라는 아예 밀려나다 못해 구름이 흩어져 사라져 버린다. 대지가 약동하고, 하늘이 부르르 몸을 떤다.

달은 금방이라도 부서질 듯이 위태롭게 흔들리고, 별무리는 당장이라도 밤하늘에서 이곳으로 우수수 떨어져 내릴 것만 같다.

유일하게 나후가 등을 지고 있는 나후성만이 더 환한 빛을 발하며 자신을 위협하는 기풍을 맞았다.

손오공이 차갑게 웃었다. 송곳니가 훤히 드러나도록.

"이제 지난 악연에 종지부를 찍자, 나후."

그리고,

팟!

충돌했다.

누가 먼저라 할 것도 없이, 동시에.

*　　*　　*

콰르르르르르르르릉!

동주칠마왕과 나후가 부딪친 자리 위, 이대로 눈이 머는 것이 아닐까 싶을 정도로 환한 빛무리가 수직으로 아주 높게 일어선다.

예리하기 짝이 없는 빛의 기둥은 마치 하늘을 떠받칠 것처럼 일어서다가, 그대로 달을 정확히 반으로 나누는 중간 지점을 통과했다.

그리고,

쩌거거거거걱!

달이 쪼개지기 시작했다.

*　　*　　*

파아아아—

'달이 부서진다!'

지호는 믿기지 않는 현실에 눈을 부릅떴다.

이건 해와 달을 먹어치우고 그 자리에 나후가 눈을 떴을 때와는 또 다른 충격이었다.

빛무리가 달을 베어 버리면서 시작된 균열은 곧 전체로 가득 퍼졌다가, 마치 유리 거울을 바닥에 떨어뜨렸을 때처럼 팍 하고 깨지고 말았다.

부서진 조각들이 하나둘씩 떨어지기 시작한다.

큰 조각이 떨어지면서 그 뒤를 따라 작은 조각과 가루들이 눈송이처럼 우수수 쏟아진다. 세상을 뒤덮는 하늘이란 천장에 걸어 뒀던 달이란 장식이 완전히 사라지면서 달빛이 사방으로 흩어져 버린다.

하지만 신기하게도 세상에 어둠은 내려앉지 않았다.

아니, 도리어 조금씩 더 밝아졌다.

나후성이…… 빛나고 있었다.

달을 대신해서.

묘성의 여섯 별을 먹어치워 어느 때보다 밝게 빛나던 나후성은 점차 몸집을 불리면서 주변에 있던 황소자리를 모두 먹어치우고, 나아가 하늘에 가득히 퍼진 다른 별들까지 해치워 나갔다.

결국 은하수가 나후성 아래에 완전히 먹혔을 때.

나후성이 달보다 더 크고 화려한 빛을 뿌렸을 때.

세상은 낮도 밤도 아닌 이상한 상태가 되고 말았다.

푸르지도 어둡지도 않은 하늘은 우중충한 잿빛으로 반짝거린다. 마치 스모그가 온통 내려앉은 것처럼 해, 달, 별, 구름, 그 어느 것 하나 찾을 수가 없었다.

하늘에서 빛나는 것은 단 하나.

나후성밖에 없었다.

'각성을 마친 거야!'

묘성을 잡아먹고 완전히 신으로서 자리매김을 했다는 뜻이 아닌가.

지호는 악몽이나 다름없는 끔찍한 현실에 왼팔의 고통도 잊어버렸다. 이 일을 어쩌면 좋을지 몰라 자신이 할 수 있는 일이 있지 않을까 싶어 나후와 동주칠마왕 쪽으로 시선을 돌린다.

'어떻게든 도와야 해.'

하물며 손오공이 덜 회복된 것을 고려한다면, 더 강해진 나후를 상대하기가 까다로울 것이다.

하지만,

'내가 끼어들 자리가 없어.'

이제부터는 자신에게 맡기라던 호언장담은 허세가 아니었다. 손오공은 그만큼 잘 싸웠다.

이쪽에서 나타난다면 저쪽에서 다시 나타나 주먹을 날리

고, 빚무리가 터져 위협을 받는다 싶으면 이쪽으로 빠졌다가 다시 저쪽으로 움직여 빈틈을 노린다.

비록 오호문에서 봤을 때처럼 압도적인 힘은 느껴지지 않지만, 손오공은 자신이 왜 손오공인지를 확실히 보여 주었다.

그는 혼세에게 밀려서 수렴동에 있었던 것이 아니다. 오히려 쓸데없는 곳에 힘을 빼놓기가 싫어 뒤로 빠져 있었을 뿐이었다!

쾅! 쾅! 콰콰콰콰쾅!

다른 동주칠마왕도 마찬가지다.

"으이쌰! 으랏차차차차차!"

사타왕은 뒤도 돌아보지 않고 쉴 새 없이 나후를 몰아붙인다.

나후는 귀찮다는 듯이 한 손으로 공격을 모두 흘려 버리며 반격을 꾀하지만, 사타왕은 자신이 한 대를 맞더라도 두 대를 때리면 된다는 생각으로 악착같이 달려들어 나후에게 가장 많은 타격을 입혔다. 두 눈은 생기로 활발했다.

교룡은 사타왕과 다르게 직접 승부에 끼어들지 않고 후미에서 지원을 했다. 뒤에 있었지만 그가 주먹을 허공에 내지를 때마다 하늘에 깔아둔 칠흑빛 기풍에서 검은 벼락이 쉴 새 없이 떨어져 나후를 계속 두들긴다.

“진짜 쥐새끼처럼 계속 빠져나가네! 이놈 좀 어떻게 묶어 봐!”

“남자가 돼서 그것도 제대로 못해? 하여간 답답하긴!”

붕마왕이 손을 흔든다. 그때 하얀 대지 위를 거칠게 달리며 얼음과 눈밭을 녹이던 불꽃이 용암처럼 솟구쳐 나후의 발을 묶었다.

콰르르르르르르르!

그 틈을 노려 미후왕은 바람에 녹아 육안으로는 도저히 따라잡을 수 없는 속도로 나후의 사각지대를 교묘하게 노리고, 우융왕은 느릿하지만 날카로운 공세를 퍼부었다.

너무나 완벽한 공세다.

그 어디에도 지호가 끼어들 자리는 없었다.

‘강해……! 전부!’

내심 여의주를 삼키면서 이제 저들과 비슷한 경지에 올랐다고 자부했던 지호는, 세웠던 자존심을 도로 접어야만 했다.

경지나 공력은 중요한 것이 아니다.

필요한 것은 바로 경험. 혹은 세월이다.

이들은 지호로서는 도저히 짐작할 수도 없는 까마득한 세월을 살았다. 그렇기 때문에 보고, 듣고, 깨달은 바의 깊이가 대단하다.

그 세월이 이들에게서 묻어났다.

쾅!

손오공은 나후가 휘두른 주먹을 겨우 막아 튕겨 나 설원에 처박혔다. 그가 떨어진 자리 뒤편으로 눈이 해일처럼 일어났다가 가라앉는다.

"아오! 진짜 몸만 이 지경이 아니었어도! 저딴 놈은 한 방인데……! 짜증 나 미치겠네!"

손오공은 욱신거리는 팔을 한 번 흔들어 대고는, 밤하늘에 맺힌 달을 살짝 올려다보다 작게 중얼거렸다.

"……이대로 시간을 끌면 큰일인데."

팟!

손오공은 다시 허공으로 몸을 날렸다.

'시간을 끌면 안 된다고?'

지호는 손오공의 혼잣말을 듣고 고개를 들었다.

동주칠마왕과 나후가 부딪칠 때마다 퍼져 나가는 기파는 확실히 하늘을 떨리게 할 정도로 대단하다. 하지만 잘게 부서진 달과 다르게 나후성은 더더욱 빛을 키워 나갈 뿐, 무너질 기미를 보이지 않는다.

'이대로 둔다면 나후성이 해와 달을 대신하고 말아.'

나후성이 하늘을 장식하는 세상? 끔찍하다. 해와 달이 완전히 사라져 버린다면 이쪽 세상뿐만 아니라 저쪽 세상에도 영향을 끼치게 된다.

지호는 대책을 강구했다. 동주칠마왕과는 다른 자신만이 할 수 있는 일이 있을 것이다.

내가 갖고 있는 게 뭐지?

'여의봉. 금고아.'

아니다.

이것들은 손오공이 준 것이지, 나만이 갖고 있는 게 아니다.

삼장 법사는 나후가 양쪽 세상에 혼란을 끼칠 것을 천기로 읽고 여러 가지 안배를 깔았다. 여의봉을 놔두고, 묘성을 끌어들이고, 자신의 사리를 남겼다.

그렇다면 여기에도 어떤 안배를 놔뒀을 것이다.

나만이 갖고 있는 것.

그러면서 나후에게는 없는 것. 아니, 정확하게는 나후에게 반드시 필요한 것.

있다.

"여의주."

묘성이 수천 년 동안 청룡과 함께 업을 쌓아 만든 구슬이 있잖은가!

지호는 눈을 감았다.

외부로 향하던 모든 감각을 안쪽으로 돌린다. 자칫 충격파에 휩쓸리면 죽을 수도 있지만 무시해 버린다.

좌라라라락.

털끝이 쭈뼛 세워지면서 처음 여의주를 삼켰을 때와 같은 감각으로 들어선다. 용의 감각. 용의 힘을 서서히 깨워 나간다.

이어서 의식을 깊숙이 아래로 내린다.

무의식의 세계.

심연에서 무언가를 찾는다.

찌릿.

무언가가 뇌리를 쿡쿡 쑤신다.

혈관을 따라 마치 개미가 다니는 것처럼 간지럽다. 간지러움은 서서히 진해져 따갑게 느껴지더니, 곧 아픈 통증으로 변해 버린다.

좌르륵.

무언가가 변해 간다. 몸이 변하기 시작한다.

좌르르륵.

털끝이, 피부가, 근육이, 골격이, 세포가, 이질적으로 변하면서 딱딱해진다. 미끈미끈한 무언가로 변해 버린다.

좌르륵. 좌르르륵.

그 통증이 몸 전체로 확 퍼졌을 때.

빳빳하게 일어선 무언가가 차분하게 가라앉는다.

푸른빛을 발하기 시작한다.

비늘이, 돋아난다.

지호가 눈을 떴을 때, 그를 맞은 것은 나후성이 자리매김한 세상이 아닌, 밤하늘을 옮겨 담은 것 같이 칠흑빛으로 물든 잔잔한 호수였다.

'이것이…… 나의 무의식. 심연.'

어느새 무의식의 세계에 들어온 것이다. 처음 방문한 곳이지만 도무지 낯설지가 않다.

'수렴동의 영천과 똑같아.'

무의식이 반영된 결과일까. 이유는 모른다. 하지만 아무렴 어떨까.

지호는 천천히 심연에 다가갔다.

무언가가 안에서 가만히 숨어 이쪽을 바라보고 있다.

기다란 몸뚱이, 푸른 비늘, 커다란 눈.

그것은 용이었다.

묘성을 머리에 태우고 돌아다니던 청룡은 심연에서 슬그머니 고개를 내민다.

청룡의 눈에는 갖가지 감정이 어린다. 원통함. 억울함. 분노. 회한. 슬픔. 두려움. 공포. 자신으로부터 주인을 앗

아간 적에게 대한 갖가지 감정이 진하게 묻어난다.

이것이다.

나후가 말한 한 조각.

완전한 신이 되기 위해서 필요한 마지막 조각이다.

이것이 없었기 때문에 나후성은 아직 해와 달을 완전히 대체하지 못했다. 태초의 빛이 되어 세상을 환하게 비추지 못했다.

묘성이 지호에게 건넸던 여의주.

“이리와. 같이 가자.”

지호는 심연으로 손을 뻗었다.

하지만 청룡은 섣불리 심연 밖으로 나오질 못했다.

녀석은 주인에 대한 복수심으로 잔뜩 화가 나 있으면서도, 한편으로 두려워하고 있었다. 자신마저 사라져 나후가 각성을 마치는 것이 아닐까 하는 공포에 젖었다.

지호는 포근하게 웃었다.

“무서워할 필요 없어. 이젠 내가 옆에 있으니까.”

청룡은 한참 동안이나 지호를 바라보다가 이내 뭔가를 결심한 듯 수면 밖으로 고개를 내밀었다.

* * *

화아아악!

시푸른 빛무리와 함께 지호가 다시 눈을 뜬다. 화안금정으로 변한 금색 눈은 심연이 아닌 현실을 바라본다. 나후성 아래에 팽팽한 접전을 벌이는 동주칠마왕과 나후가 보인다.

좌륵. 좌르르륵.

지호는 전신을 찌르르 울리는 새로운 감각에 시선을 내려 몸을 살핀다.

"몸이…… 변했어."

팔뚝을 따라 푸른 비늘이 드러난다. 마치 청룡의 피부를 이식한 것처럼 세포 하나하나가 미끌미끌한 비늘이 되어 팔을 덮고, 다리를 덮고, 몸을 덮는다.

뺨을 매만지니 역시나 딱딱한 게 느껴진다.

몸의 절반 가까이가 푸른 비늘로 덮였다.

두 사도와 싸우면서 입었던 부상도 이미 말끔하게 나아버렸다. 너무 너덜너덜해져서 회복이 불가능한 게 아닐까 싶었던 왼팔도 멀쩡했다.

아니, 더 단단해졌다.

부러지거나 박살 난 뼈는 더 튼튼한 강골로 변하고, 살갗에는 비늘이 돋아서 전체적인 경화가 진행되고 있다.

용으로서의 각성을 마쳤단 뜻이다.

지호는 어느새 밖으로 나와 오른손에 꽉 쥐고 있는 여의봉을 보았다. 금색으로 빛나던 여의봉의 표면 위로 푸른 무늬가 떠오른다.

웅, 웅, 웅, 웅!

여의봉이 아주 길게 떨린다. 무언가를 말하려는 듯이 울어 댄다. 청룡이 지호의 손을 잡고 기꺼이 심연에서 나와 여의봉에 자리를 잡은 채 울어 대고 있었다.

"알았어."

지호는 진정하라는 듯이 왼손으로 여의봉을 조심스레 쓰다듬는다. 당장이라도 일어나기 위해 꿈틀거리던 여의봉이 잔잔하게 가라앉는다.

대신에 웅혼한 힘이 느껴진다.

지이이이이이이잉!

지호는 이제야 여의봉이 손에 완전히 익는 것 같았다. 여태 사용했을 때는 맞지 않은 옷을 입은 것처럼 답답하기만 했는데, 지금은 마치 팔다리처럼 익숙하다.

아마도 여의봉에 깃든 청룡이 지호와 마음으로 연결되어 있어서 그런 것이 아닐까.

지호는 흡족한 미소를 띠다가 이내 단호한 눈매로 다시 고개를 들었다.

저 멀리 동주칠마왕과 나후가 보인다.

둘은 절대 한 치도 물러서지 않았다.

하늘은 그들이 벌이는 충돌로 인해 너무 많이 떨린 나머지 이미 너덜너덜해지고 말았다. 이대로는 달처럼 하늘이 무너져도 절대 이상하지 않을 일이었다.

더구나 나후성이 점차 커져 감에 따라 나후의 힘도 서서히 강해져 간다.

반면에 완벽하던 동주칠마왕의 손속은 점점 어지러워진다. 체력적으로 지친 것인지 모른다. 아주 조금씩 밀리는 양상을 띠기 시작한다. 손오공이 힘을 되찾지 못한 것이 동주칠마왕에게는 너무 큰 약점이었다.

쿠릉! 쿠릉! 쿠르르릉!

결국 나후가 잇달아 내지른 힘에 맞춰 하늘이 조금씩 뒤틀렸다. 공간이 어긋나듯이 한쪽은 비틀리고, 다른 한쪽은 늘어나면서 혼란이 찾아온다. 아주 희미하게나마 균열이 생겨나고 있었다.

이대로는 해와 달에 이어 하늘마저 무너지리라.

"후우우우……!"

지호는 길게 숨을 고르더니 여의봉을 역수로 쥐어 하늘을 향해 투창 자세를 갖췄다.

싸아아아아!

여의봉의 표면을 따라 감돌던 푸른 기운이 뱅그르르 맴

돌더니 뭉뚝한 끝을 따라 세모꼴로 맺힌다. 커다란 원뿔을 여의봉에다 덧씌운 것 같은 모습이다.

빛무리의 끝이 서서히 뾰족해지면서 시퍼런 날을 완성한다. 그것은 마치 청룡의 송곳니처럼 아주 날카로웠다.

"날아라!"

지호는 하늘을 향해 여의봉을 세차게 던졌다.

여의봉을 따라 흐르던 금빛과 푸른빛이 꽈배기처럼 칭칭 뒤섞이며 한 줄기 섬광이 된다. 마치 태초의 빛을 담은 것처럼 새하얗게 빛난다.

쐐애애애애애애—액!

섬광이 관통한 자리로, 나후에 의해 하늘을 강제로 비틀리게 만들었던 힘들이 모조리 부서진다. 잿빛 하늘을 덮고 있던 천이 조금씩이지만 흔들리기 시작한다.

콰콰콰콰콰콰!

마치 쇠사슬이 끊어져 버린 것처럼 왜곡된 공간이 모두 박살 나 버리고,

퍼퍼퍼퍼퍼펑!

시커먼 구멍을 잇달아 숭숭 뚫어 버리면서 잿빛 하늘에 기다란 궤적이 남는다.

발기발기 찢겨진 하늘, 그 너머. 뒤쪽에 숨어 있던 푸른 하늘이 듬성듬성 나타나면서 세상에 따스한 빛을 내리쬐기 시작했다.

푸른 하늘을 열어 버린 섬광은 단숨에 동주칠마왕 사이로 가로지른다.

"흡!"

"이, 이게 뭐지?"

동주칠마왕은 하늘을 보다가 화들짝 놀란 나머지 한꺼번에 옆으로 물러선다.

나후 역시 갑작스레 등장한 섬광에 놀라고 말았다.

"뭐냐아아아아아, 이거어어어어어언!"

잿빛 하늘이 갈가리 찢겨 가면서 몸에 흐르던 기운도 같이 흔들린다. 그는 저것을 막아야 한다는 생각에 붕마왕에게 쏘려던 빛무리를 가슴 앞으로 던졌다.

빛이 터지면서 투명한 막이 여덟 겹이나 생기더니 마치 꽃잎처럼 하늘 가득히 활짝 펼쳐진다.

신의 권능을 담은 방패이니 저 정체를 알 수 없는 창도 막아 버릴 것이라 여겼다. 찢긴 하늘이야 다시 기워 버리면 그만이었다.

하지만,

콰차차차차차창!

섬광은 달이 깨졌을 때처럼 방패를 너무나 쉽게 부숴 버리고,

퍼어어어어어억!

나후의 심장을 꿰뚫어 버렸다.

"컥!"

나후는 눈 깜짝할 새에 자신의 가슴팍과 등가죽을 뚫고 나온 기다란 창, 아니, 여의봉을 믿기지 않는 눈빛으로 내려다보았다. 손이 바들바들 떨린다.

지이이이이이이잉!

여의봉에 깃든 청룡은 자신이 여기에 있다는 사실을 시위라도 하듯이 길게 몸을 떨었다.

"어, 어, 어떻게……?"

나후의 의문도 잠시.

퍼어어엉, 하는 소리와 함께 나후를 구성하고 있던 기운들이 바늘에 닿은 풍선처럼 폭발하면서 검은 안개와 먹구름이 바깥으로 새어 나와 형상을 갖추기 시작했다.

거대한 그림자, 삼두육비의 괴물로 돌아간 나후는 새하얀 설원 위에 무릎을 찍고 말았다.

쿠우우우웅.

대지가 크게 뒤흔들린다. 설원이 먹구름에 녹아내리면서 나후의 모습을 온전히 비춘다.

나후의 위에는 엄청난 크기의 청룡이 왼쪽 가슴을 뚫고 올라와 길쭉한 몸뚱이로 나후의 상반신을 칭칭 감고 있었다.

크르르르르르르르!

청룡은 그림자 사슬에 의해 단단히 결박되어 있던 것을 되갚아 주려는 듯, 나후가 옴짝달싹하지 못하게 단단히 붙들어 맨 채로 커다란 아가리를 벌려 나후의 머리통을 와그작와그작 씹어 대고 있었다.

—어…… 떻…… 게!

나후의 목소리는 가닥가득 끊겨서 제대로 이어지지도 못했다. 빌어먹을 청룡이 체내로 기운을 흘려 몸을 뻣뻣하게 만들어 버린다.

여의주다. 삼켜 버리고자 했던 마지막 조각이 도리어 거슬러 그를 부숴 버리려 하고 있었다!

왼쪽 머리가 씹히고, 오른쪽 머리가 먹힌다. 여섯 개의 팔 중 네 개가 수수깡처럼 아작이 나 버려 꿈쩍도 할 수가 없다. 청룡은 마지막 머리의 목덜미를 세게 물었다.

콰드드드드득.

나후는 말 못할 고통에 부들부들 떨며 붉고 푸른 눈동자를 움직여 이 사태의 원흉을 노려보았다.

저 멀리, 눈이 녹아내린 녹색 대지 위에는 용의 비늘을 감고 있는 사람이 보인다. 푸른빛에 둘러싸여 있어 알아보기가 힘들지만, 누군지는 알 수 있었다.

제천대성의 후예다.

아니, 이제는 용이라고 해야 하는 걸까.

—어…… 떻…… 게!

어떻게 인간 따위가 신의 여의주를 다룰 수 있단 말이냐!

목 언저리까지 그 말이 치밀어 올랐지만 도저히 내뱉을 수가 없다. 청룡에게 모두 씹어 먹힌 까닭에 그가 할 수 있는 말은 고작 그것이 전부였다.

그때 머리맡에서 피식, 웃음소리가 들린다.

"하! 살다 살다 뭔 이런 경우가 다 있냐. 애송이한테 도움을 받을 줄이야. 이 손오공도 인생 다 살았구만, 다 살았어. 나중에 빼질거릴 걸 생각하면 골치 아픈데."

손오공이 어느새 다가와 백발을 벅벅 긁으며 투덜거린다. 하지만 입가엔 미소가 잔뜩 맺힌다. 부쩍 성장한 자식을 보는 것처럼 흐뭇해한다.

"나도 전혀 생각 못했던 거니까 너도 너무 억울해하지 마라. 예지가 틀려 버린 거야 좀 웃겼지만."

—……!

나후가 큰 두 눈을 부릅뜬다. 무언가 말을 하고 싶지만 숨이 턱턱 막혀 말이 나오질 않는다.

손오공은 천천히 녀석에게로 다가갔다.

나후는 미간으로 다가오는 녀석의 검지를 보면서 바들바들 떨었다. 청룡에게 물린 목덜미 부분에 핏대가 선다. 붉고 푸른 두 눈이 시뻘겋게 충혈된다.

자신은 이대로 무너져선 안 된다고, 자신은 세상을 관조하는 태초의 빛이라며 항변한다.

하지만 그것은 전부 소리 없는 아우성이었다.

"신이 되어서 이렇게 발악하는 것도 좀 우습지 않아? 추하게 있지 말고 그냥 가는 게 나아. 그러니까……."

손오공이 차갑게 웃으면서 다가선다.

"이만 눈 감아."

그 말과 함께, 검지로 나후의 미간을 툭 하고 짚었다.

콰콰콰콰콰콰콰콰!

나후의 두 눈동자 위로 기다란 선이 그어진다. 그를 차지하는 모든 공간에 수십 개의 단층이 생겨나더니 그대로 미끄러져 내렸다.

해와 달을 담은 두 눈이 가장 먼저 쪼개지고, 머리가 갈라지고, 몸뚱이가 잘게 부서진다.

끼아아아아아아아아!

단층을 따라 수많은 검은 안개와 먹구름이 새어 나와 세상으로 흩어진다. 망령과 원혼들이 강제로 비집고 나오려 하면서 나후는 그대로 터져 버려 형체조차 없이 사라 사라지고 말았다.

나후는, 그렇게 부서져 없어졌다.

거세게 불어 닥치던 눈보라가 거짓말처럼 가라앉는다. 한줄기 바람이 불어오면서 끝없이 펼쳐진 초원이 드러났다.

'끝났……어?'

지호는 정신이 멍했다. 나후를 막기 위해 정신없이 준비를 하고, 싸우고, 여기까지 쫓아왔다. 그리고 이겼다. 하지만 여전히 긴장감은 사라지질 않는다.

그때 여의봉이 하늘에서 돌아와 손에 잡힌다.

징, 징, 녀석의 기다란 울음소리를 들은 후에야 긴장이 탁 하고 풀렸다. 몸을 잔뜩 덮고 있던 용의 비늘들이 거짓말처럼 다시 피부 안쪽으로 숨어 사라졌다.

"아아."

지호는 다리가 후들거려 바닥에 주저앉았다.

"야! 조심해!"

그때 누군가가 손을 뻗어 지호의 팔뚝을 잡았다.

지호는 겨우 진정을 하며 떨리는 눈길로 위를 올려다봤다.

"오…… 공?"

"하! 이 새끼 좀 보게. 완전히 넋이 나가 버렸잖아?"

손오공은 어떻게 이런 놈이 나후를 잡았는지 몰라, 하고 히죽거렸다. 그때 뒤쪽으로 하늘에서 다른 동주칠마왕들이 내려와 지호의 어깨를 짚었다.

"수고했다."

"덕분에 살았어. 고마워."

"호호호. 이 애가 막내의 환생이야? 귀엽게 생겼네."

다들 한 마디씩 던진다.

그 말이 자신을 인정해 주는 것 같아, 지호는 자기도 모르게 가슴이 뿌듯해졌다.

손오공은 오른손으로 지호의 머리를 쓰다듬었다.

"이제 애송이 탈 좀 벗었네?"

"벗은 지는 오래죠."

"지랄하네. 주둥이만 살아서는."

툴툴대는 지호를 보면서 손오공은 지호의 머리를 더 크게 헝클어 버렸다.

지호는 더 따지고 싶었지만 고개를 털었다. 좋은 게 좋은 거라고 나후도 사라진 마당에 그냥 웃어 버렸다. 안도에 찬 한숨을 내쉬니 밀렸던 피로와 통증이 한꺼번에 몰려온다.

점차 눈이 감긴다.

"이제 정말 다 끝난 거죠?"

"오냐."

"다행…… 이다."

지호는 안도에 찬 한숨을 내쉬면서 깊은 잠에 들었다.

동주칠마왕은 피식 웃음을 터뜨렸다. 확실히 그만큼 고생했으니 자신들이라도 금방 쓰러질 거다.

"귀여운 아이네. 막내랑은 너무 다른 거 같은데?"

붕마왕이 가볍게 웃는다. 더운지 부채를 살랑살랑 흔드니 머리카락이 부드럽게 찰랑였다.

"귀엽긴. 징그럽기만 하구만. 그나저나……."

손오공은 품에 꼭 안겨 아기처럼 쌔근쌔근 잠든 지호를 보며 코웃음을 치다가 고개를 들었다.

잿빛 하늘이 보인다.

"대체 시간이 몇 신데, 아직도 안 떠?"

하늘엔 여전히 해와 달 대신에 나후성이 반짝이고 있었다.

17장

청룡, 성(晟)

나후가 부서진 자리 아래로 손톱 크기만큼 아주 작은 붉은 불씨와 푸른 얼음조각이 떨어진다.

하지만,

파라라락!

갑자기 순백색의 설원에서 새카만 아지랑이 같은 것이 올라오더니 단숨에 두 개를 낚아챘다.

아지랑이는 불씨와 얼음조각이 부서질까, 아기를 안는 것처럼 아주 조심스럽게 끌어안고서 다시 땅 밑으로 사그라졌다.

세상에 심어져 다시 해와 달이 되어야만 할 태양의 씨앗과 달의 조각은, 그렇게 보이지 않는 곳에서 사라지고 말았다.

*　　*　　*

'여긴……?'

지호는 주변을 둘러보고 살짝 미소를 지었다. 수렴동의 영천을 닮은 곳. 심연이었다.

청룡은 처음과 다르게 심연에서 모습을 완전히 드러내고 있었다. 길쭉한 몸뚱이를 따라 푸른 비늘이 보석처럼 반짝거린다.

끼이이이.

녀석이 반갑게 울음을 터뜨렸다.

촤륵. 촤르륵.

움직일 때마다 기분 좋은 소리가 난다. 청룡은 머리를 살짝 낮추면서 지호의 몸에다 뺨을 비볐다. 지호쯤은 한 입에 삼킬 수 있을 것 같은 커다란 녀석이 애교라니. 덩치에 어울리지 않게 귀엽다.

"그만해. 간지러워, 이 녀석아."

끼이이! 끼이이이!

청룡은 기분 좋게 웃어 댔다. 신기하게도 녀석이 하려는 말을 그대로 이해할 수 있을 것 같았다.

—고마워. 정말 고마워.

지호는 웃으면서 손으로 청룡의 뺨을 쓰다듬었다.

"고맙긴. 내가 고맙지. 아니, 오히려 미안해. 앞으로 여기에 계속 있어야 하는데 답답해서 어떡하지?"

끼이이이.

청룡은 고개를 절레절레 흔들었다. 아무렇지 않다면서. 이제 나는 너이고, 너는 나이니 괜찮다고 말한다.

"아이구. 말도 되게 예쁘게 하네?"

끼이이이이이.

지호는 천천히 손으로 청룡의 머리를 계속 쓰다듬었다. 청룡은 마치 나른해진 고양이처럼 가볍게 하품을 한다. 눈이 호선을 그린다.

청룡은 직접 이 말을 전하고 싶었던 모양이다. 주인의 복수를 대신해 줘서 고맙다고. 자신에게 기회를 줘서 너무나 감사하다고.

의식이 연결되어 있어 그냥 마음으로 전해도 될 텐데. 이렇게 부르다니.

나이에 비해 참 순수하다 싶었다.

'정말 귀엽단 말이지.'

청룡이 말한 대로 지호는 청룡이었고, 청룡은 곧 지호였다.

지호가 밖에서 보고, 듣고, 먹고, 느끼는 모든 것들이 청룡에게도 똑같이 전해진다. 지호의 생각은 청룡의 것이고, 청룡의 판단은 곧 지호의 것이다.

반인반룡(半人半龍).

어떻게 보면 그렇게 말할 수 있으리라.

이미 지호는 청룡이 살아생전에 부리던 모든 권능을 손에 넣었다. 녀석이 살아온 수천 년의 업을 고스란히 이어받아 단전에 저장했다.

예로부터 용은 바다에서 살며 구름을 다스리고 비를 내리게 하는 신성한 존재.

평소에는 비를 뿌려 사람들을 이롭게 하다가도 이따금 화가 나면 폭풍을 불러 농작물을 망치고, 해일을 일으켜 어선들을 뒤집어 버리기도 한다. 당연히 두려울 수밖에 없다.

묘성이 해와 달을 손에 들고 청룡을 타고 다니는 모습을 하는 것도 그런 이유 때문이다.

빛을 내고 날씨를 제멋대로 다룰 수 있으니 이보다 강한 신이 어디에 있을 텐가. 그런데 지호는 그런 존재의 능력을 고스란히 잇게 되었다.

그만큼 되니 나후에게 치명타를 입힐 수 있었겠지만.

'용이라?'

지호는 자기도 모르게 웃음이 절로 나왔다.

'내가 봐도 참 신기하단 말이지.'

하지만 한편으로는 걱정도 된다.

강한 힘에는 그만큼 강한 책임이 따른다. 제멋대로 살 것 같은 손오공조차도 자신이 가진 힘 때문에 절교와 싸우고 신과 대립한다. 지호도 이미 나후를 막으려고 이만큼 달려왔다.

나후는 분명히 말했다.

세상은 인과율로 구성된다고.

어쩌면 자신의 운명은 손오공을 만난 시점에서부터 변곡점이 생긴 건지도 모른다. 아니, 손오공과 같은 위대한 영혼을 지녔다는 자체만으로 이미 그에게는 예상된 시련이었는지도 모른다.

인과율이 정말로 존재한다면.

그렇다면 강해진 만큼 앞으로 또 얼마나 많은 짐이 이 어깨에 걸릴 것인지.

끼이이이.

청룡이 지호의 생각을 읽고 울음을 터뜨린다. 단호한 눈매로 질책을 한다.

지호는 자기도 모르게 웃고 말았다.

"푸하하하핫! 그래. 네가 있었지? 네가 있는데 뭐가 문제겠어. 안 그래?"

끼이이이이!

청룡이 맞다는 듯이 힘차게 고개를 끄덕인다.

지호는 웃음을 멈출 수가 없었다. 그러다 문득 청룡이 조금 달라졌다는 것을 깨달았다.

"너, 눈동자가……?"

청룡이 힘차게 고개를 끄덕인다. 도리어 보라는 듯이 자랑스럽게 눈을 크게 뜬다. 비늘만큼이나 푸르던 눈이 붉게 변하기 시작한다.

스스스스.

마치 나후의 왼눈처럼. 태양의 힘이 그곳에 담긴다.

지호가 여의주를 통해 강해졌듯이, 청룡 역시 나후의 정수를 빨아들이며 성장하고 있었다. 나후가 청룡을 먹으려다가 도리어 먹히면서 변화가 일어나는 것이다. 인생사 새옹지마라더니, 딱 그 꼴이다.

이 녀석이 나후를 완전히 소화하게 된다면 어떤 일이 벌어질까?

생각만 해도 두근거린다.

화아아악!

덩달아 지호의 눈에도 붉은 기운이 감돈다.

촤륵. 촤르르륵.

피부 안으로 숨은 비늘이 여기에 맞춰 맞장구를 치듯이 기분 좋은 소리를 냈다.

'이런 거 또 어디서 못 구하나?'

이래서 사람들이 약발, 약발, 그러나 보다.

지호가 몸의 변화에 한껏 희열을 느끼며 이런 걸 더 얻을 수 없을까 싶어 입맛을 다실 무렵,

끼이이이이.

"응? 뭐라고?"

그때 청룡이 뭔가를 말해 주려는 듯 소리를 냈다.

—곧 그게 올 거야.

*　　*　　*

지호는 심연에서 깨어나 서서히 눈을 떴다. 몸을 따라 더 웅혼해진 공력이 꿈틀거린다. 마치 청룡이 직접 기맥을 떠돌아다니는 것 같은 기분이다.

게다가 용의 감각은 인간으로서는 절대 느낄 수 없는 세세한 것들까지 느끼게 한다. 이로 인해 새로 생긴 육감(六感)이 나후의 예지를 빗겨나게 만든 가장 큰 무기였다.

'그새 한 단계 더 성장했어.'

나후를 삼키면서 벌어진 결과다. 전부를 앗은 건 아니지

만, 일부라도 가져오면서 부쩍 힘이 실렸다.

'그런데 녀석이 말하는 게 대체 뭘까?'

수천 년을 산 영물이라 해도 사람이 아니니 의사 전달이 자유로울 수가 없다. 그래도 화를 내거나, 잔뜩 긴장하는 모습은 아니었다.

뭐랄까, 잔뜩 기대에 부풀었달까? 마치 내일 놀이동산에 놀러 간다는 기대에 밤잠을 설치는 아이 같았다.

'천천히 물으면 되겠지.'

마음만 먹으면 얼마든지 만날 수 있으니까. 생긴 것과 다르게 애교가 많던 청룡의 귀여운 모습이 떠오르자 자신도 모르게 입가에 미소가 번진다.

—**눈을 뜨라.**

'어?'

지호는 머릿속에 갑자기 울린 목소리에 눈을 동그랗게 떴다. 하지만 목소리는 거짓말처럼 사라졌다.

'환청…… 이었나?'

머리가 괜스레 지끈거린다.

"그런데 여긴 어디지?"

지호는 흐뭇하게 웃다가 주변을 둘러보았다. 손오공이

자신을 어디론가 데리고 왔는지 그때 그 평지는 아니었다.

'왜 이리 답답해?'

익숙한 게 분명 수렴동인 것 같은데.

지호는 무언가가 단단히 몸을 결박하고 있단 사실을 깨닫고 무슨 일인가 싶어 고개를 옆으로 돌렸다.

사타왕이 룰루랄라 지호의 한쪽 팔에다 기다란 호스 같은 걸 꽂고 있었다. 마치 병원에서나 보던 링거 같다. 그는 지호가 깬 걸 보고 반갑게 인사했다.

"안녕. 잘 잤냐?"

"……뭐 하는 겁니까?"

"보면 몰라?"

사타왕이 씩 웃으면서 바닥에 놓인 바가지를 들었다. 피가 한가득 들어 있었다.

"피 뽑고 있지."

"……."

너무나 당당한 대답에 지호는 정신이 멍했다. 이 아저씨가 도대체 무슨 소리를 하고 있는 거야?

지호는 너무 어이가 없는 나머지 잠시 녀석이 하는 행태를 가만히 지켜봤다.

그때 교룡이 큰소리를 내면서 공동으로 들어왔다.

"어이, 동생! 피 뽑는 작업은 잘 하고 있나?"

"잘 하고 있다마다. 이 보슈. 거의 한 바가지를 다 채웠수다."

"오오오오. 한 방울도 흘리지 말고 잘 뽑아 두라고. 용혈(龍血)은 천금을 주고도 구할 수 없는 거니까 말이지."

"당연한 말씀을! 크으으으! 내 살다 살다 진짜 용혈을 마시게 되는 날이 올 줄이야."

"으흐흐흐흐. 어디 그것도 그냥 용혈인가? 무려 묘성이 부리던 청룡이다, 이 말이지! 이걸로 우리는 이제 막내의 구속에서 벗어나게 되는 거야!"

두 사람은 기분 좋게 웃어 댔다. 정작 피를 뽑히는 지호를 앞에 두고.

지호의 눈이 싸늘하게 식어 버린다.

"저기요."

"응? 아, 답답해도 조금만 기다려. 다 끝나가니까."

"제가 왜 피를 뽑히고 있는 거죠?"

사타왕이 되레 무슨 말이냐는 듯 고개를 갸웃거린다.

"왜긴 왜야. 용혈을 받기 위해서지."

"그러니까 그걸 왜 뽑는 거냐고요."

"그야 몸에 좋으니까."

"……."

지금 이 사람들, 나 영약 취급하는 거 맞지?

빠직.

지호의 이마 위로 혈관이 잔뜩 올라온다.

"이 빌어먹을 영감탱이들이?"

투둑. 투두두둑.

지호는 아주 가볍게 몸을 감고 있는 줄을 끊어 버렸다.

사타왕과 교룡의 얼굴에 경악이 어렸다.

사타왕과 교룡은 나란히 정수리에 혹을 두 개쯤 올린 상태로 사이좋게 무릎을 꿇고 동굴 벽을 쳐다봤다. 두 사람의 눈도 시퍼런 멍이 달려 있었다.

"……가짜라도 준 거요? 저게 갑자기 왜 끊어져?"

"……아, 아닌데? 분명 만년화리의 힘줄이 맞는데."

"……그럼 역시 힘으로 끊었나?"

"……괴물이네. 막내가 하나 더 늘어 버렸어."

"……하나만 해도 지옥인데, 이젠 둘이라니."

"시끄러우니 제발 좀 닥쳐 주시죠?"

"……미안."

"……입 다물고 있을게."

지호는 심기가 불편한 얼굴로 사타왕과 교룡을 잔뜩 노려봤다. 얼마 전까지만 해도 무서운 사람들이었지만, 여의주를 먹고 용이 된 이상 무서울 것이 없었다.

바깥에 볼일을 보러 갔다가 돌아온 손오공은 그런 두 의형들을 한심하다는 얼굴로 보며 혀를 찼다.

"으이그, 한심한 인간들아. 제발 철 좀 들어라."

두 사람은 억울한 표정을 지었지만, 손오공은 둘을 구제할 의사가 전혀 없었다.

"넌 어때? 몸은 좀 괜찮냐?"

지호는 고개를 끄덕이면서 팔을 크게 휘저었다.

"끄떡없어요."

괜찮다 못해 힘이 넘쳐흘러 죽겠다.

손오공은 피식 웃었다.

"그래도 각별히 몸조심해라. 각성을 눈앞에 뒀을 때가 가장 위험하니까. 너처럼 혈기를 주체 못하다가 꼭 사고를 치는 인간들이 있어."

지호는 처음 듣는 말에 고개를 갸웃거렸다.

"각성이라뇨?"

"그래. 각성. 너, 부쩍 몸이 달라지는 거 못 느끼냐?"

"아."

지호는 여의주가 녹아내리면서 청룡과 하나가 되는 과정을 떠올렸다. 그게 바로 각성이란 걸까?

"사람이 어느 정도 경지에 이르고 나면 인간의 탈을 벗을 때가 온다. 넌 지금 그런 중요한 갈림길에 놓여 있는 거야. 선인이 아니라 용인(龍人)이란 점이 신기하긴 하지만."

손오공은 귀찮다는 듯이 손사래를 쳤다.

"그러니 당분간 애새끼마냥 싸돌아다니지 말고 집에 처박혀서 쉬고 있어."

"그러죠 뭐."

어차피 집으로 돌아가 빨리 쉬고 싶었던 지호로서는 거절할 이유가 전혀 없었다.

각성이라니까 괜히 두근대기도 하고.

"그럼 전 이만 가 볼게요."

"그래. 가서 쉬어라. 아, 그 전에 이거 갖고 가."

손오공이 품에서 뭔가를 꺼내 툭 던졌다.

지호는 얼결에 받았다가 받은 것을 확인하고 놀랐다. 까만 구슬과 회색 구슬. 풍기는 기운이 예사롭지 않다.

"사도의 내단이네요?"

기운이 품은 성질을 보니 검은색은 그림자 인간, 회색은 회색 늑대의 것이다.

"이왕에 먹기 시작했으면 열두 개는 다 챙겨야지?"

지호는 여의주를 먹은 마당에 큰 도움이 될까 싶었지만 없는 것보다는 낫겠다 싶어 품에 잘 갈무리하며 고개를 숙였다.

"그럼 이만 가 볼게요."

금고아에다 공력을 불어넣는다.

지이이이이잉!

세상이 뒤틀리기 전, 지호는 문득 뭔가가 떠올랐다.

“아 참, 오공. 나후는, 정말 끝난 거 맞죠?”

“그래.”

“다행이다.”

그 말을 끝으로 지호는 확 하고 사라졌다.

사타왕과 교룡은 계란으로 눈덩이를 문대며 둘의 모습을 보다가 문득 손오공에게 물었다.

“나후는 끝났어도, 아직 덜 끝났잖아?”

뜻을 알 수 없는 묘한 말이다.

“당분간 힘도 못 쓸 놈, 귀찮게 이리저리 끌고 다닐 필요가 뭐 있어. 오히려 짐만 되지.”

손오공은 귀찮다는 듯이 손사래를 쳤다.

하지만 그의 두 눈은 다른 어느 때보다 진지하게 가라앉아 있었다.

*　　*　　*

밤하늘을 따라, 먹구름이 걷히는 것처럼 달이 뜨기 시작한다.

지호는 달빛 아래에서 흐뭇하게 웃었다.

'다 끝났어.'

그렇게.

세상을 구하고 돌아왔더니,

"냠냠. 오빠 왔어?"

"……."

꿍쳐 놨던 비상식량이 털리고 있었다.

지수가 민소매에 편한 반바지 트레이닝복을 입은 채로 치킨 다리를 뜯고 있었다. 화장을 하지 않은 얼굴에 머리를 대충 뒤로 묶고 안경을 쓴 모습은 딱 '백조' 다.

"왜 그래?"

고개를 비딱하게 꼬며 묻는다. 뭐 불만 있느냐는 투다.

저 년이 누구는 개고생을 하고 돌아왔더니, 누구는 한가롭게 훔친 닭다리나 뜯고 있어? 지호는 인상을 구겼다.

"맛있냐?"

"응."

"그거 내가 아침에 시켜놓은 거 아냐?"

"먼저 먹는 사람이 임자지, 무슨! 이 시간이 되도록 저녁도 안 먹고 뭐했어?"

"이년이?"

잠시 후.

"꺄아아아아악! 내 날개애애애애애!"

치킨을 빼앗으려는 자와 지키려는 자 간에 혈투가 벌어졌다.

"마이 프레셔스가……!"

골룸이냐. 무슨 프레셔스 타령이야.

지수가 도끼눈으로 째려본다.

"돼지 새끼!"

"골룸이 어디서 떠드느냐."

둘은 한참이나 투닥거렸다.

꼬르륵.

지호는 아직 허기진 배를 손으로 문질렀다. 뱃속에 청룡이 살기 시작하더니 먹는 양이 늘어 버린 것 같다.

"아, 이 정도로는 부족한데. 야, 치킨집 전화번호가 몇 번이었지?"

지수가 넙죽거린다.

"오라버니! 소녀, 양념치킨이 먹고 싶사옵니다!"

"난 후라이드가 당기는데?"

"반반이란 게 있잖사옵니까!"

그러면서 지수는 헤헤헤, 슬그머니 고개를 들었다.

"하온데 맥주는 어찌하실는지?"

"허하겠노라."

"예이! 성은이 망극하나이다."

지수는 지호가 생각이 바뀔까 싶어 부랴부랴 휴대폰에서 배달 어플을 켜서 치킨을 주문했다.

'하여간 저건 이럴 때만 빨라.'

그녀가 주문하는 동안에 지호는 쇼파에 편하게 누웠다. 자고로 쩐주는 왕이요, 법이었다.

"그나저나 지성이랑 아버지는?"

"작은 오빠는 지금 오는 중이랬고, 아버지는 차가 사고 나서 못 올 것 같으니 회사에서 주무시겠대."

"뭐?"

순간 지호는 놀란 얼굴로 벌떡 일어났다. 가슴이 철렁였다.

"많이 다치신 건 아니야. 그냥 가벼운 접촉 사고래."

지호는 그제야 안도에 찬 한숨을 내쉬었다.

"아, 그리고 엄마한테서도 전화 왔었어."

"평소에는 문자도 없던 분이? 일이 터지니까 걱정이 되셨나 보네."

지호는 피식 웃고 말았다. 어머니는 현재 회사 일로 보름 넘게 유럽으로 해외 출장을 나가신 상태였다. 원체 일을 사랑하시는 분이니, 어렸을 때는 그게 섭섭했어도 지금은 당연하게 여기고 있었다.

"괜찮다니까 웃으시던데 뭐. 그리고 일주일 후에는 돌아오실 것 같대."

"일이 잘 끝나셨나 보네."

지호는 이런저런 이야기를 나누다 문득 이번 사건에 대해서 뉴스가 나오지 않을까 하는 생각에 리모컨으로 채널을 돌렸다.

"야! 내가 먼저 보고 있었잖아!"

지수가 빽 소리를 지른다.

지호는 인상을 찡그리며 검지로 귀를 막았다.

"사람이 됐으면 두루두루 시사에 관심도 가지고 뉴스도 좀 보고 살아라. 아이돌 나오는 막장 드라마를 무슨 재미로 보냐?"

"우리 시연이 봐야 한다고! 리모컨 내놔!"

"치킨."

"호호호호. 오라버니, TV 많이많이 보시어서 두루두루 시사에 넓게 지식을 가지신 똑쟁이가 되시어요."

지호는 지수를 가뿐하게 격파하고 뉴스에 집중했다.

[청와대에서는 이번 사안에 대해 긴급 브리핑을 가지며 곳곳에 일어난 사고와 재해를 수습 및 재발 방지 대책을 위한

컨트롤 타워를 설치할 것임을 밝혔습니다. 한편, 우주과학 연구소 및 국내 여러 전문 기관에서는 이번 월식에 대해서 유례가 없는 자기장 폭풍을 지닌 재해라 성명을 내면서……]

전문가랍시고 나온 사람들은 전부 인터뷰에서 이번 일이 개기월식으로 인한 사건이라 밝히면서 비슷한 일이 두어 번 더 일어날 가능성이 있다고 경고를 했다.

'그런 거 두 번이나 더 일어나면 이 세상은 망할걸요?'

비밀을 알고 있는 지호로서는 쓰게 웃을 수밖에 없다.

그때 뉴스는 개기월식에서 다른 소식으로 넘어가고 있었다.

"어?"

왠지 익숙한 광경에 지호는 자기도 모르게 얼굴을 앞으로 내밀었다.

[다음 소식입니다. 이번 정체불명의 개기월식과 관련해 D시에서 생긴 정체불명의 굉음에 대해서 관련 지자체에서 긴급 조사에 들어갔습니다. 한편, 굉음의 진원지로 보이는 곳에서 괴물이 나타났다는 목격담 또한 속출하면서……]

송출되는 영상은 방금 전까지만 해도 지호가 있던 장소였다.

카메라가 돌아가며 비추는 곳들은 정말 괴물이 나타나 난리라도 친 것처럼 엉망이었다.

도처에 사고 난 차량들이 보이고, 무너진 유리창이며 고장 난 전광판, 그리고 나후가 짓밟고 지나가 크게 짓눌린 콘크리트 바닥과 역시나 녀석이 넘어지면서 쓰러진 건물들까지 보인다.

동시에 목격자라며 나선 사람들의 인터뷰 영상도 연이어졌다.

[그림자인지 유령인지 하여간 거대한 게 나타나서는 쿵, 쿵, 하고 걷더라고요. 우리 애가 얼마나 기겁을 해 대던지.]

[그때 하늘에서 누가 툭 떨어졌어요. 다시 사라지긴 했지만 분명 사람이었어요. 사진을 찍으려고 휴대폰을 갖다 댔는데 잡히질 않더라고요.]

[무섭죠. 이상한 게 나타난다고 하니까. 게다가 사라질 때도 갑자기 사라졌어요.]

지호는 가슴이 철렁였다.

'저거 내 얘기지?'

다행히 전자기기들이 먹통이 되면서 자신을 찍은 영상은 나오지 않았지만, 그래도 목격자가 있다면 자신을 알아본 사람이 있을지도 모르는 일이었다.

뉴스에 한창 집중하고 있는 그때, 휴대폰이 울렸다.

우우웅.

발신자를 확인해보니 전혀 모르는 번호다.

'누구야, 이 시간에?'

시각은 벌써 밤 10시. 원래 성격이라면 그냥 무시해 버릴 테지만, 아직 미련을 못 버린 기획사나 레코드사에서 온 건지도 모르니 그냥 받았다.

딸칵.

"여보세요?"

[…….]

수화기 너머가 조용하다.

"여보세요?"

[손지호 씨?]

"그런데요?"

뚜뚜뚜.

"뭐야, 이 새끼는?"

지호는 장난 전화인가 싶어 휴대폰 화면을 노려봤다.

'그런데 어디서 들어 본 것 같은……?'

기억이 떠오를 듯 말 듯 가물거린다. 그때 초인종이 울리면서 지수가 꺄아아악, 치킨이 왔다면서 요란스럽게 벌떡 자리에서 일어났다.

"전하아아아아, 치킨이 왔사옵니다아아아! 결제를 허하여 주시옵소서어어어어!"

배달부를 앞에 두고 저건 뭐하는 미친 짓이야. 지호는 얼굴이 빨개진 채로 손에 들고 있던 지갑을 던져 버렸다.

*　　*　　*

지호는 치킨을 신나게 뜯고 자리에 누웠다.

'아, 그 전에 이거부터 먹어야지.'

지호는 저쪽 세상에서 챙겨온 두 내단을 삼켰다.

츠츠츠츠.

그 순간, 단전에서 공력이 봇물처럼 터져 나온다. 마치 반갑다는 듯이 힘차게 올라와 두 내단을 단숨에 집어삼키며 몸집을 불려 나간다.

처음 내단을 먹을 때처럼 고통은 없다.

아니, 오히려 몸을 따라 상쾌한 기운이 퍼진다. 눈을 감으며 깊게 안쪽으로 침잠한다.

"나 왔어."

끼이이이.

청룡이 어서 오라면서 반갑게 인사한다.

"어? 너 몸이?"

끼이이—

청룡이 가볍게 웃는다. 알 것 같냐는 듯이 머리를 번쩍 들어 몸뚱이 곳곳을 보여 준다. 푸른 비늘을 따라 거무스름한 광채가 언뜻 맺혔다가 사라지길 반복한다.

"만져 봐도 돼?"

청룡이 가볍게 고개를 끄덕이자, 지호는 손을 가져가 비늘을 만졌다. 매끈하면서도 딱딱한 감촉이 전해진다. 거무스름한 광채는 기운이었다.

여의주와는 전혀 다른 기운.

십이사도의 기운이다.

"열두 개를 하나로 합쳤구나."

끼이이.

청룡이 그렇다는 듯이 고개를 크게 끄덕인다. 녀석은 이질적으로 분리되었던 십이사도의 열두 내단을 하나로 융화시키고, 더불어 정화 과정을 통해 지호에게 맞게끔 변화를 주는 중이었다.

"몸집도 좀 더 커진 것 같고."

지호는 청룡을 손으로 쓰다듬으면서 이모저모를 자세히 살폈다. 기분 탓이 아니다. 아주 작지만 청룡은 또다시 성장을 했다.

그리고,

우웅. 우웅. 우웅.

'나후의 핵도 꽤 녹았어.'

지호는 비늘을 따라 전해지는 따스한 기운을 읽고 살짝 눈을 크게 떴다.

청룡은 십이사도의 기운을 단순히 습득하는 정도로 끝내지 않았다. 이를 바탕으로 아주 조금씩이지만 나후의 핵을 녹였다. 지금도 녹이는 과정이 활발했다.

—그거야.

"그거?"

—그거!

지호는 전에 청룡이 말했던 '그거'가 바로 내단이란 사실을 깨달았다.

"내단을 말하는 거야?"

—응! 그거! 맛있어! 소화도 잘 돼!

지호는 정신이 번뜩 뜨였다.

'아니야. 청룡이 말하는 건 내단만 가리키는 게 아니었어.'

나후의 핵을 녹일 수 있는 모든 것들. 지호에게는 각성을 더 빠르게 유도할 수 있는 방편들이다. 입꼬리가 살짝 올라간다.

그러나 지호는 살짝 낙담하고 말았다.

'내단 같은 건 저쪽 세상이라면 얼마든지 있겠지만, 이

쪽에서는 구하기 힘들 텐데. 역시 각성을 마치려면 다시 저쪽으로 넘어가야 하나?'

갖가지 영물이 넘쳐 나는 신화와 전설 속의 저쪽 세상과 다르게 현실 세상은 그런 것이 없다.

하지만,

—올 거야. 더.

청룡은 내단과 비슷한 것들이 계속 나타날 거라고 확신했다. 신의 힘을 갖고 있는 녀석이니 예지라고 봐도 무방하다.

지호는 잔뜩 흥분했다.

"어디로 가면 '그거'를 찾을 수 있을까?"

—몰라. 하지만 더 올 거야. 아주 많이.

"아주 많이, 라고?"

조금 찝찝한 말이긴 하지만, 좋은 게 좋은 거라고 지호는 씩 웃었다. 여태껏 반도, 내단, 여의주 등 뭔가를 먹을 때마다 부쩍 강해졌던 지호로서는 구미가 당길 수밖에 없는 말이다.

"현실에서도 얼마든지 구할 수 있단 말이지?"

*　　*　　*

이튿날, 아침.

지호는 가볍게 씻고 나서 백팩을 한쪽 어깨에 대충 걸치고 등굣길에 올랐다. 버스에 적당히 난 빈자리에 앉아 고민에 잠긴다.

“대체 어디로 가면 구할 수 있다는 거지?”

어젯밤부터 계속 머릿속을 맴도는 생각이다.

별의별 생각을 다 해 봤다.

아프리카나 제3세계의 오지로 가면 미처 발견하지 못한 영물을 발견할 수 있지 않을까 생각이 들었지만, 그런 걸 물어볼 때마다 청룡은 고개를 휘이휘이 저었다.

—곧 올 거야. 기다려.

문제는 그냥 기다리기가 좀이 쑤시다는 점이다!

축지를 터득해 마음만 먹으면 전 세계 어디든 마음대로 누빌 수 있는 지호로서는, 각성을 편하게 이룰 방법이 있다는 걸 알면서도 가만히 있으려니 답답했다.

각성을 한다는 것.

여의봉으로 호풍환우를 부리고, 반인반룡이 되어 무한한 힘을 얻었던 지호로서는, ‘각성’이란 단어가 마법의 묘약처럼 계속 끌렸다.

과연 각성을 완성하고 나면 어떤 변화가 있을 건지.
또 어떤 능력을 손에 쥘 수 있을 건지.
상상만 해도 기분이 들떴다.
힘을 갖는 만큼 치러야 하는 대가도 크다는 사실을 잘 알고 있지만, 그래도 '힘'이란 건 절대 그냥 넘길 수 있는 것이 아니었다.
한편으로는 영물이 없을 이 세상에, 있다 하더라도 십이사도의 내단이나 반도처럼 청룡에게 구미가 당길 만한 게 있나, 하는 생각이 들기도 했다.
결국 창밖을 보며 곰곰이 생각에 잠긴 그때였다.
"왁!"
"우와아아아악!"
지호는 화들짝 놀라 벌떡 자리에서 일어났다. 주변을 둘러보니 다른 사람들이 이쪽을 한껏 째려보고 있었다. 그는 사람들에게 꾸벅꾸벅 미안하다며 사과를 하고 자리에 다시 앉아 자신을 놀랜 범인을 한껏 째려봤다.
"야!"
범인, 서은영이 혀를 빼꼼 내밀었다. 오늘은 머리를 묶어 올려 가녀린 목선이 유독 눈에 띄었다.
"헤헤헤. 죄송해요. 멍하게 계시기에 그만."
하지만 말과 다르게 전혀 미안해하는 기색이 없었다. 오히려 입술을 삐죽 내밀며 투덜거린다.

"그래도 선배가 저 버리고 딴 데 간 걸 생각하면 이걸로는 모자란 걸요."

"그, 그게 사실은……!"

지호는 흠칫거렸다. 식은땀이 삐질삐질 흐른다.

"칫. 얼마나 걱정했다고요."

서은영은 짐짓 토라진 척하며 고개를 돌렸다.

데이트를 하다 말고 월식이 나타나 딴 데로 가 버렸던 걸 두고 말하는 거다. 지호는 어쩔 줄 몰라 하며 달래려는데, 그녀는 쿡 하고 가볍게 웃었다.

"농담이에요, 농담. 호호호. 역시 놀리는 재미가 있어."

"……어째 우리 밴드는 날이 갈수록 그쪽으로 도가 트는 것 같다?"

"설마요. 그럴 리가. 저흰 전부 선배를 존경한답니다."

그리고 호구 취급을 하지.

"하여간 괜찮아 보이시니 다행이네요. 그리고 자, 이거 받으세요."

서은영은 그때 지호가 두고 갔던 선물을 내밀었다.

"아."

지호는 조심스레 선물을 받았다.

"포장지가 바뀌었네?"

서은영이 도끼눈으로 째려본다.

"그때 선배가 떨어뜨리시는 바람에 포장지며 안에 든 박스도 같이 구겨졌거든요."

정말 내가 몹쓸 짓을 했구나. 지호는 말없이 검지로 볼을 긁적였다.

"뜯어 보세요."

지호는 잔뜩 기대 어린 얼굴로 포장지를 뜯었다. 과연 안에 뭐가 들었을까? 반지? 목걸이? 옷? 아, 그런 건 너무 식상한가? 아니면 노래 잘 부르라고 마이크? 꽤 묵직한 느낌인데. 뭘까?

서은영은 선물에 꽤나 자신감이 가득해 보였다.

지호는 눈을 반짝이며 상자의 뚜껑을 조심스레 열었다. 그런데 안에는 비닐 팩이 수북하게 들어 있었다. 지호는 이런 걸 본 적이 있다. 할아버지가 드시는 건강원 액기스 팩이 딱 이랬다.

"……."

이걸 어떻게 반응해야 하는 거지?

"어때요? 마음에 드세요?"

서은영은 어서 기뻐하라는 종용 어린 눈빛을 마구마구 내뿜는다.

"이, 이게 뭐야?"

"탈모제요."

"응?"

내가 지금 잘못 들었나?

"이번에 새로 나온 마시는 탈모제래요. 요즘 선배, 스트레스 많이 받으셨잖아요? 그 때문인지 머리숱이 많이 휑해진 것 같아서 챙겼어요."

"……."

지호는 잔뜩 얼어 버렸다.

"그리고 명심해야 할 건 한 봉지를 다 드시고 나면 꼭 30초 안에 '자라나라, 머리머리!' 라고 외치셔야 해요. 안 그러면 더 많이 빠진대요."

"……나, 아직 머, 멀쩡한데?"

"아니에요. 요즘 얼마나 많이 줄었는데요. 휑한 게 보일 정도예요. 혹시 집안에 유전 없으세요?"

"외가가 조금……."

"헉! 그런 건 외탁이 많다던데! 혹시 외할아버지는 괜찮으세요? 외가 쪽 삼촌들은 어때요?"

"외, 외할아버지가 있으셨……!"

"세상에! 격세 유전!"

지호는 울상이 되어 손으로 머리를 매만졌다. 진짜인가? 정말인 것 같기도 하고, 아닌 것 같기도 하고 영 모르겠다.

그래도 아직 나이도 젊으니 걱정할 정도는 아니라고 생각했는데!

"요즘 스트레스 받는 사람이 너무 많아서 그런 쪽으로는 나이도 없대요. 그러니까 선배도 꼬박꼬박 챙겨 드세요. 아셨죠?"

"고, 고, 고마워."

지호는 뭐라 대꾸할 말이 없어 고개를 끄덕이고 말았다. 이쯤 되니 정말 걱정이 되었다.

그런데 고개를 드니 서은영은 얼굴이 빨갛게 달아오른 채 웃음을 억지로 참고 있었다.

"푸흡!"

"야!"

"호호호호호호호! 정말 믿으셨어! 어떡해!"

지호는 다시 땅이 꺼져라 한숨을 내쉬었다. 확실하다. 이 녀석, 날 놀리는 데 단단히 재미가 들었다. 검지로 관자놀이를 꾹꾹 눌렀다.

서은영은 지호의 옆에 찰싹 달라붙었다.

"설마 삐치셨어요?"

"저리 가라."

"에이이이이. 서어어어언배애애애애!"

"덥다. 떨어져."

"그러지 말고요, 네에에에?"

서은영은 당당히 지호에게 팔짱을 끼며 애교를 부렸다. 가슴팍으로 뭔가가 물컹거린다. 그러고 보니 애 겉으로 보는 것과는 다르게 볼륨감이 있…… 험험!

"아, 알았어. 알았어. 알았으니까 좀 그만 떨어져. 다른 사람들도 보잖아."

결국 지호는 항복을 선언하면서 주변을 둘러봤다. 그들과 같이 학교로 가던 남학생들의 눈초리가 영 심상치 않다.

교내에서 서은영을 모르는 사람은 거의 없다. 워낙에 예쁘장한 얼굴에 노래도 잘하는 데다가, 오디션 프로그램에서 조명을 받은 후로는 거의 스타에 가까웠다.

그런 애가 아양을 떨고 있으니. 당연히 남자들의 주적이 될 수밖에. 지호 역시 동생 같은 아이라고 해도 남자는 남자라, 자기도 모르게 가슴이 두근거렸다.

서은영이 커다란 두 눈을 끔뻑거린다.

"히히히히. 뭐, 어때요. 보라면 보라지."

지호는 한 마디를 해 주고 싶었지만 결국 고개를 절레절레 흔들었다.

"그럼 이건 뭐야?"

"보약이에요. 목에 좋대요."

"목에?"

"예. 선배 목이 나았다고는 해도 사람 일이란 건 모르는 거잖아요. 그래서 갖고 왔어요. 유명한 가수들이 먹는 것과 똑같다니까 하루 2번, 아침 저녁으로 꼭꼭 챙겨 드셔야 해요, 알겠죠?"

신신당부를 하는 모습이 귀엽기만 하다.

역시 날 챙겨 주는 건 너밖에 없구나. 지호는 상자 뚜껑을 닫았다.

"그래. 잘 먹을게. 고마워."

서은영의 미소가 가득 퍼졌다.

"아, 맞다. 혹시 그 말 들으셨어요? 오늘 방송사에서 촬영 온대요."

"뭐? 난 전혀 못 들었는데?"

지호는 서은영이 준 선물을 백팩에 넣고 함께 동아리방이 있는 건물로 향하다 놀란 얼굴이 됐다.

"요 며칠 선배 일 있다고 못 오셨었잖아요."

"아, 그랬지."

지호는 검지로 볼을 긁적였다. 나후를 상대할 방법을 찾느라고 정신이 없던 동안에 연락이 온 모양이다.

"그럼 뭘 촬영하려는 거지?"

"경연에 앞서서 준비 과정을 촬영할 거래요. 그리고 PD님이 선배도 반드시 있으셨으면 한다고 하시더라고요. 괜찮으시죠?"

서은영은 지호의 동의도 없이 하겠다고 한 것이 마음에 걸렸는지 조심스러워 했다.

하지만 지호가 거절할 이유는 없었다. 도리어 두 팔 벌려 환영할 일이었다. 방송에서 분량을 많이 차지하면 할수록 도움이 되면 되었지, 나쁠 건 없으니까.

"뭐, 상관없는데. 방송 내보낼 때 의리남이니 뭐니 하는 연출만 안 하면 된다는 조건 좀 붙이지."

"헤헤헤. 그건 생각 안 해 봤네요."

"그럼 방송사는 언제 온대?"

"1시쯤에 오기로 했어요."

지호는 시계를 봤다.

"2시간 정도 남았네."

"애들 다 왔을까요?"

"설마. 너 여태 동률이가 약속 시간에 재깍 나타나는 거 본 적 있어?"

"당연히…… 없네요."

"그러니까. 다른 애들은 모르겠지만. 우리는 먼저 가서 동아리방 정리나 좀 해 두자. 전에 보니까 거지가 산다고 해도 믿겠더라.”

지호는 심드렁하게 대꾸를 하면서 계단을 올랐다.

그때 단전이 떨렸다.

웅. 웅.

‘어?’

지호가 흠칫 놀란다.

“왜 그러세요?”

앞장서서 걷던 서은영이 잠시 멈추고는 뒤로 고개를 돌린다.

“아무것도 아냐.”

지호는 손사래를 치며 올라가자는 시늉을 했다. 서은영은 고개를 갸웃거리면서 다시 앞장섰다. 지호는 슬쩍 뒤로 빠져 청룡에게 사념을 보냈다.

‘무슨 일이야?’

울음을 터뜨린 건 청룡이었다. 심연에서 잠자코 있던 녀석이 슬그머니 고개를 내밀고 있었다.

하지만 대답은 없다.

얘가 심심한가? 지호는 의아했지만 아무것도 아니겠거니 대수롭지 않게 넘겼다. 워낙에 애교가 많은 녀석이니 장난을 칠 때도 많았다.

‘그나저나…… 예쁘네.’

지호는 한 걸음 뒤에서 서은영을 따르면서 자기도 모르게 침을 꼴깍 삼켰다. 이상하게 전부터 자꾸만 의식이 되는 것이, 시시각각 눈길이 간다.

묶은 머리카락 아래로 유려하게 떨어지는 목선이 눈에 들어온다. 가녀린 목을 따라 삐죽삐죽 올라온 잔머리가 남자의 마음을 살살 간질인다.

그리고 이어서 하늘하늘한 치마. 길쭉하게 뻗은 각선미와 뽀얀 허벅지에 자기도 모르게 시선이 고정된 그때,

—먹을 거다. 먹을 거!

'……!'

갑자기 청룡이 버럭 소리를 질렀다. 머릿속이 쩌렁쩌렁하게 울린다.

지호가 흠칫 굳어 버린다. 얼굴이 빨개진다.

"선배?"

서은영은 지호의 이상한 태도를 읽고 다시 걱정 가득한 눈길로 다가온다. 또랑또랑한 눈망울과 함께 새치름한 입술이 시야에 한껏 들어왔다.

—먹을 거!

'아냐!'

"혹시 그때 아프신 게 재발하신 거 아녜요?"

서은영이 걱정 가득한 얼굴로 다가온다. 상체가 앞으로

숙여지면서 팔짱을 꼈을 때 느꼈던 풍만한 가슴이 도드라졌다.

—맛있겠다!

'그런 거 아니라니까!'

—먹고 싶다! 먹을 거!

'아니라고!'

청룡은 지호의 눈을 통해 서은영을 빤히 쳐다보면서 자꾸 소리를 질러 댄다. 지호는 몇 번이고 녀석을 뜯어말렸지만 도무지 말을 듣질 않았다.

—먹을 거! 먹을 거! 먹을 거!

'야! 그만해!'

지호는 속으로 버럭 소리를 지르면서 겉으론 내색하지 않고 고개를 절레절레 흔들었다. 왠지 그녀에게 죄책감이 마구 들었다.

"날이 더워서 그런가, 조금 현기증이 돌아서 그래."

"아직 그 정도는 아닌 것 같은데…… 그럼 어서 동아리방에 들어가서 쉬도록 해요."

"아, 알았어."

—먹고 싶다. 먹고 싶다. 먹고 싶다!

지호는 미친 듯이 떠들어 대는 청룡을 억지로 무시했다. 하지만 청룡의 관심은 줄곧 서은영에게서 떨어질 줄 몰랐다.

'얘가 대체 왜 이래?'

하지만 말이라고는 죽어도 듣질 않으니 어떻게 제지할 방법이 없다. 이따가 따로 심연이라도 찾아야 하나, 잠시 고민하는 동안 동아리방에 도착했다.

그런데 문을 열고 들어가는 순간,

화아아악!

'어?'

뭔가 이질적인 느낌이 등골을 따라 흐른다.

—먹을 거! 먹을 거!

청룡이 더 크게 방방 날뛰기 시작한다.

'네가 말한 먹을 거란 게…… 이거였어?'

—응응! 먹을 거야! 맛있을 거 같아!

지호는 잽싸게 동아리방 내부를 훑었다. 하지만 어제 연습을 하다 두고 간 기타 몇 개와 드럼만 덩그러니 놓여 있을 뿐. 앉아서 쉬는 탁상에도 의자에도 아무것도 없다. 그냥 휑하다.

'아무것도 없는데?'

—아냐. 있어!

청룡은 강하게 주장했다. 그러면서도 서은영에게서 줄곧 시선이 떨어지지 않는 게 좀 신뢰가 가지 않지만, 그래도 지호 역시 동아리방을 타고 흐르는 싸늘한 무언가를 느꼈다.

용의 감각을 틔우지 않았더라면 절대 느낄 수 없었을 아주 미묘한 느낌.

마치 산 사람에게서 풍기는 기운이 아닌 것 같다.

보다 어둡고 우울하다.

마치 나후의 몸을 구성하고 있던 망령이나 원혼과 비슷하다.

'망령? 원혼?'

지호는 뭔가 아리송한 느낌에 작게 입을 달싹였다.

"저희가 제일 먼저 왔네요."

서은영은 가져온 가방을 자신의 자리에다 올렸다.

"그러게. 동준이랑 민상이 언제 도착하는지 연락 좀 해 볼래?"

"네. 알겠어요."

서은영이 휴대폰을 꺼내 후배들에게 연락을 넣는 동안, 지호는 재빨리 실내를 살폈다. 용의 감각을 잔뜩 세워 물색한다.

하지만 아무것도 보이지도 느껴지지도 않는다.

분명 느낌은 있다고 말을 하는데.

그 순간,

『……왕인 ……러 왔습…… 하지만 당…… 러…….』

어디선가 웡웡 울리는 목소리. 하지만 아주 작고 미약해서 뚝뚝 끊긴다.

'있다!'

지호는 존재감을 확실히 느꼈다. 하지만 대략적인 위치, 이 실내 안에 있다는 것만 알겠다. 여전히 녀석의 형상은 보이질 않았다.

아니, 한 가지가 더 확실히 느껴진다.

녀석이 서은영 주변을 맴돌고 있었다.

"동준이는 10분 후에, 민상이는 지금 정문 통과했대요. 동률이는 전화를 안 받는데 어쩌죠?"

"뭐, 하루 이틀도 아닌데 무시해. 그보다 우린 방송사 오기 전에 편곡 마무리나 어느 정도 해 두자. 오디션까지 며칠 남았지?"

지호는 아무렇지 않은 척 일상적인 대화에 들어갔다. 서은영은 이쪽에 대해서는 전혀 모르는 일반인이다. 괜히 휘말리게 해서는 안 된다.

『어째…… 당…… 인 나를…… 까! 절 봐 주……! 끝…… 하신다면 당신의 자…… 를…… 하겠습니다!』

흐릿하게 들리던 녀석의 목소리가 조금씩이지만 뚜렷하게 들리기 시작한다.

녀석은 서은영에게 적의를 품고 있었다.

이유는 모른다.

하지만 당장이라도 달려들 기세를 보인다. 살벌한 기세가 불어닥친다.

'청룡, 녀석을 찾아. 서은영이 다쳐선 안 돼.'

끼이이이.

알겠다며 청룡의 울음소리가 들린다.

"닷새 정도요."

"오늘 하루 편곡 수정을 하고 연습까지 하려면…… 에휴! 빡빡하네. 서둘러야겠다."

"그러게요. 그런데 선배, 오늘따라 춥지 않아요? 목이 왜 이렇게 서늘하지?"

"몸이 허해져서 그런 거 아냐? 목에 좋은 약 있는데, 마실래?"

지호는 가볍게 농을 던지면서 선물이 든 자신의 가방을 들어 보였다. 속으로는 청룡을 재촉하면서.

'은영이의 어깨! 어깨를 살펴봐!'

서은영이 피식 웃음을 터뜨린다.

"됐거든요? 뺏어먹을 생각 없으니 선배 혼자 많이 드시지요?"

"달래도 원래 줄 생각 없었어."

"하여간 못 됐어."

핏, 바람 빠지는 소리를 내며 샐쭉하니 도끼눈으로 지호를 살짝 째려본다.

그 순간,

『좋습니다. 이게 당신의 대답이라면, 저 역시 저만의 대답을 돌려 드리겠나이다!』

녀석의 목소리가 또렷하게 들리더니,

끼이이이!

청룡의 외침과 함께 용의 감각이 확장된다. 눈가에 또 다른 감각이 맺히면서 흐릿했던 초점이 맞춰지기 시작한다.

서은영의 바로 뒤편. 훅, 하는 소리와 함께 공간이 일그러지면서 무언가가 툭 튀어나왔다.

서은영보다 머리 하나 정도 작은 크기에 사람의 형상을 띤 그림자 같은 것이 서은영의 목을 향해 도끼를 휘두르고 있었다.

지호는 자기도 모르게 크게 소리쳤다.

"은영아!"

"예? 꺄아아아악!"

그녀의 가녀린 손을 잡아 안쪽으로 잡아당긴다. 가녀린 체구가 폭 하고 가슴에 안겼다.

아슬아슬하게 도끼가 서은영의 목 뒷덜미를 스치고 지나

간다. 잘려 나간 잔머리 몇 가닥이 나풀나풀 날린다.

『당신의 목을 가져가겠나이다아아아아아!』

망령이나 원혼일지도 모르는 그것은 발광을 해 대며 와락 달려들었다. 도끼를 높게 치켜들며 이쪽으로 세게 내려 찍는다.

지호는 왼팔로 그녀의 허리를 두르면서 몸을 반대로 돌렸다.

도끼에 노출되지 않도록 보호를 하면서 허공에다 손을 크게 젓는다.

퍼퍼퍼펑!

공기가 터져 나가면서 녀석은 압력을 견디지 못하고 그대로 튕겨 났다. 후끈한 열기와 함께 전신이 시뻘겋게 달아올라 기괴한 비명을 지른다.

『키에에에엑!』

녀석은 창가에 놓인 길쭉한 하얀 라디에이터 위에 가까스로 착지한다. 몸뚱이는 시뻘겋게 화상을 입어 새하얀 김이 모락모락 피어올랐다.

지호를 바라보는 녀석의 눈이 부릅떠진다. 새카만 몸체에 눈만 달랑 하나 달린 모습은 끔찍하기까지 하다. 도끼를 꽉 쥐는 손길이 부르르 떨린다.

바보가 아닌 이상에야 느꼈으리라.

한낱 망령에 불과한 자신과 신을 잡아먹은 자, 둘 사이에 놓인 엄청난 괴리를.

『너는 누구냐! 어째서 내가 보이는 것이냐!』

"……."

하지만 지호는 대답 없이 녀석을 잔뜩 노려본다.

"서, 선배?"

그때 서은영이 조심스레 고개를 들어 올린다. 그녀로서는 갑자기 지호가 말없이 와락 끌어안은 것에 놀랄 수밖에 없다. 콧잔등이 살짝 붉어진다.

"잠시만 이러고 있어."

지호는 껴안은 자세를 풀지 않은 채로 여전히 시선을 녀석에게 던졌다.

엄청난 기백이 녀석의 몸뚱이를 누른다.

흠칫 놀라 뒤로 주춤거리지만, 지지 않겠다는 듯이 이를 악물고 되레 맞받아친다.

『네놈은 무엇이냐! 무엇이기에 날 방해하려는가! 어째서 왕을 영접하고자 하는 날 방해하는가!』

'왕?'

지호는 의미를 이해할 수 없는 말에 인상을 잔뜩 찡그렸다. 저 녀석이 대체 무슨 소리를 하는 거지?

『아무것도 아니라면 물러나라! 당신과 같은 자가 어찌

왕의 곁에 있는가! 그대와 우리가 사는 세계는 다르지 않은가! 법칙을 깨뜨리기라도 할 셈인가!』

무슨 이유에서인지는 몰라도 녀석은 서은영에 대해서 뭔가를 단단히 오해하고 있는 듯했다.

하지만 지호는 녀석의 오해를 풀어 줄 생각이 없었다.

그럴 의무도 이유도 필요도 없다. 다짜고짜 소중한 후배에게 도끼를 휘두른 녀석이 아닌가.

게다가,

'시끄러워.'

지호는 다리를 후들후들 떨면서도 아무렇지 않은 척 발악을 해 대는 녀석의 모습이 가소롭기 짝이 없다.

끼이이이!

청룡 역시 같은 생각인 듯 울음을 터뜨린다.

지호는 공력을 끌어 올렸다.

순간, 눈가를 따라 금색 광망이 어리며 화안금정이 활짝 열린다.

오싹!

화안금정을 마주한 순간, 녀석은 잔뜩 얼어 버렸다. 억지로 쥐어짰던 마지막 남은 발악이 송두리째 날아가며 얼굴이 하얗게 질린다.

"천것이 감히 어디서 나와 눈을 마주하려 드느냐?"

지호의 의념은 신의 목소리가 되어 녀석을 강타한다.

지호는 제천대성, 손오공의 영혼을 지닌 자. 그것이 청룡을 얻고 나후를 삼키며, 점차 각성을 이뤄 가면서 영혼이 품고 있는 위대한 힘의 일부나마 사용할 자격을 얻게 되었다.

한낱 망령 따위는 감히 범접할 수 없는 존재가 바로 눈앞에 있었다.

결국 녀석은 화들짝 놀란 얼굴로 감히 지호의 눈을 마주할 생각을 못하다가 뒤로 몸을 돌려 창밖으로 뛰어내렸다.

지호는 거기다 대고 손을 쓰려다가 서은영을 놀라게 해서는 안 된다는 생각에 결국 손길을 거뒀다.

지호는 그제야 천천히 서은영을 풀어 주었다.

"선…… 배."

서은영은 부끄러운 나머지 차마 지호의 눈을 제대로 마주치지 못하고 고개를 푹 숙였다.

하고 싶은 말이 많은 눈치다.

지호는 손으로 그녀의 머리를 쓰다듬어 주고는 한 발자국 물러섰다.

녀석이 달아났다지만, 아직 전부 끝난 것은 아니다.

"나, 잠깐만 화장실 좀 다녀올게."

"어……!"

서은영이 무언가를 말하고 싶은 듯 손을 뻗었지만, 지호는 이미 동아리방을 나선 뒤였다.

*　　*　　*

지호는 축지를 밟아 건물 옥상 위에 올라섰다.

난간에 올라서서 지상을 굽어다 본다.

용의 감각을 틔우며 녀석을 쫓는다.

끼이이이.

청룡의 울음소리가 귓가를 울린다. 녀석을 찾았단 소리였다.

팟!

지호는 소리 없이 몸을 뽑아 허공 위를 미끄러졌다. 캠퍼스 내엔 학생들이 많다. 최대한 그들의 시선을 피해야만 했다.

인문관 건물을 지나 우측 대각선에 위치한 사범대 건물 위를 달린다.

저기 아래, 녀석은 한 손에 도끼를 달랑달랑 든 채로 허겁지겁 꽁무니가 빠져라 도망치고 있었다.

도로 위를 지나는 다른 학생들이 있었지만 어느 누구도 녀석을 발견한 사람은 아무도 없었다.

녀석 역시 아주 당연하다는 듯이 그들을 그냥 지나친다. 그럼 몸뚱이가 흐릿하게 변하면서 그대로 통과가 되었다.

사람 사이를 통과하고, 가로수를 지나고, 건물 밖으로 튀어나온다.

지호는 녀석이 눈치채지 못하게 아주 조심스럽게 뒤를 밟았다.

"청룡, 대체 저게 뭐야?"

끼이이.

—먹는 거.

"너한텐 한입거리도 안 된다는 거 알아. 그러니까 정체가 뭐냐고."

—맛있는 거!

지호는 쓰게 웃었다. 대체 뭐라고 물어야 하나 싶어 잠깐 고민하는데, 청룡이 이어서 대답했다.

—망령. 원혼. 유령. 이매. 망량. 어떤 걸로 불러도 좋아.

역시 생각했던 것 그대로다.

요괴란 게 진짜 있을 줄은 꿈에도 몰랐지만.

'뭐, 신도 있는데 그런 게 없겠냐마는.'

그래도 이렇게 황당하게 만나게 될 줄 누가 짐작이나 했을까.

—그런데 묘성은 다르게 말했어.

"어떻게?"

—창조의 파편. 뒷그림자. 신의 찌꺼기.

"신의…… 찌꺼기?"

전혀 생각지도 못했던 말에 지호의 눈이 커졌다.

—응. 찌꺼기! 신이 나타나는 자리에는 항상 저런 게 나온대!

"아!"

지호는 그제야 여태껏 한 번도 보지 못했던 놈이 어째서 지금 나타났는지를 알 것 같았다.

'나후와 묘성.'

태초의 빛을 관장했다던 두 신이 한꺼번에 이 세상에 강림하지 않았던가. 신이란 세계의 법칙을 벗어나는 존재들. 당연히 그들이 남긴 여파는 절대 만만치 않다.

지호는 여태 그 여파를 일식이나 월식, 아주 잠깐 벌어졌던 전자기기의 오류 같은 것들로만 여겼다.

하지만 그런 건 일부에 불과했다.

세상에 남은 여파는 다른 모습으로 찾아온다.

창조에서 누락되어 버린 가녀린 자들. 오로지 평생 그림자에서만 살아야 하는 족속들. 신이 되고 싶으나 절대 될 수 없는 것들.

이런 걸 흔히 망량이라고 한다.

나후가 죽으면서 터져 나왔던 수많은 망령과 원혼들이 갈 길을 잃고 방황을 했던 것도, 사실은 그들을 담아 주었으면 하는 신이란 이름의 그릇이 부서졌기 때문이다. 다시 어둠 속으로 사라져야 하는 슬픔에 울부짖는 거였다.

녀석은 바로 그런 것들의 일종이었다.

나후가 저쪽 세상으로 넘어갈 때 따라가지 못해 낙오된 것.

"그럼 저놈은 왜 하필 은영이를 노린 거야?"

—은영?

"아까 전에 나랑 같이 있던 여자애."

—여자애, 영혼 커! 그래서 망량이 노리는 거야!

"크다고? 영혼이?"

지호는 살짝 눈을 동그랗게 떴다. 하지만 서은영은 어딜 봐도 평범한 인간이다. 노래를 좋아하고, 먹는 걸 좋아하는 아주 평범한 여자아이.

'손오공의 환생인 줄도 모르고 평범하게 살았던 나와 비슷한 케이스인 걸까?'

하지만 그런 거라면 바로 이해가 간다.

'그래서 은영이를 노린 거였나?'

서은영을 죽이고 영혼을 먹으면 찌꺼기의 신세를 탈피할 수도 있을 테니.

이 모든 사실을 깨닫는 순간,

끼이이익!

지호의 머리 한편에서 무언가가 열렸다.

꼭꼭 닫아걸었던 빗장이 열린 것 같은 기분.

그리고,

화아아악!

청룡이 수천 년간 살며 담아 뒀던 지식의 보고가 드러나기 시작한다.

그것은 신의 지식.

혹은 세상과 우주의 기록.

물론 지호는 아직 각성을 이루지 못해 얻어서는 안 될 지식이 대부분이었다. 그러나 그중 일부를 얻는 것만으로도 지호는 단시간에 뭔가를 깨달을 수 있었다.

각성의 일부를 이룬 것이다!

이것으로 이제 모든 의문은 풀렸다.

그렇다면 더 이상 저대로 놔둘 필요 없겠지.

—그럼 먹을래!

지호는 자기도 모르게 웃었다. 아까 전부터 계속 먹을 것 타령이다.

"그 전에 묻고 싶은 게 있어."

—뭔데?

"앞으로 계속 나타난다는 녀석들, 혹시 전부 은영이를 노리려는 거야?"

지호는 아직 모든 신의 지식을 얻지 못했다. 덕분에 예지는 그가 어떻게 할 수 있는 영역이 아니었다. 오로지 청룡에게 기대야만 한다.

분명 청룡은 말했었다.

앞으로 먹을 것이 많이 나타날 거라고.

그 말은, 망량이 계속 쏟아질 거란 뜻이다. 만약 녀석들이 전부 서은영을 노리는 것이라면 그녀를 지켜야만 한다.

—그런 것도 있고, 아닌 것도 있어. 하지만 대부분이 그래. 다시 신이 되고 싶어 해.

"은영이를 먹으면 신이 된다…… 뭐, 이런 건가?"

지호는 자기도 모르게 쓰게 웃었다.

이쪽 세상에 오면 편히 쉴 수 있을 줄 알았더니, 또 그런 것도 아닌 모양이다.

나후가 남긴 후유증이 너무 크다.

"그것까지 전부 수습하는 게 내 몫이겠지."

작게 중얼거리며 무릎을 살짝 굽힌다.

"뭐, 사실 나로서도 손해는 아니고."

신의 찌꺼기란 말은 곧 엄청난 에너지를 담고 있단 뜻이다. 살아 있는 내단, 그 자체로 봐도 무방하다. 그것들을 일일이 먹어 치운다면 각성의 속도도 빨라지리라.

팟!

무릎을 가볍게 펴자, 방금 전에 놓였던 시야가 슬라이드처럼 사라지고 새로운 광경이 드러난다.

『히이이이이익!』

망량이 지호를 발견하고 화들짝 놀라고 있었다.

지호는 공간을 접어 원하는 곳으로 이동하게 하는 선술, 축지와 함께 나타나 망량에게 손을 뻗는다. 녀석이 어떻게든 막아 보려 도끼를 휘두르지만, 너무나 쉽게 지호의 손에 박살이 나 버린다.

지호는 단숨에 녀석의 모가지를 낚아채며 위로 들어 올렸다. 녀석은 허공에 대롱대롱 매달려 발버둥 치지만, 지호가 손에 힘을 주자 그대로 모가지가 돌아가 버렸다.

우두둑!

절명하는 순간 녀석을 이루고 있던 모든 기가 잘게 부서져 잔뜩 퍼진다. 뭉게뭉게 피어오르는 검은 구름을 향해 손을 활짝 펼쳤다.

—잘 먹겠습니다!

파스스스.

검은 구름은 지호의 손아귀로 빨려 들어갔다. 모공 속으로 녹아들 듯 아무런 거리낌이 없이 들어오더니, 양이 얼마 되지 않아서 그런지 아니면 나후의 찌꺼기라 그런지는 모르겠지만, 단전 속에 그대로 녹아내렸다.

더불어,

화아아악!

다시 한 번 공력이 용틀임을 했다. 나후의 핵이 조금씩 녹아내리면서 각성이 조금 더 진척되었음을 알려 왔다.

—맛있어!

청룡의 흡족한 목소리가 들리자, 지호도 따라서 웃고 말았다.

"그래. 맛있었다."

—눈을 뜨라.

"응?"

전에 들었던 것과 비슷한 목소리. 하지만 역시나 거짓말처럼 사라졌다.

"혹시 무슨 말했어?"

—아니. 왜?

"아냐. 아무것도."

지호는 영 이상한 기분에 고개를 갸웃거렸다.

18장

예지안(豫知眼)

지호는 혹시 주변에 다른 망량이 있는지 거듭 확인을 하고 다시 동아리방으로 돌아갔다.

아무 생각 없이 문을 여는데 좁은 동아리방 안에 사람들이 득실거렸다. 발밑에는 케이블이 복잡하게 늘어져 각종 기계들과 연결돼 있었다. 그 위로 사람들이 바쁘게 돌아다니고 방송사 카메라 두 대가 열심히 돌아간다.

'뭐야? 벌써 왔어?'

약속 시간보다 훨씬 일찍 왔나 보다. 사람 사이를 지나 안으로 들어가려는데, 갑자기 목에 'staff—이홍렬FD' 라고 적힌 목걸이를 건 사람이 앞을 가로막았다.

"방송 중입니다. 함부로 들어가시면 안 돼요."

지호는 떨떠름하게 대답했다.

"여기 저희 동아리인데요?"

이FD는 지호를 위아래로 훑더니 피식 웃는다. 당신 같은 사람을 한두 번 보는 줄 아냐는 듯한 태도다.

뭐 이런 게 다 있어? 지호는 짜증이 치밀어 한 마디 쏘아붙이려는데, 갑자기 이FD 뒤에서 불쑥 헤드폰을 낀 키 큰 여자가 나타나서는 손에 들고 있던 종이 뭉치로 스태프의 뒤통수를 세게 내리쳤다.

따악!

'으으. 아프겠다.'

소리가 꽤 크다. 하지만 덕분에 지호는 속이 뻥 뚫리는 것 같아서 짜증이 확 달아났다.

"출연자를 내쫓으려 하다니 네가 제정신이야? 그렇게 내가 어제 출연진들 명단 안 잊어 먹게 체크해 두라고 했잖아!"

"예? 아! 죄, 죄송합니다!"

"어서 네 자리로 돌아가!"

방금 전까지 살벌한 기세로 이FD를 내쫓은 여자는 단숨에 온화한 표정을 지으면서 손을 내밀었다.

"M방송국의 백정연 PD라고 합니다."

"반갑습니다. 손지호라고 합니다."

지호도 얼결에 손을 맞잡으며 꾸벅 인사를 했다. 그러다 고개를 들면서 그제야 백정연의 얼굴을 제대로 볼 수 있었다.

'예쁜 사람이네.'

까무잡잡한 피부에 살짝 허스키한 목소리. 방금 전의 상황도 그렇고 사납다는 느낌이 조금 들지만, 전체적으로 예쁜 인상이었다. 이목구비가 뚜렷하고 화장을 연하게 했는데도 피부가 깨끗하다. 키도 훤칠하게 커서 잘 꾸민다면 웬만한 연예인은 명함도 못 내밀 것 같다.

백정연은 호방하게 웃으며 물었다.

"오늘 찍을 방송에 대해서는 혹시 멤버 분들께 들으신 게 있나요?"

"아, 네. 조금. 그런데 저는 방송이 처음이라."

"저희가 대략적인 대본은 보여·드릴 테니 너무 긴장하실 필요는 없습니다. 저희가 찍으려는 건 어디까지나 연습 과정에서의 멤버들 간 유대와 합이니까요. 되도록 평소에 연습을 하시는 것처럼 행동해 주세요. 그리고 근래 손지호 씨에 대한 세간의 이목이 집중되어 있으니 여기에 대해서도 카메라에 담아 보고 싶은데, 괜찮으시죠?"

지호는 의리남에 대한 건 빼 주시면 안 되나요, 라고 말하려다가 꾹 참았다. 그래. 이미 퍼진 흑역사인데 더 퍼지면 어떠랴. 후배들을 띄우는데 조금이라도 도움이 된다면 도와야지.

"예. 괜찮습니다."

"호호호. 역시 생각처럼 호탕하시네요. 그럼 이거 받으시고."

백정연은 스태프에게 제지를 당하지 않으려면 이게 있어야 한다며 출연자 목걸이를 줬다.

지호는 그걸 목에다 걸으며 백정연과 함께 동아리방으로 들어가며 주의 사항에 대해서 들었다.

"혹시 저희 방송을 보신 적 있으신가요?"

"시즌 2와 3이라면 봤습니다."

"그럼 이야기가 빠르겠군요. 연습 과정을 촬영하기 전에 내레이션으로 넣을 내용에 대해서 간단한 인터뷰를 할 겁니다. 그럼 그때 지호 씨는 간단한 자기소개와 함께 현재 밴드 윌에 대한 설명을 해 주시면 됩니다."

백정연은 젊은 나이에 어울리지 않게 꽤 경력이 있는지 빠르면서도 막힘없이 설명을 했다.

지호는 고개를 끄덕이며 듣고 있다가 궁금한 점이 있으면 묻기도 하면서 전체 과정을 대략적으로 그림 그릴 수 있었다.

'결국 그냥 우리 있는 그대로를 보여 주면 될 것 같기는

한데…… 문제는 쟤네들이란 말이지.'

지호는 살짝 미간을 좁혔다.

멤버들은 평상시와 같이 전부 모여서 악기를 세팅하고 있었다. 하지만 평소엔 비글을 풀어 놓은 것처럼 시끄럽기 짝이 없던 녀석들이 단단히 얼어붙어 단 한 마디 말도 없었다.

얼굴엔 잔뜩 긴장한 기색이 역력하다. 저래서는 어떻게 말도 못 붙일 거 같은데.

특히 서은영은 마치 죄 지은 사람처럼 고개를 푹 숙이고 땅만 보고 있었다. 노래를 해야 하는 애까지 저러면 어떡해?

지호는 서은영의 긴장이라도 풀어 줘야겠다는 생각에 옆에 슬쩍 다가가 등을 탁 하고 두들겼다.

"뭘 그렇게 긴장하고 그러냐?"

"꺄아아아악!"

그런데 서은영이 자기도 모르게 비명을 지른다. 등을 두들긴 지호도, 바짝 긴장하던 멤버들도, 바쁘게 움직이던 스태프들도 놀란 눈이 되어 서은영을 쳐다봤다.

"죄, 죄송합니다! 놀라서 그만! 흐끅!"

서은영은 얼굴을 붉히며 고개를 푹 숙였다. 눈가엔 눈물이 살짝 맺힌다. 잔뜩 긴장하면 나오는 서은영의 버릇이다.

다른 사람들이 볼 때는 전혀 그런 게 아니지만.

'야! 거기서 네가 그러면 내가 이상해지잖아!'

지호의 얼굴이 파래진다.

아니나 다를까, 모든 시선이 원흉인 지호에게 쏠렸다.

"아, 형! 은영이한테 뭔 짓을 한 거예요?"

"은영이 누나, 지호 형한테 이지메라도 당한 거야? 여태 쌓였던 거 있으면 사람들 있으니까 다 털어놔."

"지호 형이 또 사람 괴롭혔다!"

악동 3인방에게서 기다렸다는 듯이 재깍 반응이 튀어나왔다. 하동률은 한쪽 입꼬리를 올리며 지호를 물고 늘어지고, 백동준은 다 이해한다는 듯이 서은영을 달랬다. 박민상은 고래고래 소리를 질러 댔다.

"다른 사람들이 오해하잖아! 그만해, 이것들아!"

물론 지호의 항변은 먹히지 않는다.

"에휴. 저것 봐. 또 계급으로 찍어 누르시네. 이러니 힘이 없는 우리들은 우울할 수밖에. 으흑흑흑."

하동률이 손등에 눈을 붙이면서 우는 시늉을 해 버리자 지호를 바라보는 시선이 삽시간에 싸늘하게 식어 버린다. 지호는 그 속에서 억울함을 호소했다.

"그게 아니라고!"

정겨운 동아리실. 이미 카메라는 아까부터 계속 돌아가

고 있었다.

백정연 PD의 입가에 살짝 미소가 맺혔다.

"죄송합니다. 너무 긴장해서 그만……."

서은영은 겨우 마음을 달랜 후에야 스태프들에게 일일이 허리를 꾸벅 숙이며 사과했다.

예쁘장하게 생겼으면서 노래도 잘하고, 거기다 순하기까지 한 보컬. 백정연은 장면을 잘 살리면 좋은 그림이 나오겠다는 생각이 들었다.

'서은영은 확실히 물건이란 말이지. 저만하면 대형기획사에서 아이돌로 데뷔시킬 법도 한데 왜 여태 데뷔를 하지 않은 거지?'

백정연은 전문적으로 음악 프로그램의 연출만 도맡아 왔다. 그리고 그 경력으로 인해 '냄새'라는 걸 맡을 수 있었다. 서은영에게는 그런 '냄새'가, 아주 좋은 '냄새'가 났다.

그건 무대난입남이니, 의리남이니, 하면서 요즘 인터넷에서 각광을 받는 지호도 마찬가지다.

방금 전에 우연찮게 담은 그림도 그렇지만, 지호는 어쩌다 보니 조금 우스꽝스러운 이미지가 되었다. 과거의 흑역사가 뒤섞이면서 생긴 결과다. 하지만 그건 개그맨 같은 이미지가 아니라, 동네 친구 같이 편안한 이미지다.

더구나 그의 인기가 반짝하지 않고 유지될 수 있는 건 라이브에서 보여 주었던 뛰어난 노래 실력에 있다.

'기본적으로 실력이 받쳐 주고 있어. 그것도 그냥 실력이 아니지. 그냥 노래 잘 부르는 애들은 발에 치일 정도로 많으니까. 하지만 손지호 씨의 목소리에는 호소력이 있어. 감정을 전달하고 사람을 끌어당기는 호소력. 마력.'

이미지에 실력까지. 어느 연예인이든지 간절히 원하는 '캐릭터'가 만들어지는 것이다.

서은영과 손지호. 두 사람 다 상품성이 있다 못해 넘쳐흐른다.

문제는 그런 두 사람이 따로 떨어져서 활동을 한다면 각광을 받을 테지만, 밴드 한 곳에 같이 묶여 있으니 둘 다 같이 묻힌다는 점이다.

'나야 좋은 그림이 나오면 그걸로 땡큐지만.'

백정연 PD는 이번 촬영에 대한 밑그림을 어느 정도 그려 놓은 상태였다. 둘의 이미지가 서로 충돌하지 않고 보완될 수 있도록.

아니, 상승작용이 벌어질 수 있도록.

'잘만 하면 이번 시즌은 역대급이 될 거야.'

백정연은 확신했다.

긴장됐던 분위기는 많이 풀렸다.

하지만 의도치 않게 희생되어 버린 지호는 살짝 미간을 찌푸리다가, 이내 쓴웃음을 지었다. 이런 일이 비일비재하다 보니 이젠 큰 감흥도 없다.

'그런데 은영이는 왜 아까 전부터 내 시선을 피하는 거 같지?'

분명 목을 가다듬고 다른 멤버들과 가볍게 이야기를 주고받으며 웃는 걸 봐서는 긴장이 풀린 것 같다. 그런데 이상하게 지호와 눈이 마주친다 싶으면 재빨리 숙이거나 돌려 버린다.

지호는 자기가 뭘 잘못했나 싶은 생각이 들었지만 도통 떠오르는 게 없었다. 아침까지만 해도 잘 이야기하고 지냈잖아?

'아니면 몸이라도 안 좋아졌나?'

나중에 이유를 물어봐야겠다고 생각하며 박수를 크게 치면서 어수선한 분위기를 전환시켰다.

"자, 그럼 연습 시작하자. 편곡은 기존 라인대로 진행하되, 소소한 부분은 조금씩 고쳐 나가는 걸로 하고."

탁, 탁, 하동률의 가벼운 스틱 소리와 함께 연주가 시작된다. 박민상이 베이스를 치면서 밑을 부드럽게 깔고 그 위를 백동준이 조금씩 덧칠해 나간다.

서은영은 마이크를 잡아 입가에 천천히 가져갔다.

노래는 랩이 피처링으로 들어간 R&B 곡으로 원곡 가수의 감수성 넘치는 목소리가 압권이었다. 통통 튀는 파트가 없어 과연 경연에서 이목을 집중시킬 수 있을까 멤버들이 우려하기도 했지만, 서은영의 음색을 믿어 보자는 지호와 하동률의 적극적인 추천에 시작한 곡이다.

밴드 연주를 위해 R&B를 락 발라드로 편곡하느라 조금 머리를 쥐어 싸매긴 했다. 그래도 어느 정도 나온 결과물에 대해서는 나름대로 만족하고 있었다.

물론 서은영이 랩 파트까지 할 수는 없는 노릇이기에 달리 생각해 둔 게 있었다.

카메라가 돌아간다. 줌 인을 당기면서 백정연이 보고 있는 화면에는 밴드 윌의 전체적인 모습이 점차 마이크를 쥔 서은영의 예쁜 얼굴로 옮겨 간다.

서은영의 입술이 살짝 파르르 떨리다 천천히 열린다.

"How soon……."

"잠깐!"

지호는 가만히 듣다 말고 노래를 멈췄다.

"은영아, 박자 늦었잖아. 그리고 도입 부분은 숨을 삼키듯이."

"아, 죄송해요."

서은영이 다시 고개를 숙인다.

'진짜 몸이 안 좋은가?'

지호는 뭔가 이상한 기분이 들었지만 그냥 넘겨 버렸다. 연주가 다시 시작되었다.

하지만 서은영은 이번에도 반 박자가 늦었다. 아직 오디션까지 시간이 조금 남았기에 지호는 이번엔 제지하지 않고 살펴봤다.

처음 서은영은 목소리를 떨었다. 몸이 안 좋다기보다 다른 생각에 살짝 정신이 팔려 있는 것 같았다. 하지만 첫 소절이 지나면서 다시 제 목소리를 되찾았다.

지호는 다행이다 싶은 마음에 살짝 미소를 지으면서 연주에 가만히 귀를 기울였다.

"동률아, 랩 파트에서 비트를 조금만 더……."

"그게 아니라니까, 민상아. 은영이 목소리가 올라가는 'in the rainbows' 라는 부분에서 호흡을……."

"지금 든 생각인데, 편곡에 조금만 손대자. 그러니까 흐름을 이렇게 해서 코드를……."

지호는 연주가 진행될 때마다 즉석에서 문제점을 콕콕 집어냈다. 그냥 사소한 실수나 대수롭지 않게 여길 수 있는 부분도 귀신 같이 찾아내고, 멤버들의 호흡이며 동작 하나하나까지 파악했다.

나중에 가서는 조금 미묘하다 싶은 파트가 있으면 자신의 통기타를 들고 그 자리에서 편곡을 수정하며 직접 노래를 부르기까지 했다.

이리저리 여러 방향으로 쳐 보면서 괜찮은 걸 집어내는 방식이 아니라, 마치 미리 생각해 둔 걸 풀어내는 것처럼 즉석에서 바로바로 해치운다.

'길이 보여.'

어떻게 생각해 둔 건 아니었다.

저절로 '알게' 되었다.

'각성의 효과일까?'

어떻게 보면 예지의 영역이라고 할 수 있는 일에 지호는 흐뭇하게 웃었다. 이쪽을 향하는 카메라를 슬쩍 곁눈질하면서.

그런 모습이 카메라에 확실하게 잡혔다.

지호의 철두철미한 지휘 아래 멤버들이 빠른 속도로 합을 맞춰 가고, 이에 따라 이전과는 확연하게 차이가 날 정도로 달라진다.

그 과정을 몇 번씩 거치면서 음악이 서서히 완성된다.

여기서 멤버들 간에 서로 장난을 치는 모습은 어디에서도 찾아볼 수 없었다. 너무나 진지하게 지호의 말을 경청하며 다시 연습에 임한다.

멤버들에게 지시를 내리는 지호의 모습이 카메라 화면에 아주 크게 잡혔다.

*　　*　　*

"수고하셨습니다!"

"수고하셨어요."

멤버들과 스태프들은 화기애애하게 방송을 마쳤다.

원래 참가자들은 촬영 팀에게 기가 많이 눌릴 수밖에 없다. 밴드 월도 그런 경향이 보였었지만, 이번엔 지호가 앞에 나서면서 이전과 같은 모습은 전혀 없었다.

"으아아아아! 끝났다아아아아!"

"휴우! 지호 형이 원래 저렇게 빡빡했나?"

"오늘따라 더 빡신 거 같지?"

"전 아까 전에 지법이 틀렸다고 혼났어요. 소리도 별반 차이 없었는데, 그걸 어떻게 들으셨대?"

"카메라 때문이야, 카메라. TV에 나온다니까 필이 꽂힌 거야. 확실해."

그래도 불만은 없다. 나온 결과물이 정말 좋았다.

멤버들은 슬쩍 스태프들의 표정을 살폈다. 다행히 촬영 팀도 전부 만족해한다. 다들 입가에 웃음꽃이 퍼진다.

한쪽에서 철수 준비를 하는 스태프들을 독려하던 백정연 PD가 지호에게 다가와 다시 악수를 했다.

"다들 수고 많으셨어요. 오늘 촬영 아주 잘된 것 같네요. 결과물도 좋을 것 같아요."

"덕분에 재미있었습니다."

"저희는 그저 카메라 돌리는 게 전부인 걸요. 오히려 지호 씨 덕분에 그림이 살아났던 것 같습니다. 가능하다면 1회분으로 만들어 보고 싶을 정도였어요."

단순히 립서비스일 수도 있지만, 지호는 멤버들이 인정을 받은 것 같아 흐뭇했다.

게다가 백정연은 처음 느꼈던 사나운 인상과 다르게 눈을 반짝거리고 있었다. 저런 건 절대 거짓말이 아니다. 그때 백정연이 살짝 눈빛을 발하며 묘한 미소를 띴다.

"그런데 혹시 오늘 편곡, 미리 사전에 준비를 해 두셨던 건가요?"

"어디 이상했습니까?"

지호가 고개를 갸웃거린다. 백정연은 고개를 흔들며 손사래를 쳤다.

"아뇨, 아뇨. 너무 좋았어요. 다만, 즉석에서 만드신 것 치고는 완성도가 너무 좋은 것 같아서요. 만약 미리 준비하셨던 거라면 지호 씨는 정말 엔터테인먼트를 잘 이해하고 계시는 거고, 아니라면 프로듀서로서의 재능도 상당하단 뜻이니까요."

칭찬도 과하면 낯간지러운 법이다. 지호는 이유를 설명하기 힘드니 그냥 계면쩍어하며 검지로 볼을 긁적였다.

"워낙에 노래가 좋았으니까요."

"호호호호. 알아서 생각하라는 거네요. 확실히 지호 씨는 초보치고 방송을 너무 잘 이해하고 있어요."

백정연은 가볍게 웃더니 화제를 돌렸다.

"혹시 다른 방송에 출연하실 의사는 없으신가요?"

"예. 아직은. 아무래도 오디션에 집중해야 되니까요. 말을 잘할 자신도 없고."

"그만하면 말재주도 있으신 편인데."

지호는 대답 없이 씩 웃었다. 사실 그는 하루에 두어 번 정도 방송 출연 문의 전화를 받고는 했다. 하지만 한동안 나후 일 때문에 정신이 없었던 데다가, 오디션 준비 때문에 모두 거절해 왔다.

무엇보다 가장 큰 이유는,

"그게 아니라 의리남 때문에 그러신 것 아닌가요?"

백정연이 살짝 눈살을 좁히면서 눈웃음을 짓는다.

지호는 슬쩍 시선을 회피했다.

"무슨 말씀이신지 모르겠는데요. 하하하하……."

웃음소리가 영 어색하다. 백정연은 다 이해를 한다는 듯 미소가 짙어진다.

"토크쇼가 불편하시다면 노래 위주의 프로그램은 어떠세요? 마침 '커튼 싱어' 에 자리가 하나 비어서, 지호 씨께 잘 어울릴 것 같아요."

커튼 싱어는 최근 들어서 인기를 끌기 시작한 음악 프로그램이다. 한 가지 주제가 주어지면 5명의 가수가 커튼 뒤에 숨어 정체를 감춘 채, 목소리만으로 청중단에게 실력을 평가받는 포맷이다.

최근엔 시청률이 20프로 가까이 육박할 만큼 가장 핫한 프로그램 중 하나였다.

"개인 활동이긴 하지만, 좋은 반응을 볼 수 있다면 밴드 윌의 홍보에도 효과적일 겁니다."

"음."

지호는 순간 혹했다. 순전히 밴드 홍보라는 말만 해도 혹한다. 흑역사가 거론될까 싶어 방송은 영 꺼려졌지만, 커튼 싱어라면 노래가 주니 그럴 우려도 없다. 무엇보다 사람들이 많이 보는 프로그램에서 노래를 부르고 싶다는 생각도 들었다.

'이 여자, 말주변이 대단하네.'

백정연은 설득하는 내내 지호와의 아이 컨택을 한 번도

놓치지 않았다. 화술도 그렇고, 사람의 마음을 움직이게 하는 능력이 대단하다. 사업을 해도 잘할 것 같다.

그래도 당장 감사합니다, 라고 넙죽 받아들이기엔 모양새가 안 사니. 지호는 슬쩍 한 발자국 물러서 뜸을 들였다.

"한 번 생각해 보겠습니다. 저만 아니라 멤버들의 의견도 들어야 해서요. 그리고 어쩌면 다른 참가자들에게는 반칙처럼 비쳐질 수도 있을 것 같아서."

"쇼 비지니스에서 그런 게 어디 있나요. 긍정적으로 고려해 보시고 생각이 있으시거든 이쪽으로 연락 주세요."

백정연은 명함 지갑에서 자기 명함을 꺼내 지호에게 내밀었다.

지호는 조심스럽게 명함을 받았다. 그동안 업계 관계자 명함은 많이 받아 봤지만, 방송사 관계자의 명함은 이번이 처음이었다.

"뭐, 일적인 용무 외에 사적인 이유로 전화를 하셔도 괜찮지만요."

"예?"

백정연은 살짝 한쪽 눈을 찡긋거렸다.

"가수나 PD나, 스트레스에 치여서 사는 직업이잖아요. 동병상련인 만큼 좋은 술친구라도 될 수 있지 않겠어요?"

지호는 그제야 말뜻을 알아차리고 피식 웃으면서 가볍게

농을 던졌다.

"연락드리겠습니다. 어떤 연락일지는 모르겠지만."

"네. 기다릴게요. 어떤 연락일지는 모르겠지만."

백정연도 센스 좋게 맞받아쳤다.

* * *

멤버들은 방송국 촬영팀이 떠나고 나서도 한참이나 연습을 더 하고 일정을 마쳤다.

"오늘 다들 고생하셨어요. 들어가서 푹 쉬세요."

"내일 봬요!"

"그래. 잘 가라."

지호는 멤버들을 전송했다. 녀석들은 싱글벙글 웃으면서 지하철 승강장 아래로 내려갔다. 음악이 생각보다 너무 잘 나온 데다가, 지호가 유명 프로그램에 하나 나갈 것 같다고 하자 자기 일처럼 기뻐했다.

"으으으으! 피곤하다. 자, 우리도 가자."

"네."

지호는 서은영과 함께 버스 정류장에서 집으로 가는 버스를 기다렸다. 그런데 서은영은 두 손을 꼭 모아 가만히 있을 뿐 아무런 말도 없었다.

둘 사이에 서먹한 분위기가 내려앉는다.

매번 그녀와 있을 때는 떠들썩하기만 했던 지호로서는 이분위기가 영 적응이 되질 않았다.

'오늘 진짜 왜 이러지?'

연습하는 내내 서은영은 말없이 연습에만 몰두할 뿐, 사담은 한 마디도 하지 않았다.

지호와 눈이 마주치면 얼굴을 붉히며 고개를 옆으로 돌려 버린다. 그러다 방송이 끝나고 나서는 이따금 살짝 째려보기도 했다.

'설마 그거 때문인가?'

지호도 짐작이 전혀 가지 않는 건 아니다. 망량으로부터 보호하려고 안긴 했지만, 서은영으로서는 날벼락이었을 테니까. 그걸 계속 마음에 두고 있는 거라면.

원래 단둘만 따로 있을 때 사과해야겠다고 생각은 했다. 하지만 연습에 몰두하느라 미처 그럴 틈이 없었다. 쉬는 시간에도 서은영이 슬쩍 자리를 피해 버렸으니 그러지 못했다.

그러니 지금이라도 사과를 해야겠다는 생각에 말을 붙이려는데,

"저……."

"하아아아!"

그때 서은영이 길게 한숨을 내쉰다. 그러더니 갑자기 도끼눈을 뜨면서 지호를 째려본다. 캐릭터가 확 돌변한 것 같다.

서은영이 직접 대놓고 자신에게 이런 경우는 처음이라, 지호는 자기도 모르게 움찔거리고 말았다.

"연락하실 거예요?"

"응? 뭐가?"

"방금 전 여우요. 연락하실 거냐고요."

여우? 아, 백정연 PD를 말하는 건가?

"그야 타 방송을 소개받으려면……."

"그게 아니라!"

서은영은 답답하다는 듯 주먹으로 가슴을 두들겼다. 하지만 쏟아 내지는 못하고 입만 금붕어처럼 벙긋거린다. 그러다가 분을 이기지 못하고 버럭 소리를 질렀다.

"아오! 내가 진짜 이 답답이를 두고 무슨 말을 하겠어! 됐어요! 이렇게 혼자 분통을 터뜨리고 있는 내가 바보지!"

지호는 서은영의 기백에 움찔 놀랐다.

"이럴 거면 처음부터 그런 짓이나 하지 말던가! 괜히 사람 기대하게 만들어 놓고서는……!"

서은영은 눈을 가느다랗게 째린다.

"따라오지 마세요. 오늘은 저 혼자 갈 거니까."

서은영이 몸을 홱 돌리면서 쿵, 쿵, 발걸음에 잔뜩 힘을 주며 때마침 도착한 버스에 오르려 한다. 누가 봐도 나 화단단히 났어요, 라고 외쳐 대고 있다.

지호는 잠시 얼이 빠져 있다가 그 모습이 너무 귀여워 자기도 모르게 웃음을 터뜨리고 말았다. 백정연 PD와 나눈 농담을 어떻게 듣고 여태 질투를 했던 모양이다.

손을 뻗어 홱 하고 그녀의 손목을 낚아챘다. 그녀의 몸이 저절로 딸려 오자 다른 손으로 머리를 쓰다듬었다.

"으이그. 귀엽긴."

"이, 이, 이거 놔요!"

서은영의 뺨이 잘 익은 홍시처럼 빨갛게 터져 버린다.

"기다려. 선물도 받고 했으니까 오늘은 특별히 내가 바래다줄게."

"……!"

서은영의 눈이 왕방울만 해졌다.

지호는 그런 반응이 더 귀엽기만 했다.

부우웅.

지호와 서은영을 태운 택시가 도로 위를 달린다.

서은영이 무릎을 딱 붙이고 앉아 붉어진 얼굴을 푹 숙인다. 옆에 앉은 지호는 그런 서은영을 보며 가볍게 웃어 버리다가 창밖으로 시선을 던졌다.

바로 옆에 망량이 유리창에 착 달라붙어 있었다.

—먹을 거다! 먹을 거!

청룡이 군침을 흘리는 소리가 머릿속에 울린다.

'왜 안 보이나 싶더니 결국 나타나셨구만.'

사실 선물 핑계를 대긴 했지만 서은영을 망량으로부터 보호해 주려 동승한 거다. 밤이 된 만큼 녀석들의 활동이 활발해질 것이라 예상했는데, 정확히 들어맞은 셈이다.

『왕이시여. 당신을 배알하러 왔나이다.』

녀석은 당장이라도 유리창을 부수고 들어올 듯이 얼굴을 가까이 갖다 댄다. 지호가 있어 다가오지 못하고 있지만, 그가 떨어지기만을 호시탐탐 노리고 있다.

'문제는 이 녀석만이 아니란 건데…….'

옆에만 있는 게 아니다.

『왕이시여!』

『저희를 봐 주십시오!』

『당신의 자리를 제게 주십시오!』

앞 유리창에 두 개. 뒤 유리창에 하나. 천장에 매달린 녀석이 또 하나.

도합 다섯.

택시가 달리면서 달라붙은 녀석들이다.

시간이 갈수록 서은영의 주변을 맴도는 망량의 수가 자

꾸만 불어나고 있었다. 또 어디서 이런 놈들이 더 나타날지 모른다.

—먹을 게 너무 많아!

청룡은 아주 흡족한지 크게 고개를 끄덕이며 군침을 질질 흘려 댔지만.

'일단 처리해 둘까?'

지호는 가볍게 손가락을 튕겼다. 아주 작게 응축시킨 화염륜이 잇달아 놈들의 머리통 옆에서 터져 나가며 그대로 녀석들을 날려 버렸다.

놈들이 죽으면서 뿌린 기운은 고스란히 지호에게로 다가와 스며들었다.

꿀꺽. 꿀꺽.

청룡은 아주 맛나게 그것을 모두 먹어 치웠다.

하지만 이렇게 치워도 놈들은 겁을 모른다.

'또다시 한 마리.'

택시 천장에 다른 녀석이 착지하는 게 느껴졌다.

그리고,

쿵. 쿵. 쿵.

택시가 살짝 흔들린다. 지붕 위로 세 머리가 더 앉았다. 밖에는 다른 망량들이 빠른 속도로 이쪽으로 몰려오고 있었다.

'역시나 계속 늘어나고 있어.'

그리고 나타나는 속도도 빨라진다.

왼쪽으로 네 마리가, 오른쪽으로 일곱 마리가 찰싹 달라붙는다. 마치 구더기가 부화하듯이 망량들은 계속 나타나 택시에 찰싹 달라붙었다.

—먹을 거 많아!

숫자만 많아지는 게 아니다.

녀석들이 품고 있는 힘도 강해진다. 거꾸로 매달려 앞 유리창에 얼굴을 바짝 붙이는 망량. 미간에 붉은 보석이 하나 박혀 있다.

—더 맛있는 거다! 더 맛있는 거!

여태 보던 것들과는 종류가 다르다. 품고 있는 기운이 다른 놈들에 비해 열 배가량 많다.

'놈들 사이에도 계급이 있나?'

녀석은 지호를 발견한 듯 환하게 웃는다. 쩍 벌린 입가 사이로 번뜩이는 송곳니가 흉측하다. 이런 녀석들도 부쩍 늘어나고 있었다.

'역시 한꺼번에 처리해야겠어.'

망량은 망량을 불러들이는 습성이 있다. 열 마리가 넘었던 것은 스무 마리로, 스무 마리는 다시 오십 마리로 부쩍 늘어난다.

—안 먹어?

'아직 아니야. 조금만 더 기다려.'

칠십 마리…… 팔십 마리…….

'조금만 더.'

구십 마리. 이미 택시는 망량들로 덮여 아래에 깔린 녀석들은 숨도 못 쉬었다.

『왕! 왕이다! 왕!』

『왕이 우리를 보고 계신다!』

놈들이 떠들어 대는 소리로 머릿속이 시끄러울 정도다.

"어라? 차가 왜 이리 무거워진 것 같지?"

택시 기사가 무슨 일이라도 있나 백미러로 밖을 보며 고개를 갸웃거리는 그때,

'지금!'

지호는 망량의 숫자가 백 마리를 넘은 걸 확인하고 서은영을 불렀다.

"은영아."

"예?"

"잠시만 안을게."

"예……? 꺄아악!"

서은영이 놀랄 새도 없이 지호는 그녀가 다치지 않도록 꼭 안으면서 바깥쪽으로 손가락을 튕겼다. 핑, 가벼운 탄지

와 함께 남들에게는 보이지 않지만, 망량에게는 지옥불보다 더 괴로울 불꽃 더미가 택시 전체를 휘감았다.

콰르르르르르르릉!

—잔치다, 잔치! 먹을 거 너무 많아!

청룡이 신나서 외치는 소리에 맞춰 택시가 요란스럽게 들썩거렸다.

『키에에에에엑!』

백 마리가 넘는 망량이 일거에 터져 나간다.

불길은 녀석들을 이루고 있던 모든 원념을 불살라 버리고 사지를 갈가리 찢어 버렸다. 육편이 사방으로 튀면서 기운으로 화해 버렸다.

하지만 여전히 살아 있는 놈들이 있다. 미간에 붉은 보석이 박힌 놈들. 얼굴이 시뻘겋게 타오르고 몸뚱이 절반이 날아가도 살아남아 소리를 꽥꽥 지른다.

택시의 지붕과 창문을 찢어 버리려는 듯 도끼를 높이 들어 올린다.

『죽인다! 인간! 죽이고 만다!』

용의 감각으로 녀석들의 행동을 다 지켜보고 있던 지호는 다시 손가락을 튕겼다.

콰콰콰쾅! 콰콰콰콰콰콰쾅!

쉴 새 없이 작렬하는 불길에 녀석들의 도끼가 부서지고,

팔이 찢어지고, 몸이 부서져 내린다.

지호의 단전으로 단숨에 상당한 양의 기운이 차올랐다.

그걸 모르는 서은영의 얼굴은 탄탄한 지호의 가슴에 기댄 채로 더 새빨갛게 달아오르고 있었다.

*　　*　　*

지호가 망량을 쉴 새 없이 날려 버린 자리.

파스스스.

새로운 녀석들의 형상이 허깨비처럼 나타났다.

끊임없이. 계속.

『키이이이익!』

『왕에게로! 왕에게로 가야한다!』

그리고 녀석들은 서로가 서로를 물어뜯으며 암세포처럼 뒤죽박죽 섞이기 시작했다.

*　　*　　*

"바, 바래다주셔서 감사해요, 선배. 아, 안녕히 드, 드, 들어가세요!"

"그래. 잘 들어가."

서은영은 집에 오는 내내 지호의 얼굴을 마주치지 못하다가 차에서 내리자마자 인사말과 함께 후다닥 집으로 들어가 버렸다. 오늘은 왠지 밤잠을 이루지 못할 것 같았다.

지호는 서은영이 무사히 집에 들어가는 걸 확인하고 하늘을 올려다봤다.

'아직도 많아.'

이곳으로 오면서 처리한 망량만 해도 삼백이 넘는다.

녀석들은 이제 더더욱 노골적으로 나타났다. 거기다 이제는 하나가 아니라 떼로 몰려다닌다. 계급이 높은 녀석들도 늘어났다.

지금도 마찬가지.

'너무 많아.'

용의 감각을 넓게 확장시켜 주변을 샅샅이 수색한다.

녀석들은 대체 어떻게 냄새를 맡았는지 하나둘씩 고개를 내밀며 점차 이쪽으로 몰려들었다. 그 숫자가 어느 정도인지 짐작이 가질 않는다.

모두 처리를 하려면 제법 시간이 걸릴 것 같다.

지호는 밤하늘에 걸린 달을 보면서 중얼거렸다.

"간만에 달밤 체조 좀 해 볼까, 성아?"

성(晟). 계속 청룡이라고 부르기엔 뭣한 것 같아 지호 붙여 준 이름이다.

—응! 맛난 거 더 먹고 싶어!

"그래. 알았어. 조금만 기다려."

지호는 달밤 아래로 몸을 날렸다.

깜빡. 깜빡.

빨간 신호등 불빛이 금방이라도 꺼질 것처럼 흐릿하다. 개기월식 이후로 부서진 가로등이 아직 완전히 교체되지 않은 데다가, 차도 간간이 한 대씩만 지나고 있어서 횡단보도는 마치 흑색에 먹힌 것처럼 너무 어둡다.

7살 난 아들과 함께 근처 마트에서 장을 본 뒤, 차를 몰고 돌아가던 아주머니는 위태롭기만 한 신호등 불빛을 보고 살짝 눈살을 찌푸렸다.

자칫 이대로는 사고가 날 것 같았다.

"엄마, 엄마, 저기 악당이랑 배트맨이랑 막막 싸워!"

그때 조수석에서 바깥 횡단보도 쪽을 보고 있던 아들이 와, 하고 소리를 쳤다.

아주머니는 뭔가 싶어 그쪽으로 시선을 돌렸다. 하지만 어두운 신호등만 보일 뿐 아무것도 없었다.

"뭘 말하는 거니?"

"응? 저기 저거 안 보여? 눈이 하나밖에 없고 막 이마에도 이상한 게 있는 악당이랑! 배트맨이랑! 저기 저기! 어?

어디 갔지?"

아이는 손을 마구 휘저으며 설명을 하다 말고 바깥쪽을 보고는 눈을 동그랗게 떴다.

"이상한 소리하지 말고 앞에 봐!"

"힝. 진짠데……."

아이는 울상이 되었다.

그들이 탄 자동차 위로 한 줄기 바람이 흘렀다.

"32번째."

"내가 말이야, 딸꾹! 한때는 말이야! 아주아주 잘난 놈이었거든? 딸꾹! 그런데 이 빌어먹을, 딸꾹! 은행들이! 나를! 딸꾹! 이제는 엿도 안 되게, 딸꾹! 취급해! 에이 씨! 다 망해 버려라!"

주점이 줄지어 늘어선 도로 한가운데. 취객 하나가 넥타이를 길게 풀어 헤치고 한 손에 소주병을 든 채 비틀비틀, 걸어간다.

지나가는 사람들을 향해 일일이 손가락질을 하며 시비를 걸어 대는 통에 행인들은 행여 부딪칠까 싶어 모른 척 무시하고 멀리서 지나쳤다.

취객은 그렇게 한참을 걷다 말고 잠시 걸음을 멈췄다. 시커먼 뭔가가 자신 앞을 가로막고 있었다.

"으으음? 너는 뭐냐?"

거무스름한 그림자에 눈 하나, 송곳니가 잔뜩 드러나도록 웃는 이상하게 생긴 녀석이다. 녀석은 입안이 훤히 드러나도록 낄낄, 웃어 대고 있었다.

『왕은 어디에 계시느냐?』

"으응? 왕? 이게, 딸꾹! 술을 똥구녕으로, 딸꾹! 처먹었나! 뭔 소리야?"

『나의 왕은 어디에 계시냔 말이다!』

"히이이익!"

갑자기 녀석이 웃음을 그치고 버럭 소리를 지른다.

취객은 오싹하게 소름이 돋은 나머지 자기도 모르게 뒤로 주춤 물러섰다. 취기가 싹 달아났다. 그는 양손으로 연거푸 눈을 비비적거리다 다시 떴다.

그때 눈앞으로 뭔가가 쐐애액, 하고 지나가더니 이상한 것도 같이 사라져 버렸다.

"씨발…… 이젠 하다 하다 못해 허깨비랑 환청이 같이 찾아 오냐? 에이 씨! 이놈의 술을 끊던가 해야지 원."

취객은 손에 들고 있던 소주병을 바닥에다 버렸다.

하늘 위로 작은 혼잣말이 울린다.

"457번째."

끼익. 끼익.

"제발! 이건 안 돼! 이거 학원비라고! 엄마가 생선 팔아서 번 거야! 제발!"

입에 저마다 담배를 하나씩 꼬나물고 있는 학생들이 험악하게 인상을 찌푸린다. 무릎을 꿇고 엉엉 우는 학생을 돌아가면서 밟아 댄다.

"이 새끼가 뭘 자꾸 봐 달래? 뒈지고 싶냐? 그렇게! 돈이 필요하면! 네가! 알아서! 메우세요, 개새끼야!"

퍽, 퍽!

맞는 학생은 양손으로 머리를 막으며 최대한 덜 맞으려 몸을 쭈그렸다.

"너도 너네 엄마랑 같이 생선이나 팔면 되겠네."

"야야, 그건 웬만하면 피하게 해라. 안 그래도 저 새끼, 비린내 풀풀 나는데. 으으으. 차라리 딴 거 시켜, 딴 거."

"뭐가 좋을까?"

"스트립쇼는 어때?"

"그거 볼만하겠다. 낄낄낄."

녀석들은 학생을 실컷 두들겨 패다가 기분이 풀렸는지 물고 있던 담배를 바닥에다 버렸다. 그때 화장을 진하게 하고 윗 단추를 두어 개 정도 푼 여학생이 돈을 쥔 남학생에게 다가와 팔짱을 꼈다.

"자기야, 근데 이거 갖고 뭐할 거야?"

"글쎄. 뭐하면 좋을까? 이번에 돈도 많……!"

"응응? 왜에?"

"저, 저, 저……!"

"갑자기 말 잘하다 말고 왜 그러는데? 꺄, 꺄아아악!"

남학생이 갑자기 흠칫 굳어 버리며 식은땀을 흘리기 시작한다. 여학생이 뭔가 싶어 그쪽으로 고개를 돌렸다가 비명을 질렀다.

그곳엔 유령이 서 있었다.

하나밖에 없는 눈을 뜨고 미간에 파란 보석을 박은 이상한 유령이다. 녀석이 들고 있는 도끼에서 뭔가가 뚝, 뚝, 떨어졌다.

어두워서 잘 보이진 않지만 피다. 왠지 사람의 피일 것 같다.

약자들을 괴롭히기나 해 봤지, 저렇게 살벌한 기세를 흘리는 것은 그들로서도 처음이었다. 늑대 앞에 놓인 양처럼 안색이 하얗게 질린 채 덜덜 떨기만 한다.

『묻겠다. 왕은 어디에 계시는가?』

"씨, 씨발! 저, 저게 뭐야!"

『다시 묻겠다. 왕은 어디에 계시는가?』

"저, 저런 게 지, 진짜로 있어?"

"나도 모르지, 씨발! 야, 아무거나 들어! 빨리!"

『모르는가? 모른단 말인가?』

유령의 기세가 흉포해진다.

"젠장!"

녀석들은 바닥에 아무렇게나 뒹굴고 있던 나무 막대기를 들려 고개를 숙였지만,

퍽!

"꺄아아아아악!"

어느새 다가온 유령이 도끼로 가장 앞에 있던 놈의 뒤통수를 찍어 버렸다.

수박처럼 머리통이 으깨지자 학생들은 크게 까무러쳤다. 특히 여학생은 소스라치게 비명을 지르다 유령과 눈이 마주쳤다.

『너는 아는가? 왕은 어디에 계시는가?』

"오, 오지 마아아아아!"

『모르는군.』

유령은 일말의 망설임도 없이 여학생의 머리를 도끼로 날려 버렸다.

"ㅇㅇㅇㅇㅇ!"

"어, 엄마아아아아!"

"사, 사, 살려 줘요……!"

남은 놈들은 다리를 후들후들 떨면서 엉엉 울어 댔다. 입고 있는 바지는 축축해져 노린내가 났다. 도망칠 생각 따윈 추호도 하지 못한다. 공포에 너무 질린 나머지 몸이 움직여지질 않는다.

하지만 유령의 질문은 그대로다.

『묻겠다. 왕이 계시는 곳은 어딘가?』

저벅, 저벅, 걸어오며 도끼를 높이 든다.

"씨, 씨바아아아아아알!"

그때 어떤 학생이 나무토막을 들고 와락 달려든다.

『너희들도 모르는군. 그렇다면 참수다.』

물론 유령에게는 일말의 소용도 없었다. 도끼는 앞에 있던 녀석들은 물론 뒤에서 질질 짜고 있던 놈들의 머리도 한꺼번에 날려 버렸다.

결국 남은 건 여전히 쭈그리고 앉아 정신을 못 차리던 왕따 학생밖에 없었다. 그는 고개를 슬그머니 들었다가 유령과 눈이 마주치고 헛바람을 들이켰다.

다섯 번의 살인을 저지른 유령의 기세는 이제 걷잡을 수 없이 커져 있었다.

『너마저도 모른다면 참수다. 묻겠다. 왕의 침소는 어디인가? 그분은 어디에 계시는가?』

당연히 학생이 대답할 수 있을 리 만무하다. 결국 도끼가 높이 올라간다. 학생은 기겁을 하며 머리를 쥐어 싸매며 몸을 바짝 엎드렸다.

'엄마, 죄, 죄송해요!'

일진들에게 두들겨 맞는 걸 왜 여태 엄마에게 화풀이를 했던 건지. 크게 후회를 하면서 눈을 질끈 감았다.

"……."

그런데 한참이 지나도 아무런 일도 없었다.

학생은 무슨 일인가 싶어 슬쩍 고개를 들었다. 당연히 있어야 할 유령은 온데간데없이 사라졌다. 아니, 방금 전의 일이 거짓말이었던 것처럼 핏자국이며 일진들의 토막 난 시신들도 모두 사라져 있었다.

"어, 어떻게 된 거지?"

모든 게 꿈이었던 것만 같았다.

널찍이 떨어진 건물 옥상 위.

"……이젠 살인까지 저지른단 말이지?"

지호는 싸늘하게 식은 화안금정으로 모가지를 틀어 쥔 망량을 잔뜩 노려보았다. 녀석이 들고 있는 도끼에서는 피가 뚝뚝 떨어지고 있었다.

기가 막힐 일이다.

근방에 있던 망량들을 천 마리 넘게 사냥하는 통에 간간이 녀석들을 목격하는 사람들이 있는 건 사실이었다.

하지만 그런 사람들은 대부분 기가 약하거나 영력을 타고난 경우였다. 그마저도 어렴풋한 망량의 형체만 볼 뿐 별다른 일은 없었다.

하지만 이놈은 다르다.

보통 망량보다 머리가 두 개쯤은 더 크고 덩치도 있다. 그림자이던 몸도 어느 정도 윤곽이 보일 정도로 짙다.

특히 미간에는 다른 보석을 박고 있다.

파란 보석.

여태 아무것도 없거나 붉은 보석만 봤던 지호로서는 처음 보는 녀석이다.

이런 놈은 살인까지 서슴지 않고 저지르는 걸까?

다행히 지호가 지금이나마 발견했으니 망정이지, 조금만 늦었으면 대형 참사가 일어날 뻔했다.

물론 지금 벌어진 일도 참사였다. 아무리 죄 없는 학생을 괴롭히는 일진이라고는 해도, 죽을 만큼 죄를 지은 건 아니었다.

이런 녀석이 계속해서 생겨난다면 도대체 무슨 일이 벌어질지 상상도 가질 않는다. 더구나 이놈보다 더 상위 계급이 없으리란 법도 없다.

'최대한 빨리 처리해야 해.'

놈들을 그저 움직이는 내단 정도로 치부했던 지호로서는 가벼운 마음으로 시작했다가 큰 짐을 지게 된 꼴이다.

그때 손아귀에 잡힌 녀석이 부르르 떨더니 억지로 입을 연다.

『왕…… 은 어디에…… 계시는가?』

“그 놈의 왕 타령, 지겹지도 않나?”

『왕을…… 모독하지 마라!』

“저승에 가서 네놈 동료들에게 물어봐.”

지호는 싸늘한 목소리와 함께 손에 힘을 강하게 주었다. 우드득. 녀석의 모가지가 그대로 돌아가면서 단전이 다시 한 번 차오른다.

그리고,

화아아악!

몸 곳곳에 변화가 찾아온다.

밤새 천 마리가 넘는 놈들을 사냥하면서 진척을 보이던 것이, 파란 녀석을 깨트리니 단숨에 단계를 뛰어넘어 버린다. 나후의 핵이 절반가량 녹으면서 각성도 크게 이뤄진다.

금색으로 반짝이던 화안금정 위로 새로운 빛이 맺힌다.

좌측에는 푸른색, 우측에는 붉은색이. 각각 달과 해를 뜻하는 빛은, 위치만 본다면 나후의 눈이 아닌 묘성의 조각상과 똑같았다.

지호는 서서히 묘성의 길을 이어 가고 있었다.

빛을 관장하던 신의 업을.

좌륵. 좌르르륵.

어느새 용의 비늘이 살갗 위로 돋아난다. 나후를 잡았을 때처럼 반인반룡의 모습이 된 지호는 넘쳐흐르는 힘을 억지로 누르지 않고 오히려 밖으로 분출했다.

콰아아아아아앙!

건물이 내려앉는 게 아닐까 싶을 정도로 강한 굉음과 함께 높이 떠오른다.

지호는 드높은 상공에서 아름다운 야경의 불빛을 자랑하는, 자신이 사는 도시를 내려다봤다.

'보인다. 놈들이.'

잔뜩 예민해진 용의 감각이 단숨에 영역을 도시 전체로 확대한다. 마치 바로 눈앞에서 보는 것처럼, 마치 카메라로 사진을 찍은 것처럼, 해와 달이 맺힌 눈가로 놈들의 모습이 하나둘씩 비친다.

공원에 숨어 주변을 둘러보는 놈. 부서진 가로등 위에 누워 있는 놈. 대형 스크린 위에서 도시를 내려다보는 놈. 사람들 틈바구니에 섞여 어딘가를 보는 놈.

제각각 하고 있는 행동이나 모습은 다르지만, 목적은 다 같았다.

서은영을 찾는 중이었다.

신의 찌꺼기인 망량의 신세에서 벗어나 신이 되기 위해서.

가증스러운 놈들이었다.

"죽어라."

지호는 싸늘한 선고와 함께 지상으로 주먹을 내렸다.

마치 신벌을 내리듯이.

쿠르르르르, 콰콰쾅!

지호가 내지른 주먹으로 인해 밤하늘 곳곳이 열리면서 불덩이가 떨어진다. 길쭉한 궤적을 그리며 불비가 아래로 떨어진다.

일부 각성과 함께 돋아난 용의 감각이 찾은 망량의 숫자는 일만이천여 마리.

불비는 섬광이 되어 세상을 길쭉하게 할퀸다.

어둠이 내려앉았던 도시는 아주 잠깐 반짝하고 환한 빛을 터뜨렸다.

"이게 뭐지?"

"뭔가 번쩍인 것 같았는데?"

길을 지나던 사람들은 눈이 살짝 아려 오자 검지와 엄지로 눈덩이를 문질렀다.

그들에게는 자각도 없을 만큼 찰나에 벌어진 일이, 자신들의 왕을 찾아 길거리를 헤매던 망량들에게는 끔찍하기 짝이 없는 재앙이 되고 말았다.

『키에에에에에엑!』

『어째서! 어째서 하늘은 우리를 거부하는가!』

『왕을 찾고자 하는 것이 그토록 잘못된 것이란 말이냐!』

『억울하다! 원통하다! 우리도 이런 꼴이 되고 싶지 않았거늘! 왕이 계시면 이런 일도 없었을 것인데……!』

망량들은 일제히 하늘을 보며 울부짖었다. 도끼를 내려뜨리며 잔뜩 노려본다. 하지만 섬광은 그들에게도 여지없이 찾아왔다.

환한 빛무리와 함께 몸뚱이가 박살 난다. 어떻게 된다는 자각도 없이 의식이 산산이 흩어진다.

머리에 보석을 박고 있던 놈들은 조금 늦게 죽었다. 하지만 전신이 불길에 휩싸여 재가 되는 고통을 느낄 뿐 결과는 똑같았다.

퍼퍼퍼펑, 하는 소리와 함께 도시 안에 있던 모든 망량들이 일거에 쓸려 나간다.

그리고 놈들이 부서진 자리로,

쏴아아아아!

까만 아지랑이가 오른다.

그것은 길쭉하게 몸을 늘어뜨리며 서서히 하늘로 올랐

다. 그리고 소용돌이를 그리며 한 곳으로 몰려든다.

지호는 그 위에서 가만히 미간을 찌푸렸다.

'하지만 이건 미봉책에 불과해. 근본적인 해결책을 마련하려면 원인을 알아야만 해. 망량이 유독 은영이를 노리는 이유를.'

처음엔 그저 서은영의 영혼이 커서 녀석들이 신이 되려 노리는 걸로만 생각했다.

하지만 지금 생각해 보면 그게 아니었다.

지구상에 존재하는 인구만 70억이 넘는다. 그중에 지호나 서은영처럼 위대한 전생을 지닌 영혼 하나 없을까? 하지만 녀석들은 그들을 찾아가지 않는다. 오로지 서은영만을 노린다.

물론 그런 사람들이 없을 수도 있고 있다 하더라도 지호의 시선이 닿지 않는 곳에 있기 때문에 모르는 것일 수도 있다.

하지만 지호는 단언할 수 있었다.

'확실해. 녀석들은 오로지 은영이만을 노린다.'

처음 나타났던 망령. 녀석은 지호를 알아보지 못했다. 지호의 전생은 손오공. 제천대성의 영혼이라면 웬만한 신보다도 훨씬 클 것인데 눈독 한 번 들이지 않았다. 서은영만을 봤다.

그렇다면 이유가 있을 것인데.

녀석들이 연거푸 했던 말이 거슬린다.

'은영이를 가리켜 자신들의 왕이라고 했지.'

왕.

대체 그게 무슨 뜻일까?

단순히 망량의 왕이란 뜻일까?

'하지만 은영이는 망량이 아닌 사람이야. 그건 확실해.'

망량이었다면 청룡이 처음부터 군침을 흘렸을 테지. 그리고 지호가 그걸 못 느꼈을 리 없다.

결국 해결책은 한 곳에 있다.

서은영의 전생을 알아내는 것.

하지만 도대체 어떻게 해야 알아낼 수 있을까?

잠깐 고민에 잠기는 동안, 기운이 한데 몰려 지호에게로 빨려 들어간다.

스스스스!

여태껏 하루 종일 쏘다니면서 흡수했던 것보다 열 배 이상이나 많은 양이다. 과연 이것을 모두 흡수할 수 있을까 싶었지만 단순한 우려에 불과했다.

끼이이!

—잘 먹겠습니다! 아함!

갑자기 몸을 따라 푸른 빛무리가 맺히더니 청룡이 나타

난다. 녀석은 거대한 몸뚱이를 움직이면서 아가리를 쩍 하고 크게 벌렸다.

청룡은 마치 별미라도 즐기는 것처럼 까만 기운을 닥치는 대로 입 안으로 쓸어 담았다. 꿀꺽, 꿀꺽, 목울대가 움직일 때마다 녀석의 눈가엔 웃음기가 어린다.

그에 맞춰 지호의 단전도 조금씩 떨린다.

공력이 봇물처럼 마구 샘솟아 나후의 핵을 있는 힘껏 때린다. 나후의 핵이 빠른 속도로 녹아내리면서 각성의 속도도 빨라진다.

눈가에 맺힌 푸르고 붉은빛이 점차 짙어진다. 화안금정과 뒤섞이면서 눈동자의 모양도 달라진다.

금색 자위에 푸르고 붉은 동자.

잡티가 섞이지 않은 아주 순수한 보석을 박은 것처럼 너무나 아름다운 눈이다.

좌르르륵. 좌르륵.

지호를 둘러싼 용의 비늘도 서서히 색이 짙어진다. 색이 옅었던 것이 점차 원래의 짙은 색을 찾아가면서 청룡과 엇비슷해진다. 역시나 아름답게 반짝인다.

지호는 각성이 막바지에 이르렀음을 확실히 깨달았다.

녹아내린 나후의 핵은 대략 9할. 남은 1할을 마저 녹일 수 있다면 상상도 할 수 없는 힘을 가질 수 있으리라.

어쩌면 이제 얼핏 열기 시작한 예지안을 확실하게 얻을 수 있을지도 모른다. 그렇게만 된다면 더 이상 사람이라 부르기도 어려워질 것이다.

예지란, 오로지 신에게만 허락된 권능이니.

전지(全知)하며 전능(全能)할 것. 응당 신으로서 가져야 할 기본적인 조건으로 들어가는 입문이자 열쇠가 바로 예지였다.

어쩌면,

'은영이의 전생에 대해서 풀 수 있을지도 몰라!'

예지는 미래를 엿보는 힘이니 과거를 보는 것과 거리가 있을지라도, 조각조각 난 파편들을 거스르다 보면 무언가 추리해 낼 수 있을지도 모르는 일이다.

하지만,

—으아아아아암! 잘 먹었다!

완전한 각성을 바로 코앞에 두고 생각에 잠긴 그때, 갑자기 청룡이 허공에 반쯤 누워서는 짧은 손으로 배를 통통 두들겼다. 흡족해하는 얼굴로 크게 트림까지 한다.

지호는 그런 청룡을 놀랜 눈으로 봤다. 청룡은 지호와 눈이 마주치고 계면쩍은지 웃음을 흘린다.

—헤헤헤헤.

"하하하하!"

지호는 웃음을 참을 수 없었다. 그래, 각성이 조금 늦으면 어떠랴. 당장 못한다고 죽는 것도 아닌데. 청룡이 저렇게 만족해하는 걸 보니 가슴이 다 뿌듯하다.

"배불러?"

—응응! 너무 맛있어.

배부르다는 말은 끝까지 하지 않는다. 얼마든지 더 먹을 수 있단 뜻이다. 아마 배가 부르다고 하면 더 안 찾아 줄까 봐 그런 것이겠지.

지호는 녀석의 시커먼 속내를 읽고 피식 웃었다.

"이리 와."

—응!

청룡은 지호에게 한가득 안겼다. 손끝으로 전해지는 녀석의 부드러운 감촉이 너무 좋았다.

"이제 녀석들은 끝난 거야?"

—아니야. 아직 더! 더! 남았어.

굳이 강조하지 않아도 될 걸 강조한다.

"하지만 당분간은 안 나오겠지?"

—응…… 겁을 잔뜩 먹었어. 칫! 너무해.

청룡은 불만 가득한 얼굴로 툴툴거린다.

지호는 괜찮다며 그런 청룡의 머리를 쓰다듬었다. 조금만 더하면 예지안을 얻어 서은영의 전생에 대한 실마리를 얻을 수도 있을 텐데. 기회가 늦춰진 것이 아쉽긴 하지만, 그래도 시간은 벌어 놨으니 그 안에 어떻게든 일을 해결하면 된다.

'그래도 혹시 모르니……!'

손을 앞으로 내밀자 손가락 끝에 영롱한 푸른빛이 맺힌다. 지호는 손을 한껏 오므렸다가 활짝 폈다.

피피피피핑!

다섯 개의 탄지가 터지면서 길쭉한 궤적을 부드럽게 그린다. 궤적은 도시 곳곳으로 뿔뿔이 흩어져 자취를 완전히 감췄다.

"이거면 당분간 안심해도 되겠지."

방금 뿌린 건 자신의 기운을 농밀하게 압축시킨 것이었다. 곳곳에 가만히 박혀 있다가 이질적인 기운이 나타나면 터지면서 지호에게 곧바로 소식을 알려 줄 터였다. CCTV에서 착안해 만들어 본 선술이었다.

서은영이 있는 집 쪽으로 시선을 던진다.

"편히 잘 자라."

작게 읊조리며 입가에 웃음꽃이 핀다. 지호는 밤하늘의 싸늘한 바람을 만끽했다.

팔짱을 끼며 청룡과 함께 야경을 구경하는 바로 그때,

우우웅.

갑자기 뒷주머니에서 휴대폰이 울린다. 이 늦은 시간에 대체 누구지? 지호는 아무 생각 없이 발신자를 확인하지도 않고 전화를 받았다.

"여보세요?"

[야 이놈아, 내 손원행자도는 도대체 언제 돌려줄겨!]

"……!"

할아버지의 전화에 지호는 잔뜩 얼어 버렸다.

*　　*　　*

밤 12시.

보통 할아버지가 주무실 시간에 지호는 냉큼 댁으로 쏜살같이 달려갔다.

조심스레 현관문을 열며 마당 안으로 들어선다. 양손에는 할아버지가 좋아하는 맥주를 잔뜩 사 들고.

"할, 아, 버, 지?"

"애교로 대충 때울 생각이걸랑 먼저 이게 날아갈 거란 걸 알아 두어라."

할아버지는 평상에 앉아 곰방대를 끔뻑끔뻑 피시면서 한 손에 사람 머리통만 한 짱돌을 쥐고 있었다.

"매, 맥주도 있는데요?"

"그럼 맥주도 같이 던져 버리지 뭐."

지호는 사색이 되었다.

"소, 손씨 가문의 장손을 지금 잡으시려고 그러시는 겁니까?"

"전에도 말했던 것 같은데? 껄렁껄렁한 한량 같은 네놈보다야 버젓이 서울대를 가서도 수석을 놓치지 않는 지성이가 가문을 이어 받는 게 백배는 낫다고. 요즘 재벌이랑 정치인 집안에서 자꾸 중매쟁이를 보내는 터라, 귀찮아 죽겠구나. 그런데 너 하나쯤이야."

"……."

뭐라고 반박할 말이 없다.

할아버지의 한쪽 눈썹이 꿈틀거린다.

"그래서 대답은?"

"헤헤헤헤."

지호는 가볍게 웃더니,

"죄송해요, 할아버지!"

바닥에 넙죽 엎드렸다. 지금은 알아서 기는 게 정답이었다.

할아버지의 눈썹이 파르르 떨렸다. 곰방대를 들고 있던 손에 힘이 바짝 실린다. 농사일을 하시더니 연세에 어울리지 않게 손목에 핏대가 바짝 선다.

"그 말인즉슨?"

"미리 유산 상속했다고 생각하시면 안 될까요?"

"이 놈이이이이이이이이이!"

지호는 바로 짱돌이 날아올까 싶어 고개를 바싹 낮췄다. 물론 지호에게 그런 게 날아온다고 해서 정말 아프겠냐마는, 그래도 돌을 얻어맞고 기분이 좋을 순 없다.

그런데 고개를 살짝 드니, 할아버지는 짱돌을 바닥에 아무렇게나 던져두고 곰방대를 끔뻑끔뻑 빨고 있으셨다. 눈썹이 파르르 떨리는 걸로 봐서는 아직 화가 잔뜩 나신 듯했지만, 더 이상 역정은 내시지 않는다.

"하, 할아버지?"

"좋은 곳에다 썼냐?"

"예?"

"뜻 있는 곳에다 썼냐고! 귓구녕을 확……! 후우우! 아니다. 하여간 잘 썼냐고 묻는 거다."

할아버지는 분기탱천해 일어나려다 말고 다시 화를 삭이며 평상에 앉았다. 미간에 골이 깊게 팼지만, 눈빛만큼은 진지했다.

지호도 더 이상 장난으로 응대하지 않았다. 진지한 눈빛으로 고개를 끄덕였다.

"예. 할아버지 덕분에 요긴하게 썼습니다."

손원행자도는 여의봉이 되었다. 그리고 그 속에는 지금

청룡이 있다. 일흔두 명의 마신을 봉인했으며, 해와 달을 되찾았다.

탁!

할아버지는 곰방대에 맺힌 재를 바닥에다 털었다.

"그럼 됐다. 그깟 유물이야 또 구하면 그만이니. 뜻 있는 곳에 물건 나지, 물건 난 곳에 뜻이 있는 건 아니지 않으냐?"

지호는 고개를 끄덕였다. 자신을 믿어 주시는 만큼 마음 같아서는 모든 사실을 말씀드리고 싶었지만,

'역시 세상을 구했어요, 라고는 말 못하겠어.'

이유는 아주 현실적이었다.

"그러니 변상해야지?"

"예?"

"물건 잘 썼다며. 그럼 사용료를 내놔야 할 거 아니냐. 거기다 물건이 훼손되었으니…… 꽤 값이 나오겠구먼. 어쩌냐. 네놈 1년 치 용돈 갖고는 택도 없을 텐데."

"……!"

19장

스타(Star)

부산, 해운대.

여름만 되면 청춘 남녀들로 북적대는 곳이지만, 아직 5월 중순밖에 되지 않은 지금은 사람들이 그리 많지 않았다. 하물며 새벽 1시가 넘은 시간에는 더더욱.

그때 해변에서 야트막하게 보이는 수평선에서 거대한 물보라가 치솟았다.

쿠와앙!

해변에 있던 사람들은 무슨 일인가 싶어 그쪽으로 시선을 돌렸다. 하지만 거리가 멀고 밤이 너무 어두워 잘 보이지 않았다.

어렴풋이 보이는 것이라고는 물보라 위로 무언가가 세차게 날아오른다는 것.

사람들은 당연히 새라고 생각했다.

하지만 그건 새가 아니었다.

쾅!

물보라 때처럼 대기가 터져 나간다 싶더니 엄청난 풍압이 불어닥친다. 수면이 내려앉으면서 다른 쪽에서 높은 파도 두 개가 치솟는다.

그사이로 지호가 망량의 모가지를 틀어쥐고 있었다. 미간에 푸른 보석을 박은 망량. 녀석은 원통하다는 듯 이글대는 눈빛으로 지호를 노려봤다.

『인간, 어째서 이토록 우리를 괴롭히는 것이냐!』

"너희들이 먼저 건드렸잖아?"

『우리는 그저 왕을 찾고 싶었을 뿐이다!』

"그럼 저쪽에나 가서 찾아봐."

지호는 손에 강하게 힘을 주었다.

우드득!

녀석은 사나운 눈빛 그대로 모가지가 꺾였다.

지호는 검은 기운을 잔뜩 빨아들였다. 하지만 단전에 차오르는 양은 미미할 뿐, 크게 티도 나지 않는다. 청룡에게 물었다.

"여기에 남아 있는 녀석은? 더 없지?"

—응. 다 먹었어!

"그럼 딴 곳으로 가자."

쇅!

지호는 축지를 밟아 서둘러 자리를 옮겼다.

담양, 메타세쿼이아 길.

여름을 바라보는 담양은 대나무가 울창해 아름다운 광경을 자랑한다. 특히 높다랗게 선 메타세쿼이아 나무를 따라 이어진 길쭉한 길은 산책을 하기에도, 드라이브를 즐기기에도 알맞다.

쾅! 쾅! 쾅!

『우리를!』

『우리를 왕에게로 안내하라, 인간!』

망량 삼십여 마리가 나타나 마구잡이로 지호에게 도끼를 날린다.

지호는 금강포로 도끼를 가볍게 튕겨 내면서 연속으로 탄지를 날린다. 퍼퍼펑, 화염륜이 작렬할 때마다 녀석들은 키에에엑, 비명을 질러 대며 폭죽처럼 터져 나간다.

하급 망량을 잔뜩 끌어와 지호를 잡으려 했던 마지막 녀석은 팔꿈치로 명치를 찍어 상체를 부숴 버린다.

『왕…… 께서 돌아오신다면…… 용서치 않을……!』

퍽!

지호는 기운을 다시 한가득 받아들인다. 하지만 역시나 큰 차이는 없다.

"전라도도 끝났고."

지호는 주변을 둘러보다 다시 축지를 밟았다.

쉭!

그가 사라진 자리에는 짙은 탄내만이 남았다.

경기도, 용인.

개장 시간이 끝나 낮의 열기 따윈 찾아볼 수 없는 을씨년스러운 놀이공원. 조용히 다시 낮을 기다리는 전람차 위로 그림자가 나타난다.

콰아앙!

거기서 갑자기 터진 소닉붐은 곤히 잠을 자고 있던 용인 시민들을 깨워 버렸다. 이튿날 시에서 꾸린 인력이 놀이공원에 투입되었지만 아무도 이유를 찾을 수 없었다.

인천, 송도동.

고층 아파트 사이로 난 길을 따라 그림자가 지난다.

서울시, 63빌딩.

옥상에서 무언가가 얼핏 나타났다가 사라진다.

강원도, 영월.

지금은 아무도 찾지 않는 탄광촌 위로 아주 잠깐 붉은 불빛이 반짝거렸다.

경상도와 전라도를 시작해 충청도, 강원도, 경기도, 서울에 이어 북한이 내다보이는 포천과 철원까지.

단 며칠 사이에 한국 내에 있던 모든 망량들이 자취를 감추고 말았다.

한 마리도 남김없이, 모두.

* * *

"으아아아아아."

지호는 푹신한 소파에 반쯤 누워 앓는 소리를 냈다. 누가 보면 푹 절인 김치가 따로 없었다.

아침 일찍 일어나 신문을 보고 있던 아버지는 신문을 살짝 내리며 눈살을 좁힌다.

"설마 밤새 놀고 지금 집에 온 건 아니겠지?"

"그럼 술 냄새가 났겠죠. 새벽 운동 다녀왔어요."

"무슨 운동을 그렇게 격하게 해?"

"그러게요."

지호는 심드렁하게 대답했다.

요 며칠 사이 밤만 되면 축지를 써서 전국을 돌아다니며 망량을 사냥하고 다녔다. 도시에 사는 놈들은 약과지, 산이나 바다에 사는 녀석들은 답이 없었다.

그래도 반쯤 뜬 예지안과 청룡의 도움으로 어찌어찌 모두 처치하긴 했다.

정리가 끝나고 나니 피로가 몰려드는 것 같다.

육체적으로 힘들지는 않았다. 파란 보석을 달고 있는 놈도 한주먹 거리가 안 되는데. 대신에 정신적으로 피곤했다. 좁다고만 생각했던 이 나라가 그렇게 복잡한 줄 난생처음 알았다.

"씻고 나서 신문도 좀 보고. 대학생이라면 사회가 어떻게 돌아가는지도 알아야지."

"T전자, K하이테크와 인수 합병 건 발표. 경기 부양 대책 발표 때문에 코스피 2,100선 돌파. 경상도 쪽 여러 댐의 수위가 낮아서 올 여름 가뭄 우려. 또 뭐가 있더라……."

아버지의 눈이 휘둥그레진다. 자신이 보고 있는 신문의 1면을 보고 이야기하는 건가 싶어서 신문을 뒤집어 봤지만 지호가 말한 내용은 거기에 없었다.

지호는 놀란 아버지를 두고 거실 안쪽으로 시선을 던졌다.

타이밍 좋게 방에서 지수가 걸어 나왔다. 험하게 잤는지 머리가 마구 헝클어지고 입가에 침 자국이 가득 묻었다. 잠기운에 좀비처럼 터덜터덜 걸어 다닌다.

"야, 손지수."

"왜?"

"웬만하면 다 마신 아버지 양주 제대로 치워 놔라."

지수는 눈을 비비다 말고 화들짝 정신을 차렸다.

"무, 무, 무슨 소리야! 그게!"

아버지가 신문을 접고 버럭 소리를 질렀다.

"손지수! 너 또 설마 내 캐비닛에 손 댄 거냐!"

"아냐, 아빠! 지금 큰오빠가 이상한 소리를……!"

"책상 가장 밑 서랍에다 짱 박아 놨겠지."

"어, 어, 어떻게?"

지호가 툭 하고 내뱉은 말에 지수는 입을 쩍 하고 벌렸다.

아버지가 지수 방으로 돌진하자, 지수는 아버지를 막기 위해 안간힘을 다 썼다.

"아, 아빠? 헤헤헤. 아빠, 그게 아니라니까. 지금 숙녀

방에 함부로 들어가려는 거야? 아빠! 내 말 좀 들어 봐!"

그리고 잠시 후.

"손지수우우우우우우!"

아버지의 노호가 거실을 쩌렁쩌렁하게 울린다.

부엌에서 앞치마를 두르고 아침 식사를 준비하던 지성이 나와서는 황당하다는 얼굴로 지호를 쳐다봤다.

"도대체 어떻게 안 거야?"

피식, 지호는 바람 빠진 소리를 냈다. 여전히 눈가엔 피곤함이 가득하다. 그래도 재미나다는 표정을 숨기지 않는다.

"오늘 아침은 두루치기지? 웬만하면 간 좀 싱겁게 해. 나 오늘은 갈증이 나서 짠 거 못 먹겠다."

"……!"

지성의 눈도 동그랗게 떠진다. 정말 오늘 아침은 돼지 두루치기를 하고 있었다. 창문도 열고 환풍기를 틀었기 때문에 냄새도 안 났을 텐데?

"으으, 진짜 피곤해서 안 되겠다. 나 그냥 한숨 자련다. 두루치기, 내 껀 남겨놔."

"형, 이따 방송국 가 봐야 하는 거 아냐? 오늘 밴드 윌, 오디션 본선행 결정되는 날이잖아."

"어차피 1등으로 통과할 건데 뭐."

“그걸 어떻게 알아?”

지호는 피식 웃으며 대답했다.

“이미 봤거든.”

데자뷰(Dejavu).

달리 기시감이라 불리는 현상.

지호는 요즘 들어 그런 데자뷰를 하루에도 몇 번씩 겪고 있었다.

절반이나마 예지안을 떴기 때문이다.

이따금 쉬고 있을 때면 아무런 예고도 없이 사건들이 단편적으로 눈앞에 나타난다. 마치 사진을 보는 것처럼 아무런 두서없이 보인다.

가까이는 아버지가 보신 신문의 내용, 지수가 심심하다며 밤에 몰래 캐비닛에서 양주를 꺼내는 장면, 아침 식사로 나오는 메뉴.

그리고 멀리로는 오디션의 결과까지.

‘확 로또나 지를까?’

물론 그러고 싶어도 그러진 못한다. 예지를 원하는 대로 다룰 수 있으면 모르겠지만, 무작위로 내용이 나타나는데 어쩔 도리가 있나. 물론 로또 1등 당첨 번호를 보게 되면 바로 지를 용의는 있었다.

"그런데 도통 그 이상은 안 된단 말이지."

지호는 살짝 눈살을 좁혔다.

끼이이.

—힝! 더 맛있는 거 먹고 싶어.

청룡이 길게 울음을 터뜨린다.

"그렇게 먹고도?"

—아직 배고파! 더, 더! 먹을 수 있어!

지호는 쓰게 웃었다. 한편으로는 망량을 먹는 걸로는 한계에 다다랐다는 걸 깨달았다.

전국 각지를 돌면서 수만 마리의 망량을 사냥했지만, 각성은 더 이상 진척이 없었다. 1할만 채우면 되는데, 그 부족한 1할이 도무지 채워지지 않는다. 그냥 내공만 아주 조금씩 불어날 뿐이다.

다른 무언가가 필요한 것 같다.

청룡이 말한 '더 맛있는 거' 가 무언가일 것 같다.

"은영이 주변에 뿌려둔 기운은 여전히 아무런 감지도 없고. 이젠 그냥 마음 놓아도 되려나?"

조금 찝찝하긴 하지만 그래도 이젠 우려하지 않아도 되긴 하다. 서은영이 외국에 나가는 게 아닌 이상, 더 이상 망량의 습격을 받을 위험은 없으니까.

그녀의 전생에 대해서 알아낸 바가 없다는 게 영 걸리긴

하지만 긍정적이게 생각하기로 했다.

머릿속을 정리하며 곤히 자려는데, 머리맡에 둔 휴대폰이 떨린다. 예전에 촬영을 하면서 명함을 받았던 백정연 PD에게서 온 전화였다. 번호만 등록해 놓고 나중에 전화해야지, 라고 생각했다가 아직까지 못 하고 있었다.

'그런데 이 사람은 내 번호를 어떻게 알았대?'

명함만 받았지 번호를 준 적이 없기 때문에 지호는 놀란 얼굴이 됐다.

"예. PD님."

[인정할게요. 제가 졌어요.]

"예? 제가 뭘요?"

[흐응. 시치미 떼기예요? 제가 먼저 전화하게 만드셨잖아요.]

수화기 너머로 살짝 비음이 섞인다. 허스키한 음색이 심장을 긁는 농염한 목소리가 된다.

지호는 슬쩍 화제를 돌렸다.

"아, 애들과 커튼 싱어에 대해서 논의를 나눴는데……."

[나눴는데?]

"일단, 참가하는 쪽으로 가닥을 잡았습니다."

[참가만요?]

"그러면요?"

[우리 사이에 나눌 이야기가 그게 전부는 아닐 텐데요?]

지호가 피식 웃으며 넘긴다.

"글쎄요? 우리가 무슨 사이인데요?"

[흐응. 앞으로 발전적으로 향할 수 있는 관계?]

지호는 웃음이 터졌다. 아무래도 생각보다 이야기가 길어질 것 같다. 벽에 걸린 시계를 올려다보니 아직 녹화까지는 시간이 남아 있었다.

"그럼 발전적인 관계 향상을 위해서 바쁘시지 않다면 커피 한 잔 하시겠어요?"

[그건 데이트 신청?]

"비지니스 신청."

수화기 너머로 피식 웃는 소리가 들린다.

[지금은 준비 때문에 바빠서 안 되고, 이따 저녁에 녹화 마치고 나서는 어떠세요?]

* * *

[형! 저희 붙었어요!]

[1등이에요, 1등! 심사위원들이 죽여준다고 난리였어요! 크으의! 형이 그걸 봤어야 하는데!]

"응. 축하해."

지호는 담담하게 대답했다. 전화기 너머로 하동률이 뿌루퉁해하는 목소리가 들린다.

[에이! 반응이 너무 미적지근한 거 아녜요?]

"지금 백 PD님이랑 이야기하고 있어서. 이미 이야기 들었어. 다들 고생 많았다."

[으흐흐흐. 너무 빨리 진도 빼시는 거 아녜요?]

"쓸데없는 소리 말고. 이제부터는 생방송이지? 정신 똑바로 차려. 저번처럼 실수하지 말고. 합숙소는 언제 들어가?"

[내일 아침 9시까지요. 그래서 지금 바로 참가자들이랑 같이 뒤풀이 가려고요. 형도 이따 오실래요?]

"그래. 이거 이야기 끝나고 바로 넘어갈게."

지호는 통화가 끝나고 전원을 껐다.

그때 허벅지 위로 가녀린 손가락이 훅 들어온다.

'험험.'

지호는 당황했지만 최대한 내색하지 않고 몸을 뒤로 슬쩍 뺐다. 손가락이 옆으로 새어 나가자, 백정연이 살짝 마음에 안 든다는 듯한 표정이 되었다. 그러다 웃는다.

"통화 끝났어요?"

"예."

"그럼 이제 우리 이야기를 마저 나눌까요?"

백정연은 살짝 상체를 숙여 관능적인 미소를 던졌다.

지호는 유리잔을 입에 갖다 대며 침을 삼켰다. 향긋한 체향과 함께 달짝지근한 술 냄새가 풍긴다.

잔잔한 음악이 깔리는 바(Bar).

불그스름한 조명 아래로 살짝 붉어진 백정연의 뺨이 보인다. 몸에 착 달라붙어 굴곡진 몸매가 엿보이는 봄철 니트에 짧은 핫팬츠 아래로 모델처럼 길쭉하게 뻗은 각선미. 그 모든 게 분명 일에 지쳐 한잔하러 온 커리어 우먼의 것인데도 불구하고 남자의 가슴을 뛰게 만드는 묘한 마력이 있었다.

다른 자리에 앉아 있는 남자들이 힐끔힐끔 훔쳐볼 정도로 매력적이다.

그런 사람이 노골적으로 유혹 어린 시선을 던진다.

지호도 남자다. 매력적인 여자가 이렇게 나오면 혹할 수밖에 없다.

하지만 밴드와 개인적인 예능 출연 등 신경 써야 할 게 많아 쉽게 흔들리지 않았다. 단순한 유혹에 넘어갈 정도로 정신적 수양이 낮은 것도 아니고.

"이번 본선행 결정 방송이 2주 분량이니 생방송은 3주 후부터일 테고. 저는 언제쯤 촬영하게 되죠?"

"1주 후예요. 2주 후에 바로 커튼 싱어 방송이 나갈 거예요. 지호 씨가 나오는 밴드 윌의 준비 과정도 그때쯤 나갈 테니…… 그러니까 2주 후엔 토요일과 일요일, 주말의 두 황금 시간대에 전부 지호 씨가 나오게 된다는 거죠."

지호는 침을 꼴깍 삼켰다. 잔뜩 긴장된다. 정신적 압박만 따진다면 나후를 상대할 때보다 더 심한 것 같다. 그는 이 번이 둘도 없을 기회란 걸 알았다.

"기쁘지 않으세요?"

"기쁩니다. 그만큼 잘할 수 있을까 긴장도 되고요."

"생방송 도중에 난입할 만큼 담력이 있는 사람이?"

"그때는 앞뒤를 안 보고 막 달려들어서."

지호가 계면쩍은 얼굴로 볼을 긁적였다.

백정연이 살짝 웃었다.

"사실 지호 씨가 무대에 난입했던 별빛 대축제, 저도 현장에 있었어요. 밴드 윌을 오프닝 무대에 추천했던 게 저였거든요."

지호가 놀란 눈이 된다. 백정연이 말을 잇는다.

"그때 참 인상적이었어요. 어떤 사람일까 너무 궁금했어요. 그런데 이렇게 만나게 됐네요?"

백정연이 의자를 돌리며 지호쪽으로 몸을 가까이 붙인다. 슬그머니 물러선 지호에게 살짝 달라붙는다. 따스한 체온이 느껴진다.

"만나 보니 어떤 사람인 것 같은데요?"

"재미있는 사람? 뭔가 옆에 있으면 재미있을 것 같은 사람이요."

백정연은 고양이를 떠올리게 했다. 일을 할 때는 사냥에 열중하는 고양잇과 짐승처럼 잔뜩 날이 서 있다가도, 재미난 걸 발견하면 금세 호기심을 갖고 다가온다.

예쁜 입술이 조금씩 앞으로 다가온다.

'확 사고 쳐?'

지호는 순간 충동심이 들었다. 여자를 만나지 않은 지도 오래되었다지만, 아무나 가볍게 만나기 싫다는 개인적인 신조 때문에 여태 참아 왔다.

하지만 지금은 술기운도 살짝 돌고, 백정연도 호감을 표시하니 끌린다.

"지호 씨는 제가 어떤 것 같아요?"

"글쎄요. 잘 모르겠는데요."

백정연은 눈을 가느다랗게 좁히며 흘겼다.

"역시…… 제가 생각한 게 맞았네요. 지호 씨는 여자를 안달 나게 할 줄 알아요."

"그렇습니까?"

둘 사이에 묘한 기류가 흐르던 그때,

우우웅.

갑자기 휴대폰이 떨린다. 백정연은 여전히 지호를 빤히 쳐다본 채로 고양이 같은 눈웃음을 지으며 고개를 끄덕였다.

"전화 받으세요."

지호는 감사하다며 고개를 끄덕이고 휴대폰을 귀에 갖다 댔다.

"여보세요?"

[지금 어디세요?]

서은영이었다. 그런데 어째 목소리가 얼음장처럼 싸늘하다. 무슨 일이라도 벌어졌나? 누구보다 가장 기뻐해야 할 아이가?

"여기? '별빛' 이란 바인데. 근데 너 무……!"

뚜뚜뚜.

갑자기 말을 하다 말고 통화가 끊긴다. 지호는 무슨 일인가 싶어 휴대폰을 봤다.

"무슨 일 있어요?"

"은영인데. 갑자기 통화가 끊기네요."

"흐응. 은영 씨란 말이죠?"

백정연이 배시시 웃는다. 그런데 그 모습이 마치 털 뭉치를 발견한 고양이 같다. 쿡쿡, 웃어 대는 게 뭔가 재미있어 하는 것 같다.

지호는 왜 그러나 싶어 물으려 했지만, 갑자기 백정연이 팔을 뻗어 지호가 기댄 의자의 등받이를 잡아 상체를 바짝 붙였다.

"그럼 통화도 끝났으니."

서로의 숨결이 코앞에서 느껴질 정도로 가까워진다.

"마저 하던 걸 할까요?"

백정연의 앙증맞은 입술이 근처까지 다가오자, 지호도 거절하지 않고 얼굴을 붙이려 했다.

그런데 그때 머릿속으로 두 사람의 얼굴이 떠올랐다.

이나은과 서은영.

한쪽은 그가 호감을 보였던 사람이고, 다른 쪽은 자신에게 호감을 보이는 사람이다.

지호는 취기가 확 깼다. 이대론 안 되겠다는 생각에 백정연에게 미안하다는 말을 꺼내려는 순간,

쾅!

"선! 배! 저! 희! 왔! 어! 요!"

갑자기 바의 문이 활짝 열리면서 누군가가 고래고래 소리를 지른다.

지호가 화들짝 놀라 그쪽으로 시선을 돌리니 서은영이 서 있었다. 마구 화가 난다는 듯이 땅을 발로 차면서.

뒤에는 다른 멤버들이 손을 흔들어 대고 있었다.

쾅!

술잔이 세게 내려온다. 탁자가 부서지는 게 아닐까 싶을 정도로 떨린다.

“PD님은 신호를 잘 안 지키시나 봐요?”

서은영은 앙칼진 눈빛으로 맞은편에 앉은 백정연을 노려본다. 마치 영역을 침범당한 강아지처럼 노골적으로 적의를 드러낸다. 여태 얌전하기만 했던 그녀와는 다른 모습이다.

하지만 백정연은 싱글벙글 웃고 있었다. 아주 여유가 가득한 미소로.

“그게 무슨 소리죠?”

“빨간불인데도 막 들어오잖아요.”

“제가 빨간색을 많이 좋아하거든요. 섹시하잖아요.”

백정연은 그러면서 옆에 앉은 지호에게 살짝 눈을 찡긋했다.

서은영은 이를 바득바득 갈면서 술잔을 내밀었다.

“한 잔 더!”

“괜찮겠어요? 새 나라의 어린이는 일찍 자고 일찍 일어나는 게 좋답니다. 지호 씨는 제게 맡기고 들어가서 쉬는 게 어떠세요?”

“왜 그래야 하죠?”

"호호호호. 어린이는 모르는 어른들만의 세상이란 게 있답니다."

서은영이 도끼눈을 뜨다 씩 웃는다.

"PD님이야말로 그 연세에 일찍 주무시지 않으면 피부가 축 처지시지 않겠어요?"

"아직 탱탱하답니다."

"하지만 나이는 못 속이죠."

백정연의 웃음이 만발하던 얼굴이 처음으로 살짝 흔들린다.

"호호호호. 은영 씨가 사람 속을 긁는 재주가 있네요."

"제가 대패질을 좀 잘 하거든요."

두 사람 사이에 신경전이 잠깐 흐르고,

꿀꺽꿀꺽!

탁!

"한 잔 더!"

"좋아요. 저도 주세요."

두 사람은 서로의 잔이 비기 무섭게 연거푸 술을 채워 주었다. 그리고 약속이라도 한 것처럼 서로를 노려보며 마시기 시작한다. 독하기로 유명한 양주를, 얼음도 없이.

탁!

"한 잔 더!"

"여기요."

탁!

"이걸로 되겠어요? 한 잔 더!"

"호호호. 당연히 모자라죠."

탁!

"어? 술이 떨어졌네. 사장님, 여기 한 병 더 추가요!"

이미 두 사람의 옆에는 양주가 한가득 쌓였다. 저게 도대체 전부 얼마인지 짐작도 가질 않는다.

'이 분위기를 어쩌면 좋냐?'

인원이 많아진 지호 일행은 4인 테이블을 두 개 붙여 앉은 상태였다. 어쩌다 보니 지호는 얼굴을 마주한 서은영과 백정연, 둘 사이에 끼인 구조가 되었다.

말리고 싶었지만, 어떻게 끼어들 수 있는 분위기가 아니었다.

다른 녀석들의 도움을 빌릴 수 있을까 싶어 멤버들 쪽을 본다. 하지만 이미 그쪽은 여자들과 다르게 부어라, 마셔라, 여느 때와 다를 바 없는 소란스럽기만 한 뒷풀이 장면을 반복하고 있었다.

"우리가! 본선이란 말씀이지! 으하하하하!"

"밴드 윌을 위하여, 건배!"

"건배!"

"우승을 위하여, 건배!"

"건배!"

결국 지호는 땅이 꺼져라 한숨을 내쉬었다.

"사장님, 한 잔 더!"

그런 지호의 푸념을 아는지 모르는지, 서은영과 백정연의 술 대작은 끝을 모르고 이어졌다.

* * *

"흥! 선배 미워! 정말 미워!"

"알았어. 알았어. 알았으니까 그만하고 이제 집에 가자, 응? 내일 아침 9시까지 합숙하러 가야 한다면서."

야트막한 오르막길. 지호는 서은영을 부축하며 비틀대는 발걸음으로 올랐다. 서은영이 조금만 걸으려 하면 주사를 부리는 통에 동네 사람들에게 민폐나 되지 않을까 노심초사했다.

"이거 놔! 혼자서 집에 갈 수 있어! 나, 멀쩡해! 어어? 그런데 세상이 빙글빙글 돈다? 으이씌! 나한테 덤비는 건가? 어? 선배. 이상해요. 전봇대가 막 저한테 걸어와요. 어쩌죠?"

결국 지호는 정신을 못 차리는 그녀를 동네 놀이터 그네에다 겨우 앉히고 숨을 돌렸다.

"하아! 그러게 못 마시는 술은 왜 그렇게 마셔서."

결국 술 대작은 백정연이 이겼다. 꾸역꾸역 넘기는 서은영과 다르게 백정연은 마지막까지 여유로웠다. 아무래도 주량 하나만 따지면 다른 후배들이 덤벼도 못 이길 것 같았다.

술자리가 끝나고, 백정연은 '내기는 다음에 마저 하자고 전해 주세요' 라는 말만 하고 가 버렸다.

"내기는 무슨 내기. 두 번 했다가는 사람 잡겠구만."

옆에서 보는 내내 답답했던 지호로서는 뭐가 재미있었는지 알 도리가 없었지만.

끼익. 끼익.

그넷줄이 조금씩 움직이며 삐거덕거린다. 요즘 아이들을 위해 쇠에서 플라스틱으로 교체했다더니 재질은 좋아 보였다.

"뭐야? 자는 거야?"

서은영은 그넷줄에 머리를 갖다 붙이고 쌔근쌔근 잠에 빠져 있었다. 하긴 이리로 오는 내내 그 난리를 쳐 댔으니 걷는 게 용하다마는. 게다가 오늘 녹화에 집중하느라 체력적으로도 정신적으로도 상당히 지쳤을 거다.

지호는 힘이 쭉 빠졌지만 쓰게 웃고 말았다. 자세를 숙이며 그녀와 눈높이를 맞춘다. 손을 뻗어 흐트러진 머릿결을 뒤로 정리해 줬다.

"하여간 계집애가 뭐가 이리 겁도 없냐."

지수였으면 난리를 쳤을 텐데. 그래도 후배니까 봐주련다. 세상 잠에 들었어도 여전히 예쁘장한 얼굴이 귀엽기만 하다. 볼이 찹쌀떡처럼 하얗고 통통하다.

서은영은 그런 볼이 콤플렉스라면서 언젠가는 볼살을 빼고 말겠다고 의지를 불살랐지만, 지호가 봤을 때는 이게 그녀의 가장 큰 매력이었다.

지호는 검지로 볼을 살살 건드렸다.

"으으으으."

그런데 뭔가 마음에 안 든다는 듯 대번에 인상을 찡그린다. 지호가 화들짝 놀라 손을 거두자, 서은영은 단번에 언제 그랬냐는 듯이 다시 아기처럼 곤히 잠들었다.

지호는 가만히 쭈그리고 앉아 한참이나 그런 그녀를 바라봤다.

무슨 이유가 있어서는 아니다.

그냥 이렇게 보고 싶었다.

"그러고 보니 벌써 4년째네."

이러고 있노라니 그녀와 보냈던 시간들이 떠오른다.

대학 선후배로 만나 의기투합을 하고, 프로가 되기를 바라는 보컬 두 명이 많은 이야기를 나누고, 프로로 데뷔하기 위해 발 벗고 뛰어다니고, 작곡을 하고, 머리를 맞대서 가사를 같이 고민하고, 노래를 포기하겠다며 돌아서고, 쫓아오고, 다시 돌아오고, 받아 주고, 오디션을 준비하고, 좋은 결과를 받고, 술을 마시고.

또 그녀를 위해 망량을 잡으러 그 고생을 하기도 하고…….

사실 따지고 보면 지호가 오랫동안 함께한 사람들은 가족이고, 그를 잘 아는 사람이 차우성이라면, 가장 많은 추억을 공유한 사람은 그녀인 셈이었다.

"미안하다."

지호는 짧은 인사를 건네며 한참을 더 지켜보다가 천천히 몸을 일으켰다. 업어 가도 모를 만큼 깊이 잠든 그녀를 등에 업고 놀이터를 나왔다.

따스한 체온이 등 너머로 전해진다. 가녀린 숨소리가 귓가에 닿는다.

"……."

달밤 아래.

그렇게 지호는 천천히 오르막길을 올랐다.

지호는 그녀를 집 앞에 내려 주었다.

"은영아, 집에 도착했어. 일어나."

"으으응? 서, 선배!"

"이제 술 좀 깼어?"

서은영은 살짝 눈을 뜨다 자신이 지호에게 업혔다는 것을 깨닫고 화들짝 내려왔다. 그러다 자신의 술주정이 어땠는지 어렴풋이 떠올리고는 얼굴을 확 붉혔다.

"집엔 들어갈 수 있지?"

"예? 아, 예……."

"그럼 조심히 들어가. 난 간다."

지호가 돌아서려는 그때, 갑자기 서은영이 그의 소매를 붙잡았다. 무슨 일인가 싶어 돌아보는데, 그녀가 고개를 푹 숙이며 중얼거렸다.

"서, 선배."

"응?"

"라, 라, 라면 먹고 갈래요?"

* * *

'난 왜 이곳에 있는 거지?'

얼결에 서은영의 손길에 붙잡혀 그녀의 집으로 들어왔다. 그런데 막상 들어오니까 자신이 무슨 짓을 하고 있는 건지 정신이 멍하다.

지호가 알기로 서은영은 부모님과 함께 같이 살고 있다. 넓지 않은 거실은 어머니의 깔끔한 성격을 반영하기로도 하듯이 물건 정리가 잘 되어 있었다.

"저, 저, 저는 잠깐 오, 옷 좀 갈아입고 오, 올게요."

"으, 응?"

지호는 거실 한가운데에 멍하니 서다 고개를 끄덕였다. 서은영은 자기 방으로 쏙 하고 들어 가 버렸다.

'정말 이제 어떡해야 되지?'

백정연을 상대할 때는 의외로 쉬웠다. 매력적이고 나이를 먹은 만큼 연애 경험도 많을 테니 어려워 보여도 기가 눌리지 않고 뻔뻔하게 맞장구만 치면 된다.

하지만 서은영은 그러기가 힘들다.

남들 부탁은 거절하지도 못할 정도로 워낙에 순하다. 어떻게 톡 하고 잘못 건드리면 부서질 것 같아 조심스럽기만 하다.

'그렇다고 여기까지 왔는데 아무런 일도 없이 그냥 가기엔 좀……! 으아아아아! 진짜 어떡해야 되냐고!'

지호가 머리를 쥐어뜯으며 괴로워하는데, 금방 나올 줄 알았던 서은영이 방에서 나오질 않았다. 무슨 일이라도 있나 싶어서 조심스레 그녀의 방에 다가가려는 그때,

딸칵.

갑자기 서은영의 방 맞은편, 안방의 문이 열리더니 웬 덩치 큰 아저씨가 잠옷 차림으로 걸어 나왔다. 척 보기에도 나이에 걸맞지 않게 운동을 많이 하신 듯한 다부진 체격이었다.

"……."

"……."

둘 사이에 이상한 침묵이 흐르고,

"자네는 누군가?"

지호는 당황한 나머지 이렇게 대답하고 말았다.

"라, 라면 얻어먹으러 왔는데요?"

잠시 후.

"……."

"……들게."

탁.

서은영의 아버지, 서강이 식탁에다 라면을 내려놓았다.

지호는 식은땀을 삐질삐질 흘리면서 젓가락을 들었다.

"라, 라면이 참 마, 맛있네요."

* * *

[서, 선배, 정말 죄송해요! 옷만 갈아입는다는 게 그만 잠이 들어서…….]

"괜찮아. 괜찮아. 신경 쓰지 마."

수화기 너머로 서은영이 쩔쩔 매는 소리에 지호는 손사래를 쳤다. 물론 속으로는 피눈물을 흘렸지만.

마치 잠복을 하다가 범인을 붙잡은 형사처럼 살벌한 서강의 눈빛 덕분에 지호는 라면을 입으로 먹는지 코로 먹는지 도무지 정신을 차리질 못했다.

"이제 합숙에 들어가야 될 시간이잖아. 학교 휴학 신청은 어떻게 됐어? 제대로 끝났어?"

[교수님들이 바로 수속을 마쳐 주셨어요.]

서은영은 실용음악과를 다니는 중이다. 재학생들 중에 비슷한 케이스가 많으니 바로 사정을 고려해 준 모양이다.

"다행이다. 그럼 몸조심하고 3주 후에 보자. 애들한테는 부디 여기서처럼 사고 치지 말고 되도록 조용히 좀 지내라고 전해 주고."

[예. 선배도…….]

서은영은 말을 하다 말고 꼬리를 살짝 흘렸다.

"응?"

[저, 저 없다고 하, 한눈팔지 마세요!]

그 말을 하고 바로 끊어 버린다.

지호는 무슨 말인가 싶어 멍하게 있다가 뚜뚜뚜, 소리를 듣고 난 뒤에야 말뜻을 깨닫고 웃고 말았다.

이제 정말 후배들이 인생의 변곡점이 될지도 모르는 기회를 위해 한 걸음을 내디뎠다는 사실이 가슴에 확 와 닿았다.

그리고 그 시간은 이제 지호에게도 얼마 남지 않았다.

우우웅.

발신자는 백정연 PD였다.

딸칵.

"네, PD님. 안 그래도 마침 전화드리려고 했었는데. 잘 들어가셨어요?"

[예. 덕분에 전 잘 들어갔는데, 지호 씨는 잘 못 들어가신 거 아닌가요?]

백정연의 목소리는 웃음기가 가득하다.

"아쉬워서요?"

[아쉬우셨나 보죠?]

"재미있었습니다. PD님 덕분에 애들도 전부 즐겁게 놀았고요."

[흐응. 다음에 만날 땐 더 재미있을 것 같지 않나요?]

지호는 살짝 웃으면서 간격을 두고 우회적으로 화제를 돌렸다.

“단순히 잘 들어갔는지 확인하려고 전화를 한 것 같지는 않고…… 커튼 싱어에 대해 뭔가가 나왔나요?”

[역시 지호 씨는 못 이기겠어요. 맞아요. 커튼 싱어 일정이 나왔어요. 이따 12시쯤에 작가가 지호 씨에게 전화를 드릴 거예요. 간략한 사전 인터뷰와 함께 포맷 설명을 할 건데, 번호를 가르쳐 줘도 괜찮으시죠?]

“여러모로 신경 써 주셔서 감사합니다.”

[정말 고맙다면 다음엔 지호 씨가 술 한 번 사요.]

“그럴게요.”

지호는 잠깐 대화를 더 주고받다 통화를 끊었다.

이제부터 시작이다.

의자에 반쯤 기댄 채로 가만히 천장을 바라본다.

심장이 세게 뛰었다.

“‘내가 그리는 추억’이라.”

지호는 작가와의 인터뷰를 끝내고 나서 여러 생각이 들었다. 그만큼 이번 주 프로그램의 주제가 너무 어려웠다.

커튼 싱어는 매주 참가자들에게 다른 주제를 준다. 그럼 참가자는 거기에 맞춰 음악을 선정해서 노래를 하고, 청중단에게 평가를 받는다.

그동안 지호는 이 주제를 하루라도 일찍 보기 위해서 예지안에 집중했지만, 녀석은 약 올리기라도 하듯이 이 건에 대해서만큼은 살살 피해 갔다.

덕분에 주제를 듣는 순간 온갖 생각이 다 들었다.

어떤 걸 부르는 게 좋을까.

평소 좋아하는 락이 좋을까? 아니면 발라드를? 팝도 괜찮겠지만, 몇 가지 제약이 걸렸다.

'외국 곡은 안 돼.'

청중단에 참여하는 사람들은 나이가 제각각이다. 심사위원을 상대하는 오디션과 다르게 그들 앞에서 외국 곡을 불렀다가는 의미 전달이 제대로 되지 않아 낭패를 볼 수 있다. 게다가 국내 가요라 하더라도 되도록 대중들의 귀에 익숙한 것이라야 했다.

"그리고 이왕이면 고음이 섞이면 좋을 거고."

지호는 자신의 무기를 아주 잘 안다. 허스키하면서도 끝을 모르고 이어지는 고음. 하지만 듣는 사람이 거북하다기보다는 가슴에 확 와 닿게 만드는 절절함. 멤버들은 이걸 두고 '감정을 던진다' 고 말하곤 했다.

경연에서는 이목을 사기에 고음만큼 좋은 것도 없다. 지호는 노트와 볼펜을 꺼냈다.

"일단 한 번 리스트나 뽑아 볼까."

지호는 근래 자주 듣는 가요 리스트를 쭉 작성했다. 그중에서 자신의 음색과 맞지 않거나, 멤버들이 별로라고 했던 것들을 삭제하다 보니 다섯 가지가 남았다.

휴대폰으로 반주를 깔고 녹음기를 입에다 붙인다. 멜로디에 따라 목소리를 덧씌웠다.

'오늘의 우승자는……!'

MC의 우렁찬 목소리와 함께 그림자만 비추며 노래 부른 이를 가렸던 커튼이 올라간다. 관객들이 잔뜩 설레는 마음으로 그곳을 보면서 환호성을 지른다.

끝을 모르고 이어졌던 고음. 절절했던 목소리. 듣는 사람으로 하여금 눈물을 터뜨리게 만들었던 노래. 그 모든 감동을 던져 준 사람의 얼굴이 드러나는 순간, 관객들은 기쁨에 찬 탄성을 터뜨린다.

'바로! ……입니다!'

지호는 무대 뒤쪽에서 쓸쓸한 얼굴로 우승자를 바라보고 있었다.

"젠장! 또 이거야?"

지호는 욕지거리를 내뱉으면서 꿈에서 확 깨 버렸다. 찝찝한 예지몽 때문에 머리가 지끈거린다.

잠시 부엌에 가서 얼음물을 잔뜩 들이켰다. 두어 번 정도 마시고 나서야 머리가 좀 깨는 것 같았다.

방으로 돌아와 자리에 털썩 앉고는 볼펜 뚜껑을 입에 물고 질겅질겅 씹어 댔다.

"대체 1등이 누구냐고! 좀 가르쳐 줘도 되잖아!"

이 놈의 예지안은 주제를 가르쳐 달라고 통 사정을 할 때는 들어주지 않더니, 이번엔 아주 적극적으로 도와주었다. 그리고 약 올리듯 2등이란 결과만 던졌다.

노래 하나만 그런 게 아니다. 지호가 녹음한 다섯 노래의 결과가 전부 그랬다.

물론 남들이 들으면 억울해할 수도 있는 말이다.

커튼 싱어는 시청률만큼이나 시청자들의 기대도 커서 매번 실력이 쟁쟁한 사람들이 참여한다. 거기서 2등이라면 절대 나쁜 성적이 아니다.

하지만 지호는 그 정도로 그치기 싫었다.

이왕에 칼을 뽑았으면 끝을 봐야만 한다.

"역시 노래를 다 뒤집고 딴 걸 찾아야 하나?"

그러다 고개를 젓는다.

"아냐. 노래가 문제인 건 아니야."

정말 노래가 문제라면 순위도 다 달라야 한다. 뭔가 다른 문제가 있었다.

끼이이?

—왜 그래? 누가 괴롭혀?

지호의 스트레스를 청룡도 느꼈는지 슬그머니 나타나 조심스럽게 묻는다.

지호는 쓰게 웃으면서 고개를 가로저었다.

"아냐. 아무것도."

—누가 괴롭히면 말해! 내가 혼내 줄게!

"그래. 고맙다."

지호는 청룡 덕분에 조금 가벼워진 마음으로 생각을 다시 정리했다. 노래가 문제가 아니라면 다른 데서 방법을 찾아야 한다는 얘긴데. 뭐가 좋을까?

"작전을 바꿔야 하나?"

지호가 고민을 하면서 몸을 돌리는 그때,

띠링.

문자가 도착했다. 할아버지께서 보낸 거였다.

[변상 값은 언제 줄 거냐?]

"……."

손원행자도를 안 잊고 계시는구나. 지호는 뭐라고 보내야 욕을 덜 먹을까, 잠깐 고민하며 말없이 문자를 보다가 문득 아이디어가 떠올랐다.

그는 한쪽 구석에 놔둔 싸구려 통기타를 들었다.

*　　*　　*

녹화 당일.

지호는 통기타가 든 케이스를 어깨에 짊어지며 방송국 앞에 잠깐 서서 건물을 올려다봤다. 으리으리한 건물이 대단한 위압감을 자랑한다.

숨을 가볍게 고르면서 천천히 걸음을 옮겼다.

지호는 스태프의 안내에 따라 출연자 대기실 앞에 섰다. 문에 붙은 종이에는 '고주완, 강숙경, 손지호'라고 적혀 있었다.

문을 열고 들어가니 이미 다른 출연자들이 먼저 도착해서 저마다 한창 뭔가를 준비 중이었다.

'우와! 진짜 고주완이랑 강숙경이야.'

사전 인터뷰에서 작가는 보안 유지라면서 다른 출연진 명단을 알려 주지 않았다. 그래서 누가 올까 싶은 궁금함이 컸는데 입이 딱 벌어졌다.

고주완은 이미 유럽권에서 센세이션을 일으킬 정도로 대단한 명성을 자랑하는 세계적인 팝페라 테너, 강숙경은 국내에서 세 손가락 안에 꼽히는 티켓 파워를 가진 뮤지컬의 여왕이었다.

"안녕하세요. 저는 밴드 윌의 보컬, 손지호라고 합니다. 방송 출연은 처음이라, 오늘 하루 잘 부탁드립니다."

지호는 정신을 퍼뜩 차리며 공손하게 허리를 숙였다.

고주완과 강숙경은 힐끗 지호가 있는 쪽을 보다가 고개만 까딱거리고는 원래 하던 일로 돌아갔다. 목을 가다듬고 음악을 듣는 등 지호에게 인사조차 건네지 않는다.

'뭐지, 이건?'

지호가 이맛살을 찌푸리는데, 그때 스태프가 음료수가 가득 든 바구니를 들고 들어와 고주완과 강숙경에게 음료수를 하나씩 건넸다.

"PPL로 들어온 음료수입니다. 나중에 카메라가 대기실 상황을 찍을 때 보여 주세요."

스태프는 음료수를 모두 나눠 주고 지호를 그냥 지나치려 한다.

"저기요."

"예?"

스태프는 노골적으로 귀찮다는 표정으로 묻는다.

"저도 한 잔 주세요."

"받아 가세요."

스태프는 음료수를 대충 건네주고는 다음 방으로 넘어가 버렸다.

지호는 음료수를 받고 이맛살을 찌푸렸다.

'이 사람들 대체 왜 이래?'

뚜껑을 따고 음료수를 마시려는데, 밖에서 방금 나간 스태프가 다른 사람과 쑥덕대는 소리가 들렸다.

"저 사람이지? 백 PD님이 꽂아 줬다는 사람."

"어. 맞아."

"대체 두 사람 무슨 사이래?"

"보면 모르겠냐? 생긴 것도 반반하게 생겼으니 그거라도 하고 있겠지."

"그거? 아, 스폰?"

"야. 소리 좀 낮춰. 누가 들을라."

"그래도 그건 좀 충격이다. 백 PD님, 겉으로는 그렇게 안 보이시는데."

"겉만 보고 사람을 어떻게 알아? 충격은 내가 더 크다고. 오디션 프로 보고 나서 팬이 됐었는데. 쳇!"

저들끼리는 조용히 속삭인다고 했겠지만 지호의 귀는 속일 수 없었다. 목소리는 금세 저만치 멀어졌다.

'뭔 이런 개 같은……!'

방송국 입구에서부터 뭔가 이상하다 싶긴 했지만 이걸로 확실하게 알겠다. 이 사람들은 철저히 지호를 무시하고 있었다. 도무지 말도 안 되는 오해로.

짜증이 나서 눈살을 살짝 찌푸리는데, 갑자기 다시 문이 활짝 열렸다.

"진짜 있었어!"

지호는 뭔가 싫어 고개를 돌렸다.

뽀얀 피부에 인형처럼 아담한 체구. 귀여운 얼굴과 뛰어난 가창력으로 국민 여동생이란 타이틀이 붙을 정도로 유명한 유지금이 또랑또랑한 눈빛으로 서 있었다.

'귀여워! 인형 같아!'

지호가 속으로 작게 탄성을 터뜨리는데, 유지금이 꾸벅 인사를 하더니

"안녕하세요!"

"안녕하세요. 저는 밴드 윌……!"

"알아요. 밴드 윌의 리드 보컬이시죠?"

'날 알아?'

지호의 눈이 살짝 커진다.

그때 유지금이 챙겨온 가방을 뒤적거려 종이와 매직펜을 슬그머니 내민다.

"혹시 실례가 되지 않는다면 싸인 좀 부탁드려도 될까요?"

뜻밖의 말에 지호의 눈이 살짝 커진다.

유지금은 그 나이 대 소녀처럼 눈을 반짝이며 말했다.

"사실 밴드 윌이 오디션 프로에 나오기 전부터 제가 열렬한 팬이었거든요! 그런데 이렇게 실제로 보니까 너무 신기해서……! 보세요. 이렇게 앨범도 갖고 있어요."

유지금은 가방에서 앨범 두 장을 꺼내 내밀었다.

지호의 눈이 살짝 커진다. 그녀가 내민 앨범 중 하나는 자신이 입대하기 전에, 다른 하나는 제대를 하고 나서 몇 안 되는 팬들을 위해 제작했던 것들이었다.

두 앨범을 합쳐서 불과 300장도 안 되게 팔았던 것을 생각해 보면 갖고 있는 게 신기할 정도였다.

유지금 같은 인기 최고도를 달리는 유명 가수가 자신의 팬이라니.

지호는 앨범 수록곡을 보면서 잠시 감격에 젖었다가, 여전히 종이를 내밀며 눈을 반짝거리는 유지금을 보고 재빨리 후다닥 싸인을 했다.

"오히려 제가 싸인을 받아야 하는데, 감사합니다."

"아니에요. 아니에요. 이걸로 보물이 또 하나 늘었는걸요. 히히히. 이걸로 은이한테 자랑해야지. 아, 맞다. 오빠라고 불러도 되죠?"

유지금은 브라운관으로 보던 것보다 훨씬 활달하고 사교성이 많아 보였다. 지호는 얼결에 고개를 끄덕였다.

"원하시는 대로……."

"에이. 제가 오빠라고 부르는데, 말씀을 높이시면 안 되죠. 그냥 편하게 지금이라고 불러 주세요."

"알았어."

강아지처럼 눈을 깜빡거리는 게 너무 귀엽다. 지수도 이랬으면 얼마나 좋을까.

"오빠, 아직 다른 대기실 출연자랑은 인사 안 나눴죠? 저도 그리로 가던 길인데 같이 가요."

"어? 어!"

유지금은 지호가 대답하기도 전에 손을 잡고 대기실을 나섰다.

지호는 이렇게 휩쓸리는 게 기분 나쁘지 않았다. 오히려 자신을 둘러싼 억측이나 분위기를 모르지 않을 텐데도 이렇게 살갑게 말을 붙여 주는 유지금의 마음 씀씀이가 고맙기만 했다.

'그나저나 손이 참…… 곱네.'

그러자 기다렸다는 듯이 백정연 때처럼 서은영과 이나은의 모습이 아른거린다.

'내가 또 무슨 생각을.'

고개를 절레절레 흔드는 그때, 유지금이 걸음을 딱 멈췄다.

"여기예요. 선배님, 저 들어가요!"

유지금은 밖에서 활기차게 크게 소리를 내고는 문을 벌컥 열고 안으로 들어갔다.

지호는 문에 붙은 종이를 보고 기겁을 했다.

'성재한……? 젠장! 이러니까 뭘 불러도 2등이지!'

요즘 들어 가요계에서 제일 핫한 이슈를 몰고 다닌다는 속칭 '음원 깡패'의 대기실이었다.

성재한은 명실상부한 당대 최고의 가수 중 하나다.

지적인 이미지에 차가운 말투, 그리고 감미로운 목소리는 모든 여심을 사로잡는다. 특히 네티즌들이 거론하는 4대 보컬에 반드시 꼽힌다. 유지금을 비롯한 다른 가수들도 일단 인지도에서 그에게 한 수 접고 들어간다.

이런 사람이 나타난다면 지호도 약할 수밖에 없다.

아무리 커튼을 쳐서 정체를 숨긴다고 해도 상대는 무대 경험도 지호보다 훨씬 많고, 무엇보다 청중을 사로잡을 수 있는 무기가 많을 테니.

성재한은 지호와 유지금이 들어왔는데도 불구하고 전혀 기척도 눈치채지 못하고 있었다. 이어폰으로 음악을 들으면서 펜으로 쉴 새 없이 악보에다 뭔가를 정리한다.

'되게 열심이네.'

안경을 쓰고 있는 성재한은 가수라기보다는 학자에 가깝

다는 생각이 들었다. 실제로 명문대 출신일 정도로 머리가 명석해서 한창 이슈가 되기도 했다.

그는 여기까지 올라온 게 절대 운이 아니라는 걸 보여 주듯, 악보는 이미 손때로 너덜너덜해 보였고 옆에 놓은 노트는 알아보기 힘든 글씨가 빼곡하게 적혀 있었다.

아마 오늘 부를 노래에 대해서 뭔가 더 떠오른 게 있어서 정리를 하려던 모양이었다.

유지금은 마치 새끼고양이처럼 뒷발을 들고 슬금슬금 다가가 악보 위로 얼굴을 불쑥 내밀었다.

"선배님, 저 왔다니까요!"

성재한은 살짝 놀란 얼굴이 되었다가 상대가 유지금이란 걸 알고 피식 웃으면서 귀에 낀 이어폰을 뽑았다.

"작가들이 죽어도 출연진들을 말 못해 준다더니 너였어? 이렇게 되면 오늘 되게 위험하겠는데?"

"벌써부터 밑밥을 까시려는 거예요? 저야말로 선배님이 오늘 오셨다는 말을 듣고 얼마나 기겁했는데요. 평소엔 이런 예능에 얼굴도 비치지 않으시더니……!"

"소속사에서 하도 가라고 성화여서."

성재한은 가볍게 투덜거리다, 유지금의 불만 가득 섞인 모습을 보고 너무 귀여운 나머지 자기도 모르게 웃음을 터뜨렸다.

그러다 뒤늦게 지호를 발견했다.

"그런데 뒤에 계신 분은?"

"아, 내 정신 좀 봐. 오늘 우리랑 같이 출연하시게 된 밴드 월의 보컬, 손지호 오빠예요!"

"안녕하세요. 손지호입니다."

"예. 안녕하세요."

성재한은 지호를 위아래로 훑더니 피식 웃는다. 아무래도 백정연 PD와의 관계에 대한 소문을 들은 모양이다.

'이것들이 진짜 단체로? 콱!'

지호는 슬슬 속이 끓는 걸 느꼈다.

성재한이 유지금을 돌아본다.

"밴드 월이라면 네가 예전부터 계속 노래를 불러 대던 밴드, 아냐?"

"헤헤헤헤. 맞아요."

"내 노래를 그렇게 들으라고 할 때는 듣는 척도 안 하더니?"

"당연히 선배님 노래도 듣고 있죠. 그래도 아시다시피 제가 이쪽으로 더 취향이잖아요."

성재한은 슬쩍 지호를 보고는 펜을 들었다.

"그렇다면 나도 할 말 없지. 하여간 이따 보자. 나는 마저 정리하던 게 있어서."

"아! 저희가 방해를 했나 보네요. 죄송해요."

"아냐."

"그럼 이따 뵐게요."

유지금과 지호는 성재한의 대기실에서 나왔다.

유지금은 계면쩍은 얼굴로 볼을 긁적였다.

"너무 신경 쓰지 마세요. 겉으론 저렇게 보여도 사실 속은 되게 좋은 분이세요. 아마 준비를 하던 와중에 방해를 받아서 신경이 날카로우셨나 봐요."

유지금도 지호를 향한 성재한의 싸늘한 눈빛을 눈치챘나 보다. 언짢아졌을 지호의 마음을 어떻게든 달래려는 모습이 너무 사랑스럽다.

"그럼 오빠도 준비 잘 하세요. 파이팅!"

"그래. 너도 열심히 해."

* * *

지호와 유지금이 나간 자리.

성재한은 펜을 놓고 두 사람이 빠져나간 방문 쪽에 가만히 시선을 던졌다.

그러다 살짝 고개를 든다. 아무도 없지만, 마치 그곳에 누군가가 있는 것처럼 이야기를 나눈다.

"말씀하신 분이, 저 사람입니까?"

*　　*　　*

지호는 자신의 대기실로 돌아왔다.

'고주완에 강숙경, 유지금만 해도 머리 아픈데, 성재한까지 있단 말이지?'

지호는 그제야 자신이 어디에 서 있는지를 확실히 깨달았다.

1년에도 수백 개의 솔로와 팀이 데뷔를 하고 소리 소문 없이 묻혀 사라진다. 인디를 포함하면 그 숫자는 헤아릴 수도 없이 많다.

그런데 여기 있는 사람들은 모두 그런 사람들의 정점에 서서 대중의 인기를 누린다.

지호에게는 엄청난 벽이다.

하지만,

"재미있겠는데?"

벽이 높으면 높을수록 그걸 극복할 때의 쾌감은 두 말할 나위가 없다.

손오공을 만나고 나서 크게 달라진 점을 꼽으라면 바로 '여유' 였다. 어떤 일이 닥쳐도 그때마다 즐겁게 헤쳐 나갈 수 있는 여유.

그때 문이 열리면서 스태프가 들어왔다.

“리허설 30분 전입니다. 모두 준비해 주세요.”

“예!”

지호는 기타 케이스를 꽉 쥐었다.

*　　*　　*

녹화가 시작된다.

관객들이 안으로 들어서며 지정된 좌석에 앉는다. 카메라가 그 위를 비추면서 MC가 사회를 보기 시작했다.

“그림자가 맺힌 장막, 그 뒤에 숨은 가수의 목소리를 평가해라! 커튼 싱어! 지금 시작합니다!”

와아아아!

청중단의 열띤 함성과 함께 무대가 열리며 천장에 설치된 장막이 아래로 내려온다. 사위가 어두워지며 조명이 장막만을 비춘다.

장막 뒤편에서, 고주완은 역사 깊은 오스트리아 빈의 대극장에서 노래를 부르던 것과 같은, 어쩌면 더한 압박을 받으며 호흡을 길게 내쉬었다.

곧 기다렸다는 듯이 악단이 연주를 시작하고, 3인의 코

러스가 마이크에 입을 갖다 대며 화음을 불어넣는다.

고주완은 유럽의 여러 전문가로부터 '악마를 유혹하는 목소리' 라 극찬 받은 목소리로 노래를 부르기 시작했다.

'시작했어.'

지호는 대기실에 마련된 모니터용 화면으로 가수들의 노래를 들으면서 눈을 반짝였다.

'규모가 으리으리하네.'

지호는 바쁘게 오고 가는 스태프들이며 무대 한쪽에서 악기를 세팅하는 악단을 보면서 놀란 눈이 되었다.

기타와 베이스 같은 밴드의 기초 악기를 시작으로 첼로, 콘트라베이스, 그랜드 피아노, 트럼펫…… TV 화면으로 봤을 때도 대단하다 싶었지만, 이렇게 두 눈으로 직접 보니 규모가 대단했다. '시청자들의 듣는 귀를 즐겁게 하겠다' 는 프로그램의 모토를 보여 주는 모습이었다.

지호는 이 프로그램이 왜 그토록 인기가 많은지를 확실히 알았다.

'더구나 가수들 노래도 대단하고.'

고주완은 자신의 명성이 절대 녹록치 않다는 것을 자랑이라도 하듯이 마치 오페라 대극장에서 팝페라를 듣는 것 같이 웅장한 느낌을 주었고, 강숙경은 뮤지컬에서 노래하던 것과 다른 창법으로 변화를 시도하면서 사람들의 마음을 사로잡았다. 유지금은 이미지 그대로 발랄한 노래 구성으로 객석에 있는 모든 남심을 사로잡았다.

하지만 최고의 무대는 성재한이었다.

듣는 것만으로도 가슴이 뻥 뚫리는 것 같다. 음을 자기 마음대로 갖고 놀면서 사람의 감성을 살살 건드린다.

한 소절, 한 소절이 흘러나올 때마다 객석은 하나같이 들떴다. 흥을 못 이기고 하나둘씩 일어나기 시작하며 같이 한데 어울리기 시작한다.

반면에,

'내가 챙긴 거라고는…….'

지호는 어깨에 짊어진 기타 케이스를 슬쩍 돌아봤다.

그때 스태프가 달려와 소리쳤다.

"손지호 씨, 준비해 주세요!"

* * *

성재한은 노래를 모두 끝마치고 후련한 마음으로 무대를 내려갔다.

입가에는 만족에 찬 미소가 맺힌다.

'아쉬운 게 없었어.'

콘서트를 하더라도 이따금 실수나 아쉬웠던 점이 있는데 지금은 마음에 걸리는 게 없다. 그만큼 즐겁게 노래를 불렀고 청중도 그걸 알아주었다.

어딘가에서 자신을 보고 있을 '그 분'도 이만하면 알아주리라.

그런데 아래쪽에 고주완과 강숙경, 유지금이 대기실로 돌아가지 않고 한데 모여 있었다.

"다들 여기서 뭘……? 아."

성재한은 세 사람의 시선이 무대 쪽으로 가 있는 것을 봤다.

그때 장막 뒤편으로 스태프들이 달려오더니 무대 한가운데에다가 의자를 갖다 놓고, 그 앞에다 스탠드와 마이크를 뒀다.

지호는 의자에 앉아 케이스를 열더니 뭔가를 꺼냈다.

'통기타?'

사람들의 눈이 커진다.

그때 지호가 다리를 꼬아 그 위에다 통기타를 올린다.

그걸 본 사람들은 모두 놀란 눈이 된다. 보통 경연에서 청중들에게 인상이 확 박히기 위해서는 저렇게 잔잔한 악기는 독밖에 안 될 텐데?

지호는 천천히 연주를 시작하면서 마이크에다 입을 갖다

댄다.

우우웅!

공력을 불어넣어 목소리가 객석 곳곳에 울려 퍼지도록 한다.

곱고 희던 그 손으로
넥타이를 매어 주던 때

고(故) 김광석의 〈어느 60대 노부부 이야기〉 한평생을 살아온 부부가 떠나려는 마지막 손을 붙잡으며 말을 건넨다. 그들이 같이 걸어온 생이 전부 그 속에 담긴다.

지호가 처음 이 노래를 택했던 이유는 아주 간단했다.

커튼 싱어와 같은 경연에서 가수들은 보통 화려하고 임팩트가 있는 연출만을 노린다. 하지만 지호는 이걸 뒤집어 어쿠스틱 버전으로 최대한 속삭이듯이 감성을 전달하려 했다.

하지만 가장 큰 이유는 따로 있었다.

'할아버지.'

예지안은 처음으로 미래가 아닌 과거를 떠올렸다.

저무는 석양을 바라보며 나란히 벤치에 앉은 노부부의 뒷모습.

후두암 말기로 시한부 판정을 받은 아내의 손을 말없이 꼭 잡아 주던 남편의 등은 힘없이 늘어져 있었다. 아내는 그런 남편에게 잔잔하게 미소 지었다.

'할머니.'

10년 전에 병원 문 너머에서 얼핏 보았던 광경.

그것이 지호가 기억하는 할아버지와 할머니가 마지막으로 함께한 모습이었다.

어렴풋이 생각 나오

어린 시절, 지호는 바쁜 부모님 대신에 할머니의 손길에 컸다.

지호야, 할아버지께 인사드려야지?

매일 아침이면 할머니와 함께 집을 나서시는 할아버지께 고사리 같은 손을 흔들어 대곤 했다. 지호야, 인사드려야지. 저녁이 되면 할아버지가 늘 손에 한가득 먹을 걸 들고 돌아왔다.

할머니는 아침엔 다녀오라며 배웅하고, 저녁엔 어서 오시라며 환한 미소로 마중했다.

지호의 기억 속에 계신 할머니는 언제나 할아버지를 기다리셨다. 화를 내는 법 없이 늘 환한 미소를 지으면서.

그리고 시간이 지나, 할아버지는 더 이상 할머니를 기다리게 하지 않겠노라고 말씀하시면서 은퇴를 하셨다. 늘 그렇듯 할머니는 그때도 웃을 뿐이었다. 그 웃음에 할아버지도 함께 웃으셨다.

하지만 할머니가 후두암 말기 판정을 받으셨을 때, 할아버지는 할머니의 손을 꼭 붙잡으며 우실 수밖에 없었다.

그리고 이제는 젊은 시절과 반대로 할아버지가 언제나 할머니 곁에 머무시며 간병을 하셨다.

여보 안녕히
잘 가시게

아침이면 출근하시던 할아버지께 할머니가 건네던 말씀을, 마지막엔 벤치에 앉아 할아버지가 할머니께 건네게 되었다.

병원에서 선고했던 3개월보다 3년을 더 사시고 눈을 감으셨을 때, 할머니의 입가엔 미소가 맺혀 있었다.

그때가 딱 두 분이서 60대의 마지막을 보던 때.

이 노래는 그 두 분을 위한 거였다.

지호는 할아버지가 약주를 드실 때면 언제나 하시던 말씀을 천천히 목소리에 담았다. 잔잔한 멜로디를 따라 속삭이듯이 내뱉는다.

허스키하면서도 구슬픈 목소리를 따라 사람들의 마음속에는 이미 지호의 노래가 단단히 새겨지고 있었다.

노래가 끝난 후.

"……."

잠깐의 정적.

그리고,

와아아아아!

사람들은 모두 환호성을 지르며 기립 박수를 터뜨렸다.

*　*　*

'의리남' 손지호, 주말 안방을 사로잡다!

한 달 전, D시의 별빛 대축제 오프닝 행사 때 무대 난입으로 한 차례 크게 이슈를 모으며 과거의 발언과 함께 '의리남'으로 불리던 손지호 씨(만23세)가 이번에는 다른 매력으로 안방 시청자들의 눈길을 사로잡았다.

토요일 저녁 7시에 방영된 'K스타 오디션'에서 밴드 월의 리더로 나와 뛰어난 디렉팅 실력을 발휘, 결국 그의 능력을 등에 업은 밴드 윌은 모든 심사위원들의 극찬 속에 제일 먼저 생방송 본선 진출로 향하는 티켓을 끊는 데 성공했다……

……그의 매력은 여기서 그치지 않았다. 이어서 방영된 일요일 6시의 '커튼 싱어'에서 부른 고(故) 김광석의 '어느 60대 노부부 이야기'는 단순한 기타 반주와 호소력 짙은 목소리로 청중과 시청자들의 마음을 울렸다.

이에 손지호 씨가 참여하고 부른 노래들을 모두 음원으로 만들어 달라는 시청자들의 요청과 문의가 각 시청자 게시판에 쇄도하기 시작하며……

이에 발매된 음원은 각종 온라인 음악 서비스 사이트에서 줄 세우기에 성공했다. 1위엔 손지호 씨가 부른 '어느 60대 노부부 이야기'가, 이어서 2위엔 밴드 윌의 'Best mistake'가, 3위엔 별빛 대축제에서 불렀던 밴드 윌의 2집 타이틀곡 'Fade Heaven'이, 4위부터 8위까지 역시 전부 앨범 수록곡으로 채워지며…….

20장

나타 태자

지수는 배를 두들기면서, 지성은 이쑤시개로 이 사이에 낀 이물질을 제거하면서 식당을 나섰다.

"든든하게 잘 먹었다! 여기 괜찮았지, 작은오빠?"

"어. 나중에 여자친구랑 한 번 더 와야겠네."

"응? 작은오빠 여자친구 있었어?"

"얼마 안 됐어."

"오오오. 어떤 사람인데? 대단한데? 몇 년째 솔로로 살고 있는 어디 사는 누구보다 훨씬 낫다."

지호는 계산을 끝내고 뒤늦게 걸어 나오다가 인상을 잔뜩 찡그렸다. 모자를 꾹 눌러 쓰고 있어서 누군지 알아보기가 힘들었다.

"맛있는 거 먹는다고 알랑방귀 뀔 때는 언제고 이제 다 먹었으니 입 싹 닦기냐?"

"앞으로 스타가 되실 분께서 너무 쩨쩨하신 거 아냐?"

"이번 출연료 얼마 안 된다."

"저작권료 있잖아!"

"그건 정산되려면 아직 멀었어. 이것아."

지호는 저걸 한 대 쥐어박을까 싶다가 꾹 참았다. 계산서를 보니 한숨만 나온다. 저런 식충이들에게 한 턱을 쏘겠답시고 나왔으니 허리만 휠 지경이다.

그래도 내심 기분은 좋았다.

매번 티격태격한다고 해도 두 동생들이 맛있게 먹는 걸 보니 기분이 흐뭇하다.

물론 내색하면 앞으로 계속 얻어먹으려 들 빈대들이니 최대한 숨긴다.

"그럼 2차는 어디야? 아이스크림?"

"이 앞에 괜찮은 가게 있던데."

"진짜?"

"데이트 할 때 한 번 가 봤어."

"그럼 가자!"

어느새 짝짜꿍이 잘 맞는 지수와 지성은 오늘 하루 지호의 지갑을 털어 버리겠다고 작정이라도 한 모양인지 음흉하게 웃어 댔다.

지호가 살짝 눈살을 찌푸릴 때였다.

"저 사람, 손지호 아냐?"

"어? 정말이다!"

"팬이에요! 싸인 좀 해 주세요!"

길을 지나던 사람들이 하나둘씩 지호를 알아본다.

"젠장. 야, 빨리 딴 데 가자."

지호는 모자를 더 깊게 눌러쓰며 자리를 피하려 했지만, 어느새 지수와 지성은 사라지고 없었다.

"얘네들 어디 간 거야?"

지호가 당황하며 동생들을 찾아 둘러보는 그때,

띠링.

메시지가 한 통 도착했다.

[오빠, 우리 먼저 아이스크림 가게 가 있을게. 지갑은 내가 몰래 갖고 왔어. 사랑해!]

지호는 재빨리 뒷주머니를 뒤졌다. 허전했다.

"……손지수, 손지성, 이것들을! 진짜!"

이를 갈았을 때는 이미 주변이 싸인과 사진을 요구하는 팬들로 가득 차 버린 뒤였다.

지호는 벌써부터 팬 관리 때문에 어떻게 거절하지도 못

하고 억지웃음을 지으면서 일일이 받아 줘야만 했다.

[안녕하세요, 저희는 '즐거운 일요일' 의…….]

[실례지만, 손지호 씨 휴대폰입니까? 저희는 TJ엔터테인먼트…….]

[혹시 폐가 되지 않는다면 저희와…….]

[잡지사 ES라고 합니다. 혹시 인터뷰에 대해…….]

"밴드의 오디션이 끝날 때까지는 당분간 생각이 없습니다. 네. 관심 가져 주셔서 감사합니다. 나중에 전화드리겠습니다."

지호는 통화를 끝내고 나서 침대에 벌러덩 누워 팔베개를 했다.

그는 동생들과 나들이를 끝내고 집으로 돌아오고 나서도 쉬질 못했다.

쉴 새 없이 쏟아지는 전화 때문이었다.

방송이 나간 지 딱 일주일째.

그동안 후폭풍은 엄청났다.

하루에도 몇 번씩 방송 섭외가 빗발쳤고, 계약을 요구하는 기획사도 많이 늘었다. 그중에 내로라하는 곳도 아주 많았다.

오늘 겪었던 것처럼 이제는 밖에 나가는 것도 쉽지가 않았다.

학교를 갈 때는 물론이고, 동네 친구를 만나서 술 한잔하려 해도 알아보는 사람들이 있으니 골치가 아플 지경이었다.

가족들도 영 그것 때문에 시끄러운 모양인지 불만을 툴툴대기도 했다. 그래도 다들 웃고 있는 걸 보면 지호가 뭔가를 해냈다는 사실을 만족해하는 건 분명했다.

"아니지. 지수, 고년은 앞으로 용돈 받을 데가 늘었다고 좋아하는 거야."

물론 지호 역시 이런 생활이 싫진 않았다. 불편해서 불평은 있어도 전부 감사했다.

이제야 드디어 첫발을 무사히 뗐다는 느낌?

이제부터가 시작이다.

밴드 윌의 오디션도 남아 있고, 쏟아지는 섭외 전화를 정리해서 공연도 열심히 뛸 생각이다. 효율적인 스케줄 관리 및 앨범 제작을 위해 기획사를 두는 것도 슬슬 고려해 볼 때였다.

아직 해야 할 게 많았다.

"애들은 잘하고 있으려나?"

내일이 바로 그토록 기다리던 오디션의 본선, 생방송이 시작되는 날이다. 이제부터는 매주 한두 팀씩 탈락하는 서

바이벌이니 마무리 점검을 하느라 잔뜩 긴장하고 있을 것이다.

"잘될 거야. 전부."

지호는 미소를 짓다가 차츰 눈을 감았다. 이렇게 푹신한 침대에 누워 있으려니 잠이 쏟아졌다.

곧 잠이 그를 엄습했다.

—**눈을 뜨라.**

어디선가 울린 목소리는 잠결에 묻혀 사라졌다.

*　*　*

어둠 속에서 노란 보석이 눈을 뜬다.

『왕께서는 어디에 계시는가?』

푸른 보석이 대답한다.

『이미 찾았다.』

『그렇다면 어째서 그곳으로 가지 않는가?』

곳곳에서 불만이 터져 나온다.

『누군가가 왕의 앞길을 가로막고 있다.』

『너무 많은 동료들이 죽고 말았다.』

『그는 위대한 영혼을 지닌 자……! 우리와 같은 파편과는 궤를 달리한다. 절대 이기지 못해. 절대 극복하지 못해.』

『그가 있는 한 우리에겐 왕을 영접할 수 있는 영광된 기회란 절대 주어지지 않는다.』

『그렇다면 어찌해야 한단 말인가? 우리는 계속 이대로 구천을 떠돌기만 해야 하는가? 영원히 기약 없는 저주를 이고서 살아야 하는가?』

그때 노란 보석이 말한다.

『방법이 있다.』

불만을 터뜨리던 녀석들이 모두 눈을 밝힌다.

『무엇인가? 그 방법이란.』

노란 보석 아래로 흉측한 이빨이 드러났다.

『우리 모두가 하나가 되면 된다.』

*　　*　　*

지호는 잠에서 깨어나 벌떡 일어났다.

"뭐야, 이 꿈은……?"

깔린 어둠. 곳곳에서 터지던 빛. 도저히 알아들을 수 없는 시끄러운 소음. 도저히 뭐가 뭔지 분간할 수 없는 세상

속에서 나타나던 잿빛 안개.

거기엔 헤아릴 수도 없을 만큼 아주 많은 눈동자가 달린 채 세상을 내려다보고 있었다.

그것은 망량이었다. 아니, 망량 '들' 이었다. 수십만, 아니, 어쩌면 수백만이 될지도 모르는 아주 많은 망량이 뭉쳐진 형태였다.

마치 비좁은 공간에다 망량을 억지로 구겨 넣은 것처럼 팔다리가 삐죽삐죽 나오고 얼굴이 반쯤 나오는 등 아주 기괴한 형태였다.

여태 예지몽을 많이 꾸긴 했지만, 그래도 이런 것은 난생 처음이다.

"대체 그 많은 것들이 어디서 나온 거지?"

지호는 인상을 잔뜩 찡그렸다. 아직도 저렇게 많은 망량이 남아 있다는 사실은, 그 자체만으로도 골치가 아플 수밖에 없다.

—**눈을 뜨라.**

"윽!"

그때 갑자기 들린 목소리에 머리가 찌릿하고 울린다. 지호는 한참이나 관자놀이를 눌러 대다가 겨우 다시 고개를 들었다.

'벌써 네 번째야.'

지호는 이제 확신을 느꼈다.

청룡과 마주했을 때. 망량을 처음 먹었을 때. 예지몽을 꿀 때. 그리고 지금까지.

이건 절대 환청 따위가 아니다.

누군가가 그에게 말을 걸고 있었다.

'오공인가? 아니야. 오공이라면 필요할 때 저쪽에서 갑자기 끌어당길 성격이지, 이렇게 말을 걸 리가 없잖아.'

지호는 한숨을 내쉬었다.

"역시…… 은영이 주변을 다시 살펴야 하나?"

지호는 옷을 갈아입고 창문을 활짝 열었다.

쉭! 쉭!

초승달을 등에 업으며 지호는 밤하늘을 가로질렀다.

요즘 사람들의 이목을 피하느라 집 안에만 하루 종일 박혀 있더니 좀이 쑤셨다. 그러다 이렇게 차가운 새벽 밤바람을 맞으니 기분이 좋다.

"성아, 먹을 거 보여?"

—없어. 아무것도 없어. 히잉, 배고파!

"이 주변에는 아예 없는 거야?"

―응. 맛있는 거 먹고 싶은데.

청룡이 시무룩해한다.

지호는 그 모습이 너무 귀여워 작게 웃었다. 망량을 찾아보긴 하지만, 역시나 예지몽과 다르게 녀석들은 흔적조차 찾아볼 수가 없었다.

'역시 각성을 완성해서 예지안을 보완하는 수밖에는 없는 걸까? 하지만 도무지 해결할 방법이 없으니.'

아무래도 마지막 1할은 다른 방법이 필요한 것 같다.

'아니면 엄청 많이 먹거나.'

지호는 아주 잠깐 해외여행이라도 다녀 볼까 하는 고민에 잠겼다. 중국, 유럽, 미국, 남미, 어디든 돌아다닐 수만 있다면 지금보다 훨씬 많이 망량을 먹을 수 있을 테니까.

하지만 서은영을 보호해야 하는 지금에 와서는 전혀 불가능한 일이다.

탁!

지호는 어느덧 어떤 건물 위에 도착했다. 넓은 정원이 딸린 3층짜리 단독 주택이다. 바로 이번 오디션 본선 진출자들이 합숙하는 숙소이기도 했다.

지호는 가만히 눈을 감아 손을 뻗었다. 다행히 서은영의 주변에다 뿌려 뒀던 기운은 크게 달라진 점이 없었다.

그렇다면 방향을 바꿔야 한다.

"부탁할게."

—응! 맡겨 줘!

청룡은 크게 고개를 끄덕이더니 기운을 사방으로 흩뿌렸다. 기운이 원을 그리면서 단숨에 지역 전체로 퍼져 용의 감각을 뿌린다.

"있어?"

—없어. 아무것도. 움직여서 더 배고파…….

지호는 괜찮다며 청룡을 달랬다. 다행히 이 근방에는 조짐조차 보이지 않는다.

'그럼 도대체 녀석들을 어떻게 찾아야 하는 거지?'

지호는 도무지 방법을 찾을 수가 없어 머리를 마구 긁적였다.

띠링.

그때 메시지가 하나 도착했다.

'어? 은영이잖아?'

자신의 머리 위에 있다는 걸 눈치라도 챈 건지. 물론 절대 있을 수 없는 일이지만 그래도 우연치고는 재미있다. 예지몽과 이상한 목소리로 갑갑했던 마음이 확 풀리는 기분이 들었다.

옥상 난간에 엉덩이를 걸치고 앉았다.

[선배, 자요?]

지호는 메시지 내용을 보고 가볍게 웃었다. 시간을 보니 벌써 새벽 3시다. 잠깐만. 얘네들, 원래 휴대폰 금지 아니었어?

[너 이제 휴대폰 쓸 수 있어?]

[몰래 쓰는 거죠. 다들 이렇게 써요. 대신에 통화는 못해요.]

"너도 참."

지호는 가볍게 답장을 보냈다.

[난 바람 쐬러 나왔어. 너는 안 자?]

[긴장돼서 잠이 안 오네요.]

해가 뜨면 어느덧 생방송 본선이 시작되는 날이다. 워낙에 긴장을 많이 하는 아이이니 이번에도 걱정이 많은 모양이다.

[주제 준비는? 잘 됐어?]

[일단 선배가 전에 아이디어 준 대로 짜긴 했는데, 저희 잘 할 수 있을까요?]

[잘 할 거야.]

[칫! 말은 쉽지. 선배, 이제 스타 됐다고 우리 무시하거나 그러면 안 돼요!]

작게 입술을 삐죽 내밀며 투덜대는 서은영의 모습이 그려지는 것 같다.

[너희야말로 우승하고 나서 한턱 안 쏘면 혼난다?]

[저희 가난한데요?]

[우승 상금이 얼마더라…….]

[일단 우승하고 나서 이야기하죠!]

[우승할 수 있어. 너희들이면 충분해.]

지호는 뒷말을 붙이지 않았다.

'내가 봤거든.'

이미 예지안은 아주 짧게나마 밴드 윌의 운명을 비쳐 줬다. 수많은 스포트라이트 아래에서 화려하게 언론을 장식하며 우승한다.

나후가 보여 주었듯이 운명이란 게 결정된 게 아니라 언제든지 바뀔 수 있는 것이라지만, 지호는 멤버들이 갖고 있는 잠재력을 믿었다.

메시지는 또 날아온다.

[히히히. 선배가 그렇게 말하니까 진짜 할 수 있을 것 같네요. 밖이 어수선해서 저는 이만 자러 갈게요. 내일 꼭! 오셔야 해요!]

[그래. 내일 보자.]

그걸로 메시지는 끝났다.

지호는 마침 불어오는 밤바람에 머리를 쓸어 올리면서 야경을 내려다본다.

"왕, 이라……."

지호는 여전히 의문이 풀리지 않는 수수께끼 같은 단어를 중얼거리며 가만히 밤하늘을 올려다봤다.

날씨가 참 좋았다.

그 순간,

파스스스스.

갑자기 맑은 하늘이 잿빛 안개로 물들기 시작한다.

—츄릅! 먹을 거다! 먹을 게 잔뜩 나왔어!

청룡이 기운을 되찾고 반갑게 소리를 지른다.

하지만 지호는 그러질 못했다.

"이건 너무 많잖아?"

예지몽에서 봤던 게 거짓말이 아니라는 듯, 어느새 하늘에는 수십수백만의 망량들이 눈을 이쪽으로 뜨고 있었다.

『왕을! 왕을 영접하라!』

『왕이시여! 저희들이 왔나이다!』

『당신을 뵙기 위해 머나먼 길을 지나 이곳까지 왔습니다! 부디 우리들에게 당신을 배알할 수 있는 기회를!』

『왕이시여! 부디!』

『왕이시여!』

『왕이시여!』

망량들이 일제히 떠들어 댄다. 수십수백만이나 되는 녀

석들이 떠들어 대는 소리로 머릿속이 마구 울린다. 이대로는 터져 버릴 것만 같다.

지호는 공력을 잔뜩 담아 신의 목소리로 놈들을 향해 크게 일갈했다.

"닥쳐라! 갈 곳도 없는 하찮은 망령 따위가 어느 안전이라고 함부로 떠들어 댄단 말이냐!"

촤륵. 촤르륵.

어느새 비늘이 잔뜩 올라와 피부를 덮는다. 두 눈은 화안금정으로 뒤덮여 놈들을 노려보고, 전신에서는 청룡의 기운이 한데 휘몰아친다.

지호가 내뿜는 위압감은 하늘이 울리는 게 아닐까 싶을 정도로 너무나 대단했다.

제각각 떠들어 대던 녀석들은 마치 거짓말처럼 입을 꾹 다문다. 커져 버린 수백만 개의 눈동자에선 경악이 가득 흐른다.

자신들이 심기를 건드린 자가 얼마나 대단한지 이제야 깨달은 것이다.

하지만,

『위대한 존재여. 길을 비키라. 왕을 영접하러 가는 우리들의 앞길을 더 이상 방해하지 말라.』

새로운 목소리가 지호의 귓가에 울려 퍼진다.

여태 자기 할 말만 떠들어 대기 바쁘던 놈들과는 다르게 녀석의 목소리는 아주 우렁차고, 힘이 있으며, 강한 의지가 느껴졌다.

여태 흐릿하기만 하던 망량과 같은 부류가 맞나 의심이 들 정도였다.

지호는 화안금정을 더 크게 활짝 열었다.

잿빛 안개로 둘러싼 한가운데. 시커멓고, 빨갛고, 파란 보석들 사이로 유일하게 다른 색을 가진 녀석이 있다.

'노란 보석! 예지몽에서 봤던 그 녀석이야!'

망량을 한데 모으고 통솔하던 대장 격인 녀석이 드디어 나타난 것이다.

청룡도 크게 방방 뛰었다.

—제일 맛있는 거다! 나 저거 먹고 싶어! 먹게 해 줘!

지호는 주먹을 강하게 쥐었다. 놈을 잡으면 망량들이 흩어질까? 다시 모이지 않을까? 그건 확신할 수 없다. 하지만 녀석이 머리를 자처하는 이상 일을 쉽게 풀어 나갈 수 있다.

어쩌면 서은영의 존재에 대해서 알아낼 수 있을지 모른다.

다시 공력을 잔뜩 담아 신의 목소리로 외친다.

"감히 네놈 따위가 무엇이건대, 나를 가리켜 이래라저래라 참견을 하려 드는 것이냐?"

노란 보석이 담담한 목소리로 말한다.

『위대한 존재여. 어찌 그토록 속이 좁게 말하는가? 우리는 그저 왕을 배알하고 싶을 뿐이다. 그분의 존안을 뵙고, 인사를 드리고, 인정을 받고 싶은 것이다.』

하지만 그 속에는 울분이 담겨 있다.

『그러니 제발 길을 열어 다오.』

"대체 너희들이 말하는 왕이 무엇이냐!"

『우리는 이 세상에 버려진 한낱 파편이며 찌꺼기이고, 또한 그림자. 하지만 그분은 그런 우리를 이 세상에서 유일하게 이해하고, 품고, 다스리는 존재. 왕. 군주. 임금이시다.』

이걸로 확실해졌다. 녀석들이 말하는 왕이란 존재는 아마도 서은영의 전생이리라. 정확한 정체는 몰라도 망량을 다스린다는 것만은 알 것 같다.

'하지만 녀석들은 서은영에 대해서 전혀 몰라.'

망량은 서은영이 자신의 정체를 모른다는 걸 모른다. 녀석들에 대한 기억이 전혀 없다는 사실을 모른다.

하지만 만약 그 사실을 알게 된다면?

'모든 게 위험해져.'

실제로 보지 않았던가.

처음 나타났던 망량은 서은영이 자신을 알아보지 못하자 그 자리를 차지하겠다며 도끼를 휘둘렀다. 자신들보다 약해졌다는 사실을 깨달으면 언제든지 뒤도 돌아보지 않고 쳐서 영혼을 빼앗으려 들 것이다.

"그렇다면 죄 없는 인간들을 해하지 말았어야 하는 게 아니더냐! 두말하지 않겠다. 썩 꺼져라! 그리고 다시는 이곳에 발길도 붙이지 말라!"

『위대한 존재여. 우린 그토록 우리의 간절한 염원을 말하였는데도 불구하고 그대가 끝까지 그렇게 말하겠다면…….』

노란 보석이 처음으로 고개를 내민다. 다른 녀석들보다 훨씬 일그러진 얼굴을 가진 그것은, 빨갛게 달아오른 눈으로 지호를 내려다보았다.

『그대도 먹어 치우는 수밖에!』

녀석이 아가리를 쩍 벌리는 순간,

'지금!'

지호는 검지와 중지만을 편 검결지를 허공에다 가리켰다. 이미 나후의 핵을 거의 녹였기 때문에 굳이 여의봉을 따로 꺼내지 않아도 어느 정도 권능을 부리는 게 가능했다.

"내려라!"

우르르르, 콰콰쾅!

망량이 우글대는 잿빛 안개보다도 더 위. 갑자기 아무것도 없는 마른하늘에서 엄청난 천둥소리와 함께 벼락이 한가운데로 내리꽂혔다.

『케에에에에에엑!』

『와, 왕이시…… 케에에에에엑!』

망량 수만 마리가 단숨에 타 버리며 사라진다. 그에 맞춰 지호의 단전에도 기가 조금씩 차오른다. 하지만 잿빛 안개에는 작은 흔적이 나는 정도에 지나지 않았다.

'놓쳤어!'

노란 보석이 크게 소리를 지른다.

『어째서! 어째서 하늘은 이토록 무심하단 말인가……! 좋다. 이것이 너희 세상이 말하는 결과라면! 그렇다면 모든 걸 망가뜨리리라!』

처음 공격이 실패로 돌아가는 순간, 더 이상 상황은 수습할 수 없게 되어 버렸다. 잿빛 안개에서 망량이 비처럼 우수수 쏟아져 내린다.

녀석들은 이제 서은영에게 다가가는 정도로는 끝내지 않겠다는 걸 시위라도 하듯, 도끼를 단단히 들고서 살벌한 기세를 흘렸다.

이대로 녀석들이 지상에 내려앉는다면 어떤 참상이 벌어질지는 너무나 뻔했다.

"젠장!"

지호는 잇달아 허공에다 주먹을 내질렀다.

콰르르르르르르릉!

하늘이 잇달아 비명을 지른다. 마른 벼락이 소나기처럼 쉴 새 없이 쏟아지면서 강림을 시도하는 놈들을 잇달아 찢어 버린다.

벼락이 단번에 여러 마리씩 사냥을 해 나가도 너무 많은 양이 쏟아지는 탓에 모두 잡기란 요원했다. 대신에 지상에서는 화염륜이 치솟았다.

콰콰콰콰콰콰콰콰!

불길이 마그마처럼 마구 치솟으면서 남은 놈들을 태워 버리고, 그마저도 통과하는 녀석이 있으면 칼바람이 마구 불어닥쳐 놈들을 베어 넘겼다.

콰릉! 콰릉! 콰르르르릉!

갖가지 자연 재해가 동시에 일어나며 녀석들을 닥치는 대로 베어 넘기는 통에, 단전에서도 공력이 자꾸만 불어나고 있었다.

망량을 잡는다고 해도 늘어나는 공력의 양은 아주 극소량에 불과했지만, 그 숫자가 수천수만 단위를 넘어가 버리면 얘기는 달라진다.

청룡은 간만에 즐기는 포식에 너무 행복해했다.

—먹을 게 너무 많아! 너무너무 많아!

하지만 이렇게 깡그리 밀어 버리는데도 불구하고 잿빛 안개는 마치 새끼를 까는 것처럼 쉴 새 없이 망량을 쏟아 낸다.

한 마리를 잡으면 두 마리를 더 토해 내는 것 같은 모습에 지호는 신물이 날 것만 같았다.

하지만 계속 퍼붓는 공격이 허무하지는 않았다. 아주 잠깐 노란 보석과의 사이가 뚫렸다.

지호는 단숨에 땅을 밟아 몸을 날렸다.

콰아아아아아앙!

엄청난 폭음과 함께 망량의 호우 속을 누빈다. 공간을 찢어발기면서 불어 닥친 열풍이 다시 망량을 쓸어 낸다. 지호는 그 사이를 비집고 들어가 잿빛 안개의 중심에 있는 노란 보석의 면전에다 주먹을 꽂았다.

퍼어어어어어어엉!

노란 보석이 그대로 박살 나 버린다. 거대한 충격과 함께 후폭풍이 사방으로 불면서 잿빛 안개가 외곽으로 떠밀려 났다.

중앙에 커다란 구멍이 뚫린다. 그 위로 빛의 기둥이 솟아

오른다.

거기서 일어난 금색 불꽃은 들불처럼 확 하고 번져 단숨에 잿빛 안개를 집어삼켰다.

* * *

우르르르, 콰콰쾅!

'비는 안 오는데…….'

서은영은 2층 침대에서 사다리를 타고 조용히 내려왔다.

내일 일정이 있어서 지호와 문자가 끝나고 바로 잠들려고 했는데 창밖으로 번개가 쉴 새 없이 치면서 이어지는 천둥소리 때문에 잠을 자기가 힘들었다.

"으으으! 이게 갑자기 뭐야!"

룸메이트가 베개를 뒤집어쓰면서 훌쩍거린다. 지난 한 달 합숙 동안 나이가 같아 친해졌던 친구는 어렸을 적 트라우마 때문에 성인이 되어서도 아직 천둥 번개가 무섭다고 했다.

"괜찮아. 괜찮으니까 너무 신경 쓰지 마."

서은영은 룸메이트를 달래다가 창밖을 보았다.

잿빛 하늘. 쏟아지는 번개. 시끄러운 굉음.

'꼭 월식 때 같아.'

서은영은 왠지 자신도 모르게 이상한 기분이 들었다. 뭔가를 놓치고 있다는 기분. 뭔가를 잊어버리고 있다는 기분. 마치 중요한 물건을 잃어버렸는데 그게 무엇이었는지조차 기억나지 않는 듯한 답답함.

그녀는 뭔가에 홀린 사람처럼 천천히 방을 가로질러 창가에 섰다.

가만히 잿빛 하늘을 쳐다본다.

뭔가를 찾으려는 사람처럼. 잊어버린 중요한 물건이 마치 그곳에 있는 것 같았다.

"어?"

그러다 뭔가를 발견하고 눈이 휘둥그레진다.

시커먼 어둠과 잿빛 안개, 흐릿하기만 한 두 배경색 사이로 뭔가 금색 빛무리가 아주 길게 궤적을 그리며 위로 오르고 있었다.

눈 깜짝할 사이에 나타났다가 사라졌지만, 서은영의 눈에는 마치 사진을 찍은 것처럼 선명하게 보였다.

"선……배?"

*　　*　　*

공력이 쓰나미처럼 몰려온다. 마치 폭풍우를 집어삼킨

것처럼 단전 속 공력이 크게 휘몰아치기 시작했다. 봇물처럼 터져 나온 공력이 도저히 진정되질 않는다.

'젠장!'

전력을 다해 날린 일격과 함께 퍼져 나간 금색 불길은 잿빛 안개 중 삼분지 이를 태워 버렸다.

지호는 이어서 이격(二擊)을 날리려 했지만 손길이 뻗어지지 않았다. 백만도 훨씬 넘는 망량이 깡그리 밀려 나면서 너무 많은 공력이 넘쳐흘러 버린 것이다.

—배 너무 불러! 그만 먹을래! 배 아파!

탐욕이 강했던 청룡도 너무 배가 부르다고 할 정도로 많은 양이다. 아무리 좋은 것이라도 너무 지나치면 독이 되는 법, 이미 내공이 거의 포화 상태에 이르렀던 지호로서는 더 이상 수용할 수가 없었다.

그런데도 내공은 자꾸 불어난다. 그릇의 크기 따위는 전혀 신경 쓰지 않는다. 아직 덜 섭취한 망량의 기운이 물밀듯이 들어온다. 꾸역꾸역 억지로 헤집어 댄다.

지호는 이런 상황을 이미 겪어 본 적이 있었다.

주화입마.

하지만 그때와는 비교도 할 수 없는 상태다.

당시엔 사지가 멋대로 돌아가도 어떻게든 수습이 가능했지만, 지금은 도무지 그럴 겨를이 없다.

상황이 이 지경이 되었는데도 불구하고 나후의 핵은 완전히 녹아내릴 생각을 않는다. 마지막까지 부족한 1할은 그 어떤 격류에도 꿈쩍 않는 철옹성 같았다.

더군다나,

츠츠츠츠츠.

잿빛 안개는 텅 비워진 자리를 다시 스스로 재복구해 나갔다.

『왕을 위해서라면……!』

『왕을 뵙기 위해서 무언들 못하오리까!』

다시 형성되는 수백만 마리의 망량 떼. 노란 보석을 죽였다고 한들, 아니, 제어 기관인 노란 보석이 죽었기 때문에 녀석들은 이제 걷잡을 수 없이 불어났다. 서로가 서로를 낳으며 암세포처럼 크기를 더해 간다.

이대로 둔다면 하늘을 뒤덮어 버릴 것만 같다. 그런다면 상상도 할 수 없는 끔찍한 일이 벌어질 테지.

"성아."

—나 배 아파! 너무너무 아파!

"우리 조금만 더 고생하자."

지호는 이를 악물면서 잿빛 안개를 향해 손을 뻗었다.

"얼어라!"

잿빛 안개 주변에 때아닌 한파가 휘몰아치면서 대기 중

에 떠다니던 수분이 급속도로 얼어붙기 시작한다. 마구 증식을 해 대던 잿빛 안개가 얼음 속에 갇혀 정지한다.

하지만 이것은 임시방편에 불과하다.

지호는 녀석들을 가리킨 손을 놓지 않은 채, 금고아에다 공력을 불어 넣었다.

지이이이이이잉!

저쪽 세상으로 향하는 공간이 열린다. 저 너머로 화과산이 보인다. 생각보다 시간이 얼마 지나지 않은 건지 여전히 황량한 상태 그대로였다.

지호는 화과산 위로 손에 잡힌 것을 집어던졌다.

콰아아아아앙!

잿빛 안개가 패대기쳐지면서 모래 기둥이 치솟고 산산조각 난 얼음 조각이 사방으로 튄다.

『감히!』

『감히 우리를 왕으로부터 떼어 놓아!』

『용서치 않겠다!』

녀석들은 왕이 있는 세상이 아닌 전혀 다른 세상이란 걸 깨닫고 분노를 터뜨리며 단숨에 지호가 있는 허공으로 솟구쳤다.

딱, 딱, 부딪치는 수백만 개의 이빨을 보며 지호는 다시 주먹을 꽉 쥐었다.

'조금만 더……!'

청룡이 아프다며 비명을 질러 대고, 몸도 금방 터져 버릴 것 같다. 그런 상황에서 녀석들을 먹는 건 큰일 날 행동이었지만, 당장 손 쓸 수 있는 방법이 없었다.

파지지지지지지직!

면전으로 치닫는 녀석들을 향해 주먹 끝에 맺힌 뇌벽세를 터뜨리려는 찰나,

—이제야 눈을 떴나?

갑자기 허공에서 익숙한 신의 목소리가 울리더니,

콰콰콰콰콰콰콰쾅!

갑자기 여태 지호가 부리던 것과는 비교도 할 수 없는 벼락이 내리꽂히며 단숨에 잿빛 안개를 갈라 버린다. 키에에에엑, 녀석들은 마치 지옥불에서 괴로워 몸부림치는 유령처럼 한참 절규를 흘리다가 샅샅이 흩어져 버렸다.

'저것들을 한 번에 벴다고……?'

지호는 손오공이나 가능할 것 같은 일을 태연히 해낸 자를 멍하니 쳐다봤다.

잿빛 안개가 사라진 자리. 새카만 그을음 위로 샛노란 뇌전을 휘감은 사내가 우뚝 섰다.

왼팔에는 방패, 오른팔에는 짧은 창, 몸에는 탄탄한 갑주를 입고, 허리춤에는 다섯 자루의 크고 작은 칼이 여럿 걸려 있으며, 등에는 길쭉한 창이 '예(乂)' 자 모양으로 교차되어 걸려 있었다.

올라 탄 말은 흑색 철갑으로 무장해 콧김을 마구 뿜어 댄다. 잿빛 안개를 찢어 버릴 때의 흥분이 아직 가시지 않는지 말발굽으로 쉴 새 없이 땅을 두들겨 댄다.

고대 전쟁터에서나 나올 듯한 엄청난 군신(軍神)의 위용에 지호는 완전히 압도되고 말았다.

"당신은……?"

사내는 여전히 말의 안장 위에 올라탄 채로, 머리에 푹 눌러쓰고 있던 투구를 살짝 올렸다.

"이제야 겨우 만나게 되었구나, 해와 달의 주인이여."

'해와 달의 주인?'

지호는 그 말이 무슨 뜻인지 묻고 싶었다. 하지만 입을 열기도 전에 공력이 다시 들끓었다. 단전과 기맥이 금방이라도 터질 것처럼 빵빵하게 부풀었다.

군신이 벼락을 타고 내려오면서 갈라 버렸던 다른 수백만 마리 망량의 공력까지 그에게로 흡수되고 있었다.

끼이이이이!

청룡이 비명을 지른다.

"으으으윽!"

지호도 몸이 터져 버릴 것 같은 고통에 몸부림쳤다.

탁!

무릎이 지면을 찍는다.

다그닥. 다그닥.

그때 사내가 말을 몰아 지호 앞에 선다. 그는 투구 아래 짙은 눈동자로 지호를 내려다보았다.

"이제야 겨우 눈을 떴나 싶었는데, 아직이었나?"

"무슨 말을……!"

"생각보다 자질이 너무 떨어져. 이래서야 어찌 신위(神位)를 맡길 수 있단 말인가. 도와주려 해도 내게 허락된 시간이 길지 않으니…… 천명이 그대에게 따르질 않는다면 다른 방법을 찾는 수밖에."

사내가 눈살을 찌푸리며 하늘을 쳐다본다.

지호는 그를 따라 고개를 들려 했지만 역류한 내공이 척추와 경추를 타고 올라와 들지 못했다. 시야가 여러 개로 나뉘면서 현기증이 찾아온다.

그러다 갑자기 지호의 머릿속으로 한 가지 생각이 미쳤다.

'눈?'

현실에 있을 때 몇 번이고 들었던 말.

눈을 뜨라.

그것은 분명 이 사내가 했던 말이 분명할 것이다.

그렇다면 도대체 눈을 뜨란 말이 무슨 뜻일까? 뭘 어떻게 뜨라는 거지?

지호에게 있어 눈이란, 하나밖에 없다.

예지안.

그것도 불완전하기 짝이 없는…….

'일단 해 보자!'

지호는 이판사판이란 생각에 공력을 한껏 끌어 올려 척추를 따라, 경추를 따라, 시신경으로 올렸다.

어차피 그냥 놔둬서 죽을지 모른다면, 사내가 도와줄 생각이 전혀 없어 보인다면, 무슨 시도라도 해 봐야만 하니까!

지호는 눈이 이대로 터져 나가는 게 아닌가 하는 끔찍한 통증을 느꼈다. 하지만 한 번 활로를 터 놓자 격류가 단숨에 그쪽으로 쏟아졌다. 수백만 마리의 망량이 녹은 공력이 화안금정으로 녹아내린다.

왼쪽의 푸른 눈과 오른쪽의 붉은 눈. 마치 각각 사파이어와 루비를 박아 놓은 것처럼 요란한 빛을 뿜어낸다.

화아아아아악!

여태 괴로웠던 모든 것들이 거짓말처럼 사그라진다. 더

위에 지친 몸에 얼음물을 끼얹은 것처럼 정신이 확 깬다. 시원하고 개운한 느낌이 전신을 찌르르 관통한다.

자신을 둘러싼 세상이 달라지고 있었다.

예지안이…… 열리기 시작했다!

—드디어 겨우 눈을 뜬 게로군. 다행이야. 시간이 다 가기 전에 신성(神聖)의 조각을 조금이라도 얻을 수 있어서. 아직 격(格)에는 한참을 못 미치지만, 영(靈)을 타고 나고, 위(位)와 화(話)는 지금부터 만들어 나가면 되니 얼추 반푼이는 되려나…….

도저히 알아들을 수 없는 말들이다. 하지만 신의 목소리를 따라 여태 파편으로만 듬성듬성 보았던 예지들이 하나로 쭉 이어진다.

—지금부터 똑똑히 보아라. 해와 달의 주인인 그대가 자리를 비우는 동안 이곳에서 벌어진 일들이다. 그리고 너희 세상에 존재해서는 안 될 망량이 나타나게 된 이유이기도 하니.

'망량의 원인이 여기에 있었다고?'

그 순간, 이 세상에 남아 있던 모든 장면들이 파노라마처럼 지호의 눈앞으로 스쳐 지나갔다.

*　　*　　*

나후가 무너진 드넓은 지대.

어느 누구의 발길도 허락지 않은 순결한 설원 위에 새카만 무언가가 우뚝 선다. 전신을 검은 붕대로 칭칭 감고 있는 자, 흑왕이 고개를 높이 들었다.

붕대 사이로 훤히 드러난 것은 왼눈뿐. 검은자위에 흰 동공을 가진 기괴한 눈이 설원을 살핀다.

흑왕은 가볍게 허공에다 손을 흔들었다.

쏴아아아!

그러자 바람이 불면서 눈이 가볍게 씻겨 사라진다.

그곳엔 목이 기괴하게 꺾인 회색 늑대와 머리가 으깨진 그림자 인간이 누워 있었다.

"규목랑. 독각시."

사도의 이름을 읊조리며 호흡을 살핀다. 하지만 그들은 이미 뻣뻣하게 굳어 버린 송장이었다.

"죽었나."

목소리에는 별다른 감정이 담기질 않는다. 아니, 도리어 그 혹은 그녀는 감사했다. 그들이 죽은 이 땅이 시신이 썩지 않는 얼음 대지라는 사실에.

슥, 슥!

손날을 곧추세워 그들의 가슴팍을 가른다. 단단히 얼었지만 어려울 것도 없었다. 열기를 불어넣고 가슴을 찢으면 그만이었다.

"먹겠다."

흑왕은 시신을 앞에 두고 합장을 하면서 뜻을 알 수 없는 말을 중얼거렸다. 축문이 끝나고, 손을 뻗어 강제로 갈비뼈를 비집고 연다. 안쪽으로 머리를 처박았다.

으그적, 으그적, 규목랑의 심장을 씹어 댄다. 얼마나 잘근잘근 씹는지 질긴 혈관이 너덜너덜해질 정도였다. 턱이 아파 오지만 눈썹 하나 꿈틀거리지 않는다. 목이 마르다 싶으면 얼어붙은 피로 목을 축였다.

이것은 의식(儀式)이었다.

심장은 영혼이 깃드는 신성한 장소. 그것을 먹는 것은 상대의 영혼과 정수를 소화시킨다는 뜻이다. 절대 허투루 다뤄서는 안 됐다.

절교에서 흑왕만이 유일하게 허락받은 권능, 심장 포식이다.

한 점, 한 점, 목 뒤쪽으로 넘어갈 때마다, 흑왕의 몸에 서서히 열기가 달아올랐다.

화아악!

공력이 단전에서 봇물처럼 터져 나온다. 규목랑이 살아생전에 천 년을 넘도록 쌓아 올린 업이 고스란히 녹아내리면서 몸이 일대 변화를 맞이한다.

두드득. 두드득.

근골이 공력에 맞춰 조금씩 변해 간다.

하지만 업을 먹는다는 것은 육체적 변화만을 의미하지 않는다. 정신적인 의미도 따른다.

뇌리 한편에서 뭔가가 펑 하고 터지면서 흑왕으로서는 도저히 엄두도 나지 않는 정보가 해일처럼 밀려들었다. 흑왕은 휩쓸리지 않도록 단단히 정신을 붙들어 맸다.

그것은 규목랑이 남긴 사념이었다.

그가 살아온 세월, 생각, 정보 등이 차곡차곡 쌓인다. 흑왕은 규목랑이 겪었던 것들을 모두 엿보았다.

다른 세상에서 도망친 나후. 붙잡힌 묘성. 그들을 쫓아온 지호. 이어지는 싸움. 하나가 된 나후와 묘성. 뒤늦게 찾아온 동주칠마왕. 거친 전쟁. 그리고 나후의 패배.

규목랑은 죽은 후의 기억도 갖고 있었다. 대업을 코앞에 두고 죽은 원통함이 낳은 결과다.

이를 바탕으로 흑왕은 이곳에서 어떤 일이 벌어졌는지 확실히 깨달았다.

"신의 뜻을…… 이어라."

마지막 사념을 끝으로 규목랑의 생각은 끝났다.

그는 알고 있었던 것이다.

설사 이곳에서 죽더라도 자신들의 뜻을 이어받을 자가 있단 사실을.

그리고 다시 부활할 수 있단 사실까지도!

"당신의 영혼은 나와 함께한다."

흑왕은 작게 중얼거리고는, 이어서 독각시의 심장까지 모두 삼키며 천천히 자리에서 일어났다.

체내를 따라 엄청난 기운이 격류를 일으킨다.

그 속에는 방금 삼킨 규목랑과 독각시만 있는 게 아니다. 혼세, 금각, 은각, 구두충, 영감, 세태세, 황미, 백골부인, 남산, 육이미후까지.

오랜 세월 동안 손오공과 대립해 왔으며 서유기를 장식하는 이들이기도 한 그들, 십이사도의 영혼이 전부 흑왕의 단전에 담겼다.

손오공이 내단에 치중했던 것과 다르게 흑왕은 십이사도의 업을 계승해 버린 것이다.

흑왕은 서로 밖으로 나오고 싶어 하는 그들의 의사를 깨닫고 허공에 가볍게 손을 뻗었다.

"방황하는 영혼들이여, 이곳에 일어나라."

스스스스.

흑왕의 손을 따라 설원 곳곳에서 시커먼 아지랑이가 피어오른다. 바람에 흔들려 나부끼던 그것은 곧 저마다 다른 형상을 갖추기 시작했다.

어떤 것은 혼세로 변하고, 어떤 것은 규목랑으로 화한다. 또 어떤 것은 독각시가 된다. 아지랑이는 차례대로 변하면서 살아생전의 모습이 되었다.

십이사도.

그들의 재림이었다.

"하하하하하하! 일어났다! 정말 일어났어!"

"음, 하! 상쾌한 공기로다."

"정말 부활하였구나."

"키키키키킥. 역시 신이로군."

십이사도는 하늘을 보며 크게 웃음을 터뜨린다.

그들이 이토록 강한 힘을 지니고도 신을 따랐던 진정한 이유.

부활을 위해서가 아니었던가.

제아무리 선인으로서 기나긴 세월을 산다고 한들, 영생을 누리는 것은 불가능하다.

부활과 영생은 오로지 신에게만 허락된 권능.

하지만 십이사도는 지금 이 자리에 권능을 손에 넣었다. 설사 신의 의지를 빌어 누군가에게 종속되는 수모를 겪어야 하지만.

—신의 종을 자처하는 자들이여. 무릎을 꿇어라.

그 순간, 십이사도의 머릿속으로 목소리가 윙윙 울려 퍼진다.

영혼을 짓누르는 절대적인 힘이 느껴진다. 거부 따윈 있을 수 없다.

그들은 일제히 흑왕을 향해 무릎을 꿇었다.

상대는 단순한 인간이 아니다.

신을 모실 수 있는 유일한 그릇이며 그들의 뜻을 대변하는 대리자다.

—신의 뜻을 세상에 알려라.

"신의 뜻대로."

"신의 뜻대로."

그의 말이 끝나기 무섭게 십이사도는 일제히 각자 그림자에 녹아 사라졌다.

흑왕은 잠시 눈을 감았다가 다시 떴다. 손을 가볍게 펴니 손바닥 위로 붉은 불씨와 푸른 얼음조각이 붕 떠올랐다. 그러다 다시 손바닥 위로 내려앉는다.

"모든 건…… 그의 뜻대로."

'신' 이 아닌 '그'.

알 수 없는 말을 중얼거리며 손을 오므린다. 불씨와 얼음 조각이 사라지는 순간,

화아아아아악!

갑자기 머리 위에 떠 있던 나후성이 초신성처럼 팽창하며 폭발해 버리고,

퍼퍼퍼펑! 쉬시시시!

수도 헤아릴 수도 없을 만큼 많은 별똥별이 궤적을 그리며 흩어져 하늘을 빼곡히 물들인다.

하늘이 잿빛으로 완전히 물든다.

낮도 밤도 아닌 새로운 날이 찾아왔다.

해와 달이 사라지며 나후성이 그 자리를 대신한다.

나후성은 세상에 재앙을 내리는 별.

덕분에 세상 곳곳에서 사건과 사고, 재해와 재앙이 쉴 새 없이 불어닥친다. 혼란은 걷잡을 수 없을 정도로 빠르게 세상으로 퍼져 나갔다.

*　　*　　*

남궁세가.

오랫동안 강동 지방을 지배한 호족인 그들은 검으로는 당해 낼 곳이 없기에 사패로 꼽히며, 또한, 그렇기에 팔왕인 검왕을 배출해 낼 수 있었던 곳.

하지만 언제나 영광만이 따를 것 같던 가문이 무너지는 것은 한순간이었다.

"어째섭니까! 어째서 이런 짓을 저지르는 겁니까, 아버지!"

남궁대연은 아버지를 보며 오열을 터뜨렸다.

언제나 존경하던 아버지. 가솔들에게는 늘 따스하고, 싸움이 있을 때면 누구보다 앞장서서 검을 휘두르던 위대한 아버지는 미치고 말았다.

어제까지만 해도 따스하게 안아 주던 손자의 목을 부러뜨리고, 정겹게 이야기를 나누던 며느리를 벤다. 그를 믿고 의지하던 가솔들을 거침없이 베어 넘겼다.

"모든 게 신의 뜻이기 때문이니라."

수백도 넘는 시신 위에서, 피를 흠뻑 뒤집어쓴 채 검왕은 광기 어린 두 눈을 번뜩인다.

"무엇이 신입니까!"

"신이기에 신이다."

"제발 그만 정신 차리십시오!"

해와 달이 사라진 뒤부터다. 아버지가 이상해진 것은.

신이니 뭐니 알 수 없는 말만 떠들어 대며 마구 검을 휘둘러 댄다.

"너 역시 신의 뜻을 저버리려 하는구나."

"아버지께서 끝까지 이러신다면…… 저 역시 가만히 있지 않겠습니다."

검왕은 이미 머리끝까지 심마가 치밀어 돌아올 기미가 보이지 않았다.

남궁대연은 결국 피눈물을 흘리며 이를 악물고 검을 뽑았다. 잘 벼린 날을 따라 기운이 잔뜩 맺힌다.

사실 대외적으로 검왕의 명성이 널리 알려져서 그렇지, 남궁대연의 경지는 이미 아버지를 뛰어넘은 지 오래였다.

팟!

남궁대연은 전력을 다해 몸을 날렸다. 단숨에 아버지를 베겠다는 일념만으로.

하지만,

퍽!

'어…… 떻게?'

단 일합이었다.

검왕은 어떻게 몸을 돌리지도 않고 단숨에 주저 없이 아들의 머리를 날려 버렸다. 죽기 직전까지 남궁대연의 두 눈에는 의문이 잔뜩 어려 있었다.

검왕은 무위가 몇 단계 이상이나 상승해 버렸다. 인간으로서는 도저히 짐작하기 힘든 너무나 높은 경지로. 이미 선인이 되어 버렸다.

검왕은 데구루루, 구르는 머리를 발로 짓밟아 버렸다.

파스스스.

검은 마기가 검왕의 주변을 따라 맴돈다. 두 눈이 붉은 빛깔로 사납게 번뜩였다.

*　*　*

해남도.

대륙 최남단에 위치한 절해고도 중앙에는 화산이 있다. 하지만 활동을 그친 지 수백 년이 지나 사화산이 되었던 것이 다시 움직이기 시작했다.

"비나이다, 비나이다."

"제발 진정하시옵소서."

사람들은 산신이 노하신다면서 제물을 바치고 기복을 했지만 지진은 그칠 기미를 보이지 않는다.

마당에 묶었던 개들이 컹컹 짖어 대고, 새가 무리지어 하늘 가득히 날아오르며, 수백 마리 뱀이 땅굴에서 기어 나온다. 동물들이 일제히 산에서 뛰쳐나왔다.

결국 폭발은 막을 수 없었다.

크와아아아아아앙!

용암이 크게 치솟아 하늘을 뚫고, 화염을 잔뜩 머금은 불덩이가 흩어지며 섬 곳곳으로 흩어져 모든 마을을 파괴한다. 화산재는 하늘을 가득 덮어 버렸다.

하지만 해남도 사람들이 놀란 것은 따로 있었다.

"사, 산신께서 깨어나셨다!"

"산신께서 세상에 재앙을 내리려는 게야! 재앙을!"

지저 세계에 만 년 넘도록 잠들었던 이무기, 적망. 산신이라 추앙을 받던 녀석이 드디어 용이 되어 하늘로 오르며 세상에 재앙을 내리기 시작했다.

하늘을 가리고, 불비를 내리는 재앙을.

* * *

초나라.

사천, 호남, 호북 등 대륙 제일의 곡창 지대를 품고 있어 언제나 부유하던 나라.

"죽여라! 황제를 죽여라!"

"탐관오리들을 끌어내고 곡창을 열어라!"

하지만 해가 뜨지 않고 비가 내리지 않아 기근이 닥치고,

사막에서 손바닥만큼 큰 황충(메뚜기) 수백만 마리가 떼 지어 몰려오면서 농작물은 물론 산까지 모두 민둥산이 되어 버렸다.

설상가상으로 역병까지 돌면서 결국 백성들은 손에 죽창과 농기구를 들고 민란을 일으켰다.

민란은 삽시간에 나라 전체로 번지고 진압을 위해 보냈던 군대까지 배고픔에 지쳐 폭동에 합류하면서 수도는 단숨에 불바다가 되고 말았다.

귀족들의 머리 수백 개가 걸리고, 황족들은 사지가 찢겨나갔다. 황제는 용좌 아래에 몰래 숨어 있다가 강제로 끌려나와 짓밟혀 죽고 말았다.

그렇게 대륙 삼국 중에서 가장 오랜 역사와 전통을 자랑하던 초나라가 무너지고 말았다.

* * *

위대한 가문이 스러지고, 잠들었던 악룡이 깨어나 하늘을 날며, 유구한 전통을 자랑하던 나라가 무너진다.

이뿐만이 아니다.

전국 각지, 혼란의 중심에는 언제나 크고 넓은 깃발이 흔들린다.

절교.

그들은 말세가 다가왔다면서 백성들을 혹세무민하며 세력을 퍼뜨린다. 이젠 그들의 깃발을 보지 못하는 게 이상할 정도였다.

걷잡을 수 없는 혼란 속.

그 모든 걸 신의 관점에서 지켜본 지호는 아주 천천히 눈을 떴다.

'대체 무슨 일이 벌어지는 거야……!'

지호는 재빨리 고개를 들어 하늘을 쳐다본다.

해와 달이 없는 세상. 나후성만이 그를 비추고 있었다.

나후는 분명히 죽었을 텐데!

그의 핵이 심연에 있는 것이 그 증거였다.

"해와 달이 없기 때문에 이 세상에는 온갖 환란 속에 허덕이며 곳곳에서 절교가 기승을 부리기 시작했다. 이에 세상이 혼란스러워지며 그 짙은 그림자가 너희 세상에까지 닿았으니, 그것이 바로 망량이다."

"……."

지호는 이를 악물었다.

이건 단순히 서은영만 지켜서 될 문제가 아니었다. 원인을 뿌리째 뽑지 않으면 해결되지 않을 문제였다.

"대체 오공은…… 어디에 있는 거죠?"

"모른다. 나는 그저 네가 해와 달의 주인으로서 자각을 하게끔 내려온 사신일 뿐."

"그럼 질문을 바꾸겠습니다. 제게 이런 걸 가르쳐 주는 당신은 대체 누굽니까?"

후욱, 후욱!

말이 콧김을 세게 내뿜는다. 수많은 병기를 둘러싼 사내는 투기를 갑주처럼 두른 채 아주 차갑게 말했다.

"나타."

입이 서서히 열린다.

"천계의 군단을 통솔하는 중단원수니라."

21장

빛이 사라진 자리

"중단원수?"

지호는 눈을 크게 떴다.

나타.

혹은 나타삼태자.

어떻게 그 이름을 모를 수 있을까.

손오공이 천계와 전쟁을 치를 때 가장 먼저 부딪친 장수이며, 천계의 신들 중에서 많은 교분을 나눈 존재다.

또한, 동양에서 모시는 무신이기도 하다.

아홉 개의 팔과 여덟 개의 눈을 가졌으며, 옥황상제가 세상을 혼란으로 몰아넣는 마귀들을 물리치기 위해 대라선이란 전쟁의 신을 탁탑천왕의 아들로 환생시킨 모습이라고 한다.

살아생전 뛰어난 업적을 가져 하늘로 오른 수많은 용사와 전사들을 통솔할 만큼 뛰어난 위치를 가진 신이다.

"그렇다면 이 혼란을 당신이 수습한다면……!"

"나는 신. 아무런 대가도 없이 하계의 일에 관여할 방법 따윈 없다. 지금도 그나마 갖가지 혼란으로 천계와 하계를 가르는 선이 흐트러지며 잠깐 모습을 나타낼 수 있게 된 것일 뿐."

나타는 고요한 눈빛으로 하늘을 바라보다 다시 지호에게로 시선을 내렸다.

"하지만 그대는 우리와 다르다. 태초의 빛을 품은 그대만이 이 일을 해결할 수 있을 터. 조각을 얻으라. 신성을 깨우치라. 해와 달을 다시 원래의 자리로 올리라."

마치 주문과도 같은 말에 지호가 뭐라고 말하려 할 때였다.

스스스스.

갑자기 나타가 안개에 묻힌 것처럼 흐릿해져 간다.

"시간이 다 되었군."

나타는 뭔가 마음에 안 든다는 듯이 살짝 눈살을 찌푸리더니 다시 지호에게 신신당부를 남겼다.

"명심하라. 오로지 그대만이 지금의 이 혼란을 수습할 수 있다."

"……."

그 말을 끝으로 나타는 바람에 흩어지며 홀연히 사라져 버렸다.

더불어,

끼이이익!

'닫힌다……!'

지호를 둘러싸고 있던 또 다른 세계도 점차 어두워지기 시작한다. 철컥, 철컥, 경첩이 움직인다. 바깥세상과 연결하던 문이 스스로 닫히면서 시야가 점차 좁아진다.

전지(全知)의 문.

예지안을 통해 세상사의 모든 과정을 엿보는 힘이 사그라지기 시작한다.

지호는 이것이 마지막 기회라는 걸 깨닫고 문 너머로 무언가를 찾고자 했다.

나타도 모르던 손오공의 행방.

그라면 지금 세상에 닥친 환란에 대해서 제대로 된 설명을 해 줄 것이라 믿었다.

마치 영상을 빨리 감기하는 것처럼 장면을 빠르게 넘기다가 한 곳에서 멈춘다.

'찾았다!'

그런데 보이는 광경이 조금 이상하다.

'뭐지?'

시커먼 하늘. 피가 가득한 땅.

그 위에서 손오공이 아주 위태롭게 서 있었다.

나후를 홀로 상대할 때에도 언제나 여유만만하던 그가 상당히 지친 기색이다. 온몸에 상처를 잔뜩 입고 피를 흘려 댄다.

그는 인상을 잔뜩 찡그리며 하늘을 향해 뭐라고 버럭 화를 내고 있었다.

목소리를 듣고 싶었지만, 전지의 문이 너무 좁아지는 통에 음소거를 한 것처럼 들리질 않았다.

그리고 그때,

'위험해!'

지호가 뭔가를 발견하고 손을 뻗어 소리를 질렀지만,

퍽!

시커먼 손날이 갑자기 뒤에서 손오공의 등을 부수며 배를 찢고 튀어 나왔다.

손오공은 가슴을 뚫고 나온 손을 화안금정으로 노려보며 부르르 몸을 떨다가, 피를 한 사발 토해 냈다.

'대체 어떻게 된 거지? 누가 오공을……!'

지호는 손오공이 어째서 다치게 됐는지, 그를 죽일 수 있는 사람이 누군지 찾으려 했다.

하지만,

끼이이익!

전지의 문이 닫히며,

쿵!

어둠이 완전히 내려앉았다.

마지막으로 지호가 본 것은 힘없이 지면으로 털썩 하고 쓰러지는 손오공의 모습이었다.

털썩!

"헉!"

지호는 헛바람을 들이켰다. 마치 악몽을 꾸다 일어난 것처럼 전신이 식은땀으로 축축하게 젖어 있다.

방금 전까지 활발했던 예지안이 축 가라앉는다.

다시 무분별하게 단편적으로만 세상이 엿보인다.

답답하다. 너무나.

물론 처음 열기 전에 비하면 훨씬 많이 보이는 게 사실이다. 예전에는 문에다 구멍을 내서 봤다면, 지금은 아주 살짝 열린 문틈 사이로 세상 밖을 보는 것 같다.

눈을 가린 장님이 되어 버린 기분이다.

"젠장! 열리라고! 열려! 열려!"

지호는 다급한 마음에 공력을 잔뜩 끌어 올린다. 처음 전지의 문을 열었을 때처럼 시신경 쪽으로 몰아넣는다.

하지만 굳게 닫힌 눈은 절대 공력을 받아들이지 않았다. 꽁꽁 빗장을 걸어 잠근 채, 아무리 두들기고 또 두들겨도 꿈쩍하지 않는다.

"제기랄!"

지호는 주먹으로 땅을 세게 쳤다.

전지의 문 너머로 봤던 것들이, 알았던 것들이, 마치 신기루처럼 점차 사라진다. 마치 꿈을 꾼 것처럼 흐릿하다. 손오공이 다쳤던 것도 어렴풋하게나마 남아 있다.

아무리 떠올리려 해도 떠오르는 게 없다.

지호는 이대로 있어서는 안 되겠다는 생각에 주변을 둘러보았다. 용의 감각을 확대시킨다.

"오공을 찾아야 해."

하지만 아무리 공력을 넓게 펼쳐도 화과산에는 손오공의 기척이 없었다. 기억이 대부분 날아가 손오공의 행방에 대한 단서도 남아 있는 게 없다.

그렇다면 방법을 돌려야 한다.

지금 손오공은 누구와 싸우고 있을까?

답은 하나밖에 없다.

해와 달이 사라지면서 가장 기승을 부린 곳.

"절교."

지호는 북쪽으로 축지를 밟았다.

그가 떠난 자리로 나후성이 여전히 요요히 빛나고 있었다.

*　　*　　*

해와 달이 없던 세상. 이토록 큰 재앙이 닥쳤는데도 불구하고 어째서 손오공은 지호에게 아무런 말도 없었으며, 여태 부르지도 않았을까?

나타는 지호를 가리켜 해와 달의 주인이라고 했다. 손오공이 지호가 갖게 된 그 위치를 모를 리가 없다.

지호는 전지의 문이 남긴 아주 단편적인 기억을 토대로 이유를 알아차릴 수 없었다.

'내가 각성을 마치길 기다리고 있던 거야.'

지호는 묘성과 나후, 하나가 된 두 신의 업을 잇게 되었다. 나후가 말했듯이 태초의 빛을 관장하게 된 것이다.

그러니 그만한 '격'을 갖춰야만 한다.

하지만 혼란스럽기만 한 이 세상에서는 마음 편하게 각

성을 완료할 수 없다. 오히려 강박 관념 때문에 진척이 늦을 수 있다.

그래서 손오공은 지호를 원래 세상으로 보냈다.

하지만,

'나는 이루지 못한 채로 돌아왔어.'

신이 되기 위해서는 다섯 가지 조건이 필요하다.

신위(神位), 무언가를 다스릴 것.

신성(神聖), 사람들로부터 숭배를 받을 것.

신격(神格), 그만한 자질을 갖출 것.

신령(神靈), 영혼의 성장을 이룰 것.

신화(神話), 남들이 걷지 않은 일대기가 있을 것.

신위는 묘성의 업을 이으며 해와 달의 주인이란 자리를 통해 얻었다. 신성은 청룡을 품으면서 일부를 얻었다. 신령은 손오공의 환생이니 이미 갖췄다. 신화는 지금부터 과정을 이뤄 가면 된다.

하지만 신격은 그러질 못한다. 어찌 보면 가장 애매모호하다. 여기서 수많은 선인들이 이 마지막 난관을 극복하지 못하고 하계에 발목이 묶이고 만다.

그래서 필요한 것이 바로 각성.

마침 지호는 태초의 빛을 관장하게 되었으니 한 발자국만 넘으면 되었다.

손오공은 시간을 두어 지호가 신으로서의 모든 자격 요건을 갖춘 뒤, 다시 이 세상으로 넘어오게 할 생각이었다.

아니, 그때 가서는 굳이 강제로 끌고 오지 않아도 된다.

전지와 전능을 깨닫는다면, 이쪽 세상의 상태를 알아차리고 바로 넘어올 테니까.

그리고 그 힘으로 해와 달을 다시 올릴 테지.

하지만 모든 계획이 흐트러지고 말았다.

손오공의 눈에 지호는 다른 건 거의 다 얻었지만 '격'이 많이 떨어지는 상태였다.

'부족한 1할은 이만큼이나 중요한 거였어. 하늘과 땅 차이만큼. 제길!'

탁!

그때 지호는 처음으로 축지를 멈췄다.

드넓은 장원이 바로 눈 아래에 펼쳐진다.

무엇이 그토록 바쁜지, 군사들이 쉴 새 없이 정문을 드나들면서 붉고 파란 옷을 입은 자들을 강제로 연행하고 있었다. 혹세무민을 일삼던 절교의 무당들이다.

세상이 광기에 젖어도 유일하게 선을 지키려는 곳.

대장군가.

바로 이나은이 사는 곳이었다.

*　*　*

창과 문을 꽁꽁 걸어 잠그고 천으로 둘러 빛 한 점 들어오지 않은 거대한 실내.

백 명도 넘는 사람들이 둘러 모여 무릎을 꿇고 앉아 저마다 손에 촛불을 높이 든다.

절교.

현재 민간에 넓게 퍼진 사이비 종교의 집회다.

"오오오오. 신께 맹세하라. 곧 말세가 도래하리니."

"말세가 도래하리니!"

"오오오오. 신을 경배하라. 새로운 시대가 열리리니."

"시대가 열리리니!"

뚱뚱한 상인, 글줄 꽤나 읽은 선비, 투박한 나무꾼, 평범한 농부, 가녀린 규수, 기품이 넘치는 귀족, 어린아이, 다 죽어 가는 노인.

하지만 여기서 신분, 성별, 나이 따위는 모두 부차적인 문제에 불과했다.

사방에 널린 향로에서 정체를 알 수 없는 하얀 연기가 퍼질 때마다 사람들은 분위기에 한껏 도취되었다. 점차 하나가 되어 갔다.

의식은 어느덧 막바지에 이르고 있었다.

"신이시여, 저흴 굽어 살펴 주십시오! 곧 열릴 새로운 시대에 저희가 당신의 옆에 설 수 있게 해 주십시오!"

그것이 신호탄이었다.

황홀에 한껏 이성이 마비되어 버린 사람들은 일제히 촛불을 집어던지더니 단검을 꺼내 든다. 단검을 뒤집어 가차 없이 제 심장을 찌른다.

모든 이들이 일제히 자결을 해 옆으로 기울어진다. 주검들 사이로 핏물이 철철 흘러넘치면서 바닥이 흥건한 피로 붉게 물들었다.

그 순간,

스스스스.

건물을 둘러싸고 있던 어둠이 강물처럼 도도하게 흐른다. 그림자는 피를 꿀꺽꿀꺽, 한껏 들이켜기 시작한다.

마치 허기가 진 짐승처럼 사람들의 생명이 담긴 피를 모두 먹어 치우고, 그 속에 담긴 영혼을 삼키고, 그것으로도 모자라 아직 온기가 남아 있는 주검까지 흡입한다.

때마침 건물 문이 활짝 열리며 처음으로 바깥세상의 빛이 안으로 들어온다.

"홍홍홍홍. 또 이 미친 짓거리들인가요? 신을 부활시키는 데 상당한 제물이 필요하다는 건 알고 있지만, 도무지 몇 번째인지. 지겹지도 않나요?"

걷는 것보다 구르는 게 편하지 않을까 싶을 정도로 퉁퉁한 체구의 사내가 뒷짐을 쥐며 안으로 들어온다. 눈빛이 날카로운 위사들이 뒤따르다가 입구에서 걸음을 멈췄다.

목소리는 철판을 손톱으로 긁는 것처럼 기괴하다. 얼굴에는 기름기가 가득하지만, 보통 여자들보다도 더 진하게 한 화장은 마치 우스꽝스러운 가면을 쓴 것처럼 부자연스럽다.

제독태감 한담.

대장군가와 함께 제나라 권력의 한 축을 이루는 환관들의 수장이다.

"이래서야 저로서도 숨겨 드리는 데 한계가 있답니다. 그렇지 않아도 대장군가의 암컷이 일찌감치 냄새를 맡은 것 같은데 말이죠."

하지만 그림자는 그가 뭐라고 떠들건 간에 남은 시신을 모두 삼켰다. 배가 충분히 부르자 천장 위쪽으로 꽈배기처럼 몰려들더니 좌우로 크게 갈라졌다.

검은자위에 흰 동공. 흑왕의 애꾸눈이 그림자를 빌어 나타난다.

—**곧 그가 네 앞에 나타날 것이다.**

"또 그 예지안인지 뭔지 하는 걸로 엿본 건가요? 참으로 편한 능력이군요. 정작 그 눈이 가장 필요한 건 나인 것 같은데 말이죠."

한담은 가볍게 툴툴거렸다.

그는 잘 안다. 신을 떠받드는 무당인 흑왕이 하나밖에 없는 눈으로 엿보는 세상은 자신들이 보는 것과 다르다는 것을. 그렇기에 흑왕에게는 권능이 허락된다.

—신들을 깨우려면 이게 필요할 것이다.

갑자기 천장에서 그림자가 먹물처럼 떨어진다.

한담이 손을 앞으로 내밀자 무언가가 툭 하고 떨어졌다. 마치 얼음처럼 속이 투명한 석영이다. 안에는 푸른 초승달 조각이 들어 있었다.

"호오. 예쁘군요. 이게 뭔가요?"

흑왕의 눈이 차갑게 반짝거렸다.

—달.

* * *

"백성들을 선동하던 절교의 무당들을 잡았습니다."

"모두 형옥에 가두고 배경에 대해 추문해. 그리고 다른 놈들이 더 있지 않은지 확인하고. 녀석들이 더 기승을 부리게 해서는 안 돼."

명령을 받은 천 무장은 머리를 숙이고 방을 나섰다. 딱딱

한 발걸음엔 지난 몇 달 간 밤잠도 이루지 못하고 고생했던 피로가 잔뜩 묻어나는 것 같았다.

이나은은 천천히 창가로 걸어가 하늘을 올려다봤다. 예쁜 미간이 더더욱 찌푸려진다.

머리가 아플 때면 언제나 지친 심신을 달래 줬던 하늘은, 잿빛으로 물들어 나후성만이 보석처럼 요요히 빛나고 있었다.

"절…… 교."

이나은은 근처 선반에 놓인 절교신서를 세게 구겼다.

생각하면 할수록 화가 난다.

처음 오호문에서 찾아낸 비밀 장부를 토대로 태감의 수족을 여럿 자를 때까지는 좋았다. 조정에서 태감을 비롯한 환관 일파를 거의 축출하는 데까지 성공했으니.

하지만 그런 기쁨이 뒤집히는 데는 얼마 걸리지 않았다.

절교의 세상이 찾아온 것이다.

그 후로 다시 태감은 득세, 환관 일파는 조정의 각 요직을 점거하며 무단으로 권력을 휘둘러 댔다. 때문에 백성들의 삶은 갈수록 더욱 피폐해졌다.

이들을 당장 축출하고 싶어도 명분이 없다.

아니, 정확하게는 그럴 힘이 없다.

저들이 절교를 감고 있는 한, 현재 대장군가가 가진 병력으로도 놈들을 치는 것은 불가능하다. 아니, 지금 대장군가는 당장 호군위영을 운영하는 것만 해도 힘든 실정이었다.

결국 이나은은 힘없이 지켜보는 수밖엔 없었다. 저들의 횡포를.

거대한 재앙 앞에서, 자신은 너무나 무력했다.

이럴 때 그가 옆에 있었다면 좋을 것을.

"손 공자……."

어느 날 갑자기 하늘에서 툭 떨어진 것처럼 나타났던 그라면. 도저히 인간의 상식으로는 이해가 불가능한 일들 사이에서 보여 준 그의 능력이라면.

"대체 어디에 계시는 건가요?"

아쉬움에 중얼거리는 그때,

스르르.

갑자기 창가를 따라 바람이 불어온다.

이나은은 갑자기 등 뒤로 기척이 느껴지자 놀라 뒤로 돌아섰다. 그러다 크게 눈을 떴다.

"오랜만이야."

꿈에도 간절히 바랐던 지호가 손을 흔들고 있었다.

* * *

“절교는 곳곳에서 말세론을 주장하면서 혹세무민을 일삼고 있어요. 덕분에 백성들은 논밭을 버린 채 떠돌아다니고, 그들은 모여서 도적 떼가 되어 버려요. 그때마다 절교를 잡아내곤 있지만…… 도무지 이쪽에서 감당할 수준이 아니에요.”

이나은은 말을 하면서 슬쩍 지호를 엿보았다. 가만히 눈을 감으며 경청하는 그의 모습은 지난 일 년 사이에 너무 많이 달라져 조금 낯설었다.

전에는 조금 특이했어도 보통 사람 같았건만.

지금은,

‘다가설 수 없는 곳에 있는 사람 같아.’

지호가 달라진 건 아니었다. 다만, 그가 풍기는 분위기가 달라졌다. 깊고, 무거우며, 고고하다. 마치 혼자서 저만치 높은 세상에 있는 것 같다.

보이지 않는 거리감이 느껴졌다.

“그렇단 말이지.”

그때 지호가 가만히 눈을 떴다. 장난기 가득했던 두 눈은 어느덧 심연을 퍼 올려 담은 것처럼 그윽하다.

“결국 그 말은, 태감을 쳐야 한다는 거네?”

“예. 지금 그가 모든 절교 행사의 중심이에요.”

“알았어.”

지호는 천천히 몸을 일으켰다.

"녀석이 있는 곳은?"

"궁궐. 환관들이 머무는 청락궁이란 곳이에요."

이나은은 갑자기 벽 한쪽에 있는 서랍을 뒤지더니 거대한 철궤를 꺼냈다. 뚜껑을 여니 안에는 갖가지 정체를 알 수 없는 두루마리 종이들이 한가득 쌓여 있었다.

그녀는 그중 하나를 꺼내 탁상 위에 펼쳤다.

"황제가 머무는 궁궐, 자홍성의 지도예요."

세세한 도면이 그려져 있다. 각 궁과 궐의 배치는 물론, 각 건물에 대한 설명과 인원수, 주의해야 할 인물들의 이름이 적혀 있고, 그 외에도 병사들의 이동 경로며 교대 시간 등 세세한 내용까지 써져 있었다.

남들이 봤다면 대장군가에서 역적모의를 한 것이 아닐까 싶을 정도로 상세하다. 사실은 이나은이 만약을 위해 기억해 둔 바를 토대로 작성해 둔 것이었다.

"녀석이 있는 곳은?"

"여기요. 여기가 청락궁이에요. 여기로 들어가시려면……!"

"됐어. 그거면 충분해."

지호는 궁궐 지도를 빤히 쳐다보다가 살짝 물러섰다.

이나은은 놀란 얼굴이 된다. 당연한 이야기겠지만, 황제를 보호하는 곳이니 자홍성의 경비는 아주 삼엄하다. 그래서 돌파를 하려면 한참 동안 설명을 해야 하는데 충분하다니.

하지만 그녀는 지호가 절대 거짓말을 하거나, 어수룩하게 알았으면서 아는 체 하는 게 아니란 걸 깨달았다. 그는 정말 지도를 아예 머릿속에 담고 있었다.

'대체 어떻게?'

아직 설명도 덜 끝났는데 벌써 파악이 끝났다고? 그녀도 완성하고 또 이해하는 데 몇 년이나 꼬박 걸린 것을?

"고마워. 다음에 또 들를게."

지호는 그 말만 하고 돌아선다.

"자, 잠깐만……!"

이나은이 깜짝 놀라 그를 붙잡으려 했지만,

쉭!

이미 그는 나타났을 때처럼 모습을 감춰 버렸다.

이나은은 그가 사라진 자리를 멍하니 바라봤다.

그녀는 묻고 싶은 게 많았다. 그가 지난 일 년 동안 어디에 있었는지, 뭘 하고 있었는지, 어째서 그동안 모습을 감췄던 건지, 나를 보고 싶지는 않았는지.

양손을 꽉 쥐며 가슴 앞에 끌어 모은다.

"기다린 건…… 저만이었나요?"

당신도 나와 같은 마음인 줄로만 알았는데.

*　*　*

지호는 이나은이 보여 준 궁궐 지도를 떠올리며 축지를 밟았다. 광경이 빠르게 바뀐다.

'일 년이라니.'

나후를 잡을 방도를 찾기 위해 왔을 때가 반 년. 다시 그 후로 시간이 반 년 더 지나서 도합 일 년.

예지안으로 봤듯이 세상은 너무 크게 바뀌어 버렸다.

'빨리 오공을 찾고 해와 달도 돌려놔야 해.'

지호가 이를 악물며 다시 발을 내딛는 순간,

쉭!

다시 광경이 바뀐다.

"이, 이건 뭔가요!"

의자에 앉아 식사를 하고 있던 뚱뚱한 체구의 남자가 화들짝 놀란다. 화려한 비단옷을 입고 얼굴에 피지를 번들거리는 모습. 이나은이 말했던 용모파기와 똑같다.

'한담!'

지호가 녀석에게 손을 뻗으려는 그때,

팟! 팟!

어둠에 숨어 있던 위사 다섯이 어디선가 나타나 지호에게로 몸을 날린다. 자신들이 모시는 주인을 지키기 위해서였다.

하지만 지호에게는 불나방으로만 보였다.

"비켜."

손끝에 공력을 모아 터뜨린다.

피피피피핏!

다섯 개의 탄지가 허공을 가르면서 위사들의 이마에 구멍을 뚫어 버렸다. 녀석들이 그대로 벌러덩 나자빠지는 동안, 지호는 단숨에 한담의 모가지를 틀어쥐었다.

"컥!"

한담은 뚱뚱한 체구에도 불구하고 허공에 대롱대롱 매달렸다. 숨통이 막히면서 얼굴이 다 죽어 가는 돼지처럼 시퍼렇게 질리고 말았다.

하지만 그래도 끝까지 여유는 잃지 않는다.

"호, 호호호홍. 감히 내행창 위사를 죽이고, 본 태감을 겁박하다니. 지금 이 짓, 반역에 해당한다는 것, 알고 있나요?"

"알 필요가 있을까? 그 전에 넌 죽을 텐데."

지호는 코웃음을 쳤다. 얼마나 많은 군대를 끌고 오든지 무섭지 않다. 어차피 이제 자신 앞에서 머릿수란 그저 숫자놀이에 불과하니까.

차갑게 눈을 번뜩이며 묻는다.

"그러니 말해. 오공은 어디에 있지? 알고 있나?"

"오, 오공?"

"제천대성."

"아! 그 빌어먹을 작자 말인가요?"

녀석이 씩 웃는다.

"그자라면 아주 잘 모시고 있지요. 새로 이 땅에 강림하실 여러 신들께 헌상할 제물로 그만한 자도 없을 테니까요. ~~홍홍홍홍~~."

짜악.

자기도 모르게 한담의 모가지를 틀어쥔 손길에 힘이 들어간다. 미처 힘을 빼지 않았다면 녀석은 그대로 모가지가 돌아갔으리라.

그만큼 지호가 받은 충격은 컸다.

'이 녀석의 말, 진실이야.'

예지안을 얼추 열었기 때문에 이미 육감은 비정상적으로 발달했다. 상대가 하는 말이 진실인지 거짓인지 구분할 정도는 충분히 되었다.

그 말인즉, 손오공은 정말 녀석들의 수중에 있었다.

대체 어떻게 된 일인지는 모른다.

하지만 얼추 짐작은 간다.

손오공은 이미 화과산에서 십이사도의 기습을 받아 혼세

도 상대하지 못할 정도로 중상을 입은 상태였다. 그런데도 나후를 상대했고, 덕분에 부상은 걷잡을 수 없이 커져 버렸다.

'그런 상태에서 부활한 십이사도의 기습을 받았다면.'

이미 흑왕이 십이사도를 부활시킨 건 엿보아 알고 있다. 그들이 단체로 손오공에게 달려들었다면, 손오공도 당해낼 수 없었으리라.

이제 꼬리는 잡았다.

그렇다면 질문을 바꿔야 한다.

"흑왕과 십이사도는 어디에 있지?"

이 질문은 녀석에게도 의외였나 보다. 여유 가득하던 한담의 눈이 살짝 커지더니 곧 이해했다는 듯이 웃는다.

"그렇군요. 당신도 예지를 한 것이로군요."

당신 '도'?

지호가 무슨 말이냐며 물으려는 찰나,

"훙! 훙훙훙훙훙!"

한담이 갑자기 폭소를 터뜨린다. 침이 튀도록.

"정말이지! 정말이지 웃기지 않은가요! 예지라니! 결국 운명은 정해졌으면서 정해진 것이 아니니……! 이래서 나 같은 나약한 존재는 신을 따라야만 하는 거랍니다!"

"……!"

순간, 지호는 둔탁한 무언가로 뒤통수를 맞은 것처럼 정신이 번뜩 들었다.

'나처럼 예지안을 갖춘 사람이 있어! 흑왕!'

곧바로 손을 떼려 했지만,

"늦었어요."

한담이 광기가 번뜩이는 얼굴로 웃었다.

그리고,

두두두둑.

갑자기 모가지가 기괴하게 돌아갔다. 목뼈가 부러지는 소리와 함께 혀가 밖으로 쭉 내밀어졌다. 더불어 녀석이 흑왕의 예언과 함께 삼켰던 것이 몸 안쪽에서 폭발했다.

달이 부서졌다.

퍼어어어어어엉!

비대한 몸집이 터지면서 마치 툰드라 지대의 눈보라를 옮긴 것처럼, 아니, 그보다 훨씬 심한 얼음 폭풍이 사방으로 휘몰아쳤다.

차차차차착!

한파는 삽시간에 모든 걸 얼려 버린다.

사치를 좋아하던 한담이 각지에서 어렵게 공수한 비단도, 도자기도, 보석도. 방 자체를 얼린다. 실내에서 쉴 새 없이 회오리를 치며 공간 자체를 가둔다.

얼음 속에.

그리고 그 속에는 지호도 있었다.

지호는 어떻게 할 새도 없었다. 공력은 운기하기도 전에 얼어 버리고, 손발에는 어떻게 할 새도 없이 고드름이 맺힌다. 정신을 차렸을 때는 이미 절대 녹지 않는 얼음, 달 그 자체에 갇혀 버린 뒤였다.

한담을 이용한 덫.

예지안을 사용한 함정.

모두가 오로지 모두 지호를 잡기 위한 것들이었다.

파스스스.

그때 고드름과 얼음이 잔뜩 맺힌 공간 안으로 어디선가 새카만 그림자가 생겨났다. 그것은 천장에서부터 벽을 타고 일직선으로 쭉 미끄러져 지호를 가둔 얼음 앞에서 멈췄다.

그림자가 위로 쭉 올라오며 형체를 갖춘다. 가장 먼저 흰 동공에 검은자위의 눈동자가 드러나고, 잇달아 붕대를 칭칭 감은 모습이 나타난다. 흑왕이었다.

"드디어 잡았구나. 신을 품은 자여."

흑왕의 하나밖에 없는 눈이 크게 번뜩인다.

얼마나 이 순간을 고대했던가!

예지했던 것과 다르게 나후가 그렇게 사라져 버린 이후로, 그는 언제 스러질지 모르는 절교를 지탱하기 위해 발

벗고 뛰어다녀야만 했다.

십이사도를 부활시키고, 손오공을 겨우 잡아, 때를 기다렸다. 녀석이 나타나는 때만을.

흑왕에게는 지호가 가진 것이 필요했다.

여의봉.

그들이 모시는 위대한 분들, 일흔두 명의 신을 봉인한 빌어먹을 보패를 되찾기 위해서!

그리고 드디어 이 순간이 찾아왔다.

지호는 얼음 속에서 잔뜩 분노 가득한 얼굴이었다.

흑왕은 그런 모습이 흡족키만 하다.

"원통해하지 마라. 서투르기만 한 그대의 예지가 결국 나의 예지를 피하지 못한 결과이니."

흑왕은 천천히 지호의 가슴팍에 손을 갖다 댔다. 영혼이 부서질 것 같은 차가움이 엄습하지만, 눈 하나 깜빡하지 않는다. 원래 달을 가졌던 게 바로 자신이었으니.

알 수 없는 주문을 웅얼댄다. 주문이 이어질수록 가슴에 닿은 손바닥 주위로 물결무늬가 생겨나 점차 커진다.

우우우우웅.

흑왕은 아주 천천히 손을 뒤로 뺐다.

그러자 잔잔한 파문 위로 금색 봉이 천천히 빠져나온다. 해와 달 사이를 누비는 청룡의 무늬가 그려진 그것은 나오기 싫은 듯 크게 몸부림을 쳤지만, 흑왕의 손길을 피할 수 없었다.

여의봉이 모두 빠져나왔을 때, 여의봉이 오롯한 모습으로 손에 잡혔을 때, 여의봉 하단에 적힌 일흔두 개의 명단을 확인했을 때, 흑왕은 감격에 젖어 부르르 떨었다.

毘摩質多羅, 婆稚, 冏, 窮奇共工, 兕虎 …… 羅睺.

비마질다라, 바치, 경, 궁기공공, 시호…… 그리고 마지막 나후까지.

일흔두 개의 명단은 모두 여의봉 안에 갇힌 칠십이 마신의 이름이었다.

"드디어……! 드디어! 드디어 당신들을 되찾았습니다!"

절교가 천 년을 넘게 그토록 바랐던 것을 해냈단 사실에 흑왕이 환호를 내지른다. 그는 내친김에 즉석에서 봉인을 해제하기 위해 준비에 들어갔다.

그 때문에 미처 보지 못했다.

얼음 속에 갇힌 지호의 입꼬리가 말려 올라가는 것을.

흑왕은 천천히 여의봉을 쓰다듬었다. 손끝을 따라 음각으로 새겨진 청룡의 자잘한 무늬가 느껴진다.

웅. 웅. 웅.

여의봉은 당장 놓으라며 몇 번이고 울어 댄다. 그 속에 담긴 힘은 너무 웅혼해서 쉽게 누를 수가 없었다.

청룡이다.

지호가 삼킨 여의주의 힘이 흑왕을 거세게 거부한다.

흑왕도 봉인을 푸는 게 쉽지 않으리란 예상은 했지만, 이건 상상 이상이었다. 역시 전설 속 인물인 우와 제천대성 손오공이 다룬 보패라는 걸까.

거기다 묘성의 신기와 삼장법사의 법력까지 더해지니 너무 견고하다.

하지만 아예 방법이 없는 건 아니었다.

흑왕은 신을 모시는 무당.

이 속에 깃든 신들과 통교(通交)를 할 수 있다면.

깊은 잠에 든 그들을 안에서 깨워 알아서 나오게 만든다면.

여의봉은 감옥으로서의 기능을 잃고 부서질 것이다.

흑왕은 손에 한가득 공력을 끌어 담았다. 대대로 내려오는 무당의 힘, 십이사도의 영력, 그가 신을 모시며 얻은 권능을 가득 담아 여의봉에 불어 넣는다.

청룡이 어떻게든 거부하려 하지만, 그보다 훨씬 강한 마신이 안쪽에서 반응한다. 그것도 하나가 아니다. 모두 일흔두 명이다.

외부와 내부, 양쪽에서 청룡이 발붙일 곳은 없도록 몰아 간다.

녀석을 부숴 버리려 한다.

바로 그때,

딸칵.

안쪽에서 무언가가 열리는 소리가 들렸다.

"신의 뜻을 받든다는 작자가 이리 멍청해서야."

"무슨……!"

흑왕은 여의봉에 기운을 불어 넣다 말고 크게 눈을 떴다. 갑자기 머릿속을 울리는 신의 목소리에 주변을 둘러보다가 얼결에 지호와 눈이 마주쳤다.

분명 달이 만든 지독한 얼음 속에 갇혀 있건만.

지호는 이쪽을 보며 웃고 있었다.

"설마하니 신의 길을 걷고자 하는 이 몸이 이 정도도 못 봤을까? 한낱 종에 지나지 않는 네놈도 보는 것을?"

"……!"

바로 그때였다.

끼이이이이이!

갑자기 여의봉이 길게 포효를 내지르더니 푸른 빛무리에 휩싸이며 마구잡이로 늘어나 단숨에 쥐를 삼키려는 뱀처럼 흑왕을 돌돌 묶어 버린다.

"컥!"

흑왕은 전신을 속박하는 엄청난 압박에 피를 토했다.

좌륵. 좌르르륵.

몸을 따라 시퍼런 비늘이 움직인다. 굵직하고 매끈한 무언가가 더더욱 옥죄며 뼈란 뼈를 모조리 부숴 버린다. 내장이 짓눌리면서 안쪽에서부터 터졌다.

까만 붕대가 붉은 핏물로 축축하게 적셔진다. 애꾸눈에 핏대가 잔뜩 차오르면서 흰 동공과 검은자위가 붉게 물들었다.

흑왕의 머리 위. 청룡이 차갑게 눈을 번뜩이며 입을 잔뜩 벌리고 있었다.

캬아아아아아아!

흑왕은 그제야 깨달았다. 자신이 지호를 잡기 위해 덫을 놓듯, 지호도 자신을 잡기 위해 또 다른 덫을 뒀다.

예지와 예지.

정해진 결과와 결과의 싸움이다.

그렇다면 당연히 한낱 무당 따위가 아닌, 이미 신으로서의 길을 걷기 시작한 지호가 한 수 위라는 사실을 왜 진즉에 예측하지 못했을까.

쩌걱! 쩌거거거거걱!

그 순간, 지호를 가뒀던 얼음에 살짝 금이 간다. 금은 삽시간에 전체로 퍼져 나간다.

그 위로 지호의 손이 움직였다.

얼음이 그대로 터져 나간다. 유리조각처럼 튕긴 파편은 땅에 떨어지기도 전에 그대로 허공에서 녹아 푸른 기운이 되어 지호에게로 빨려 들어갔다.

달의 힘이 지호에게 깃든다.

단전을 따라, 기맥을 따라, 경추를 따라 올라간다.

"달의 주인을 되레 달에다 속박하려 들다니. 하! 웃기지도 않는 일이지."

지호는 그걸 아주 자연스럽게 푸른색으로 빛나는 왼쪽 눈가로 유도했다.

화아아아아악!

왼눈이 크게 빛을 발한다.

달이 그대로 내려앉아 세상을 비춘다.

'절반을 얻었어.'

태초의 빛. 그중 절반을 드디어 얻었다. 신으로서의 능력 중 반을 찾은 것이다. 이에 맞춰 나후의 남은 핵도 아주 미세하게나마 살짝 금이 갔다.

지호는 몸 안을 따라서 돌아다니는 풍부한 기운을 느끼면서 천천히 흑왕이 있는 곳으로 다가갔다.

저벅. 저벅.

걸음을 내디딜 때마다 아직 완전히 자리 잡지 못한 달의 기운이 주변을 맴돌아 발끝에 맺힌다.

찰박. 찰박.

발이 닿을 때마다 땅이 얼어 버린다. 그가 지난 자리로 부서진 얼음 자국이 꼬리처럼 아주 길게 남는다.

숨을 내쉴 때에도 차가운 바람이 분다. 공기 중 수분이 얼면서 아래로 떨어지고, 발끝에 치여 잘게 부서져 다시 공기 중으로 증발한다.

체온과 한기가 뒤섞이면서 서린 김이 마구 뿌려진다.

지호는 천천히 흑왕 앞에 섰다.

청룡은 거대한 몸집을 한껏 자랑하려는 듯, 심연에서는 귀여웠던 모습과 다르게 세상을 떨치는 영물로서의 위엄을 과감하게 드러내는 중이었다.

카아아아아!

“그래. 수고했어.”

지호는 청룡에게 고개를 끄덕였다. 청룡이 기분 좋다며 살짝 눈웃음을 짓는다.

“우리끼리 할 얘기가 많을 텐데?”

지호는 다시 시선을 내려 흑왕을 응시한다.

절대 흔들릴 일이 없을 것 같던 흑왕의 눈이 쉴 새 없이 떨렸다.

바로 눈앞에서 미약하게나마 신으로서 각성하는 모습을 보고 말았으니. 그것도 자신의 실수로 그리된 것이니 겁에 잔뜩 질린 것이다.

“해는? 태양도 너에게 있나?”

지호는 남은 반쪽을 찾아 물었다.

흑왕은 입을 꾹 다문다. 예지는 틀렸어도 절대 알고 있는 사실은 말해 주지 못한다는 듯.

하지만,

“없군.”

지호에게는 아무래도 상관없다.

“어떻게……!”

흑왕의 눈이 크게 요동친다. 말을 하지 않았는데 어떻게 알 수 있는 거지?

지호는 대수롭지 않게 답했다.

"예지와 예지가 부딪치면 모순(矛盾)이 일어나나, 예지와 예지가 합쳐지면 운명(運命)이 되는 법이지."

"……!"

신의 힘을 깨달은 왼쪽 눈은, 전지의 문에 한 발자국 다가선 예지안은 흑왕의 예지안과 마주치면서 그 너머에 있는 것을 읽고 있었다.

흑왕은 이대론 모두 들킨다는 사실을 깨닫고 눈을 감으려 했다. 하지만 꿈쩍도 할 수가 없다. 마치 박제된 것 같이 이미 눈은 통제를 벗어나 달에 종속되어 버렸다.

신 앞에서는 그 어떤 인간도 평범하게 되는 법이다.

흑왕은 암담함을 느꼈다.

"그럼 태양은 어디에 있지?"

그 사실도 당연히 읽혀 버린다.

지호는 살짝 눈살을 찌푸렸다.

"하필 그런 곳에……? 만약을 대비한 건가? 조금 힘들게 되겠어."

마음에 안 든다는 듯이 중얼거린 뒤, 이제 본론으로 들어간다. 다른 것도 여러 가지 물을 수 있을 테지만, 지호에게는 별다른 관심이 없는 것들이었다.

"오공은, 어디에 있지?"

흑왕은 완전히 발가벗겨지는 기분이었다. 지호에게는 어떤 거짓말도 통하지 않는다. 그저 묵묵히 운명을 기다릴 수밖엔 없다.

그 속에서 지호는 보고 싶은 모든 것을 보았다.

자신이 없는 동안 무슨 일이 있었는지. 어째서 손오공이 절교의 손에 붙잡혔는지. 그와 함께 있어야 할 다른 동주 칠마왕들은 어디에 있는지. 나후가 쓰러졌는데도 불구하고 어떻게 절교가 움직일 수 있는지 까지.

녀석이 숨기고자 하는 모든 진실과 내막을 알았을 때, 지호가 원하는 걸 모두 얻었을 때, 청룡에게 마지막 선고를 내렸다.

신벌(神罰)이었다.

"죽여."

끼이이이이이!

청룡은 길게 울음을 터뜨리면서 속박한 흑왕을 그대로 으스러뜨렸다. 녀석은 형체조차 알아볼 수 없이 뭉개져 미끄러운 비늘을 타고 바닥에 떨어졌다.

지호는 손을 앞으로 뻗었다.

"가자."

청룡이 앞으로 날아오면서 다시 빛무리와 함께 여의봉으로 되돌아가 손에 잡힌다.

동시에 지호는 축지를 밟았다.

예지안을 통해 보았던 십이사도가 있는 곳으로.

쉭!

*　　*　　*

어둠이 깊게 내려앉은 자리.

개미굴처럼 기나긴 회랑을 따라 손오공이 천천히 걸음을 옮긴다.

철그럭. 철그럭.

손오공이 걸을 때마다 꼬리처럼 쇠사슬이 따르면서 땅에 부딪친다. 누에고치처럼 손오공을 칭칭 감은 쇠사슬은 아무리 힘을 주어도 더더욱 옥죄어 오기만 할 뿐, 절대 부서지지 않았다.

만년설의 가장 깊숙한 곳에서 눈의 정기를 받아 탄생된 한철은 그만큼이나 튼튼하고 무거웠다.

죄인처럼 질질 끌려가던 손오공은 도중에 걸음을 멈췄다.

천천히 고개를 든다. 봉두난발이 되었어도 화안금정이 서린 두 눈빛만큼은 촛불처럼 환하게 빛나 어둠이 내려앉은 허공을 주시한다.

커다란 공동이다.

깊이를 헤아릴 수 없을 만큼 깊은 무저갱과 같은 어둠 속에서 손오공은 입술 끝을 비틀었다.

“나중에 염라 새끼 만나거든 잔소리 좀 해야겠네. 이렇게 농땡이를 피워서야 쓰겠어?”

그 순간,

『어렵지는 않을 테지. 곧 염라를 만날 수 있을 테니.』

화르륵!

어둠 속에서 수십 개의 도깨비불이 피어오른다. 도깨비불은 손오공을 따라 뺑 에워싼다.

그 속에는 여러 가지 감정이 담겨 있었다.

분노, 짜증, 후회, 후련함, 호기심…….

하지만 그중 공통적인 감정은 하나였다.

안도.

오랜 세월. 천 년이 넘는 기나긴 세월 동안, 손오공이 그들에게 준 피해가 얼마나 컸던가.

도깨비불의 주인 중에는 손오공에 의해 강제로 기나긴 안식에 빠져야 했던 자들도 상당수였다.

다행히 신의 뜻이 있어 십이사도처럼 지옥의 끄트머리에서 지상으로 겨우 올라올 수 있었으나, 당시를 생각하면 수백 년이 지난 지금까지도 이가 갈렸다.

그리고 꿈을 이룬 지금.

지옥 속에서 몇 번이고 꿈꾸었던 소망을 이루게 되었으니 어찌 기쁘지 않을 수 있을까. 그리고 마음이 놓이지 않을 수가 있을까!

비록 손오공과 함께 그들을 괴롭혔던 다른 동주칠마왕들을 놓친 것이 아쉽지만, 그래도 수괴를 잡았으니 나머지는 얼마든지 잡을 수 있을 터였다.

현 십이사도와 전대(前代), 전전대(前前代), 그리고 수십 세대를 거쳐 십이사도를 역임해 온 수많은 사도들과 시조들의 틈바구니 속에서.

―제천대성.

절교의 교주는 신의 목소리를 빌어 죄인에게 판결을 내렸다.

―사형.

〈다음 권에 계속〉

南宮匠人
남궁장인
신현재 신무협 장편소설
ORIENTAL FANTASY STORY & ADVENTURE
죽은 줄 알았는데 눈을 떠 보니 5살 어린아이가 되었다!
검을 만드는 장인으로서, 남궁가의 무인으로서
남궁의 검을 다시 세우는 남궁혁의 강호종횡기!
dream books
드림북스

龍帝劍傳
용제검전
윤민호 신무협 장편소설
ORIENTAL FANTASY STORY & ADVENTURE
『악제자』,『용맹마도』의 작가!
윤민호 신무협 장편소설
몰락한 작은 무문에서 맺어진 기이한 인연(因緣),
천하를 격동시킬 전설은 그렇게 시작되었다!